LE SECRET DES CARTOGRAPHES

Tome II : À l'assaut du Pacifique

Historienne de formation, Sophie Marvaud a écrit plusieurs romans d'aventures historiques parus aux éditions Plon et Nouveau Monde. Elle anime également des ateliers d'écriture.

Paru dans Le Livre de Poche :

Le Secret des cartographes tome I

SOPHIE MARVAUD

Le Secret des cartographes

Tome II : À l'assaut du Pacifique

PLON

ISBN : 978-2-253-13423-7 – 1re publication LGF

Liste des personnages

Cornelis Van Vliet : négociant hollandais
Saskia : sa fille
Pouteh : servante de Cornelis
Hans Michielszoon : capitaine de *L'Espérance*, hollandais
Vasco : officier en second, portugais
Jacob : officier, ancien sergent allemand
Kimbo : officier, ancien esclave, vient d'Angola
Apollonia : peintre, italienne, déguisée en garçon
William : scientifique, gentilhomme, anglais
Alonso : musicien, nain, espagnol
Etienne : officier junior, français
Paul : sa petite sœur Pauline, déguisée en garçon
Francis : scientifique, anglais, traître
Jan Janszoon : matelot, représentant du dieu Neptune, hollandais
Bertrand : maître coq, français
Pedro : menuisier, espagnol
Pieter Van Haarlem : gouverneur de la VOC, responsable de la cartographie, hollandais
Jacques Specx : gouverneur de Batavia, hollandais
Saartje : sa fille

1

Chevaliers de Neptune

Plaquant ses mains sur le bastingage, Jan se mit à scruter d'un regard avide le ciel qui s'emplissait d'encre. Tout le jour de ce 3 janvier 1629, *L'Espérance* était resté figé au milieu du bleu sans fin de l'océan, voiles grandes ouvertes sur l'air immobile. Les hommes s'étaient disputés âprement pour des broutilles, terrifiés à l'idée de ne jamais repartir et de mourir de soif loin de toutes terres habitées. Le capitaine Hans Michielszoon en personne avait dû séparer deux belligérants qui se menaçaient mutuellement de leurs couteaux après avoir joué aux dés leur prochain repas. Ce soir, ils allaient jeûner ensemble à fond de cale. Mais comme l'avait espéré Jan, voilà qu'avec la tombée de la nuit une brise tiède à peine perceptible remettait le navire en marche...

Le vieux matelot au corps efflanqué, tout en muscles, plus solide qu'il n'y paraissait, tendit l'oreille aux clapotis pendant que la lourde coque s'ébranlait. Enfin !... Lentement, *L'Espérance* reprenait sa direction sud-sud-est, l'Afrique à bâbord, l'Amérique à tribord, avec comme objectif le cap Horn et l'entrée dans le Pacifique.

— Hé ! Jan, tu cherches quoi ? lui cria le timonier. Une sirène ?

Le matelot haussa les épaules, secouant les longues mèches grises collées par la sueur qui tombaient de ses tempes.

— Mieux que ça, ricana-t-il, révélant une bouche entièrement édentée.

Et dans un élan superstitieux, il toqua la partie chauve de son crâne. En contrebas, au pied du château arrière, l'équipage s'agglutinait autour des tables où étaient servies la purée de pois chiches, la morue salée et la bière. La soixantaine de marins et la trentaine de soldats ne se mêlaient pas, sourdement hostiles, les premiers jalousant les seconds pour leur inactivité, les seconds aigris par l'ennui – leur unique rencontre avec des pirates avait été une fausse alerte. Mais quand les officiers se dirigeaient vers la salle à manger, claquant du talon sur le plancher, d'un même ensemble ils s'écartaient pour les laisser passer.

Négligeant la faim qui lui serrait l'estomac, Jan buvait des yeux le ciel noir où commençaient à apparaître les constellations. Dans l'imagination du vieux matelot, le cheval Pégase se cabrait, la reine Cassiopée se retrouvait enchaînée à son trône, et Hercule luttait avec le Serpentaire... Depuis quelques semaines, les passagers célestes de l'hémisphère austral réclamaient aussi leur place, poussant lentement vers l'horizon leurs compagnons de l'hémisphère boréal : le Toucan lustrait ses plumes, le Poisson volant jaillissait, la Girafe allongeait le cou, l'Indien tendait son arc...

Tandis qu'à quelques mètres de lui, marins et soldats finissaient de se rassasier, contents de sentir glisser dans leur gorge la bouillie chaude et épaisse, Jan contemplait l'éveil magnifique de la Voie lactée. Elle se déployait à travers le ciel comme le sillage d'un immense navire qui aurait semé des diamants dans son écume blanchâtre. Le vieux matelot n'avait jamais eu l'occasion d'apercevoir de ces pierres précieuses qui allumaient des rêves dans les yeux des ivrognes, mais il était sûr qu'aucune ne saurait rivaliser avec les flamboyants bijoux de la nuit.

Et très bientôt, ce soir peut-être, la plus merveilleuse des étoiles avait rendez-vous avec lui ! Oui, lui, Jan Janszoon, troisième fils d'un obscur cordonnier de Delft, sans don remarquable, sans relation bien placée, même pas séduisant dans la fleur de sa jeunesse, dépensant aussitôt le moindre florin âprement gagné... et qui pourtant avait survécu à onze allers-retours entre Batavia et Amsterdam, atteignant sans infirmité notable sa quarante-septième année.

— L'étoile polaire..., murmura-t-il, avec une expression gourmande.

Elle était là, perchée à l'extrême pointe de l'horizon, touchant l'océan, fragile, palpitante, pendant que la brise nocturne s'amplifiait, gonflant les voiles du navire qui en soupirait d'aise. Lentement mais inexorablement, *L'Espérance* s'enfonçait dans les mers du Sud.

Et soudain, l'étoile polaire disparut. Le vieux marin écarta les mèches de son front, clignota des yeux, doutant de sa vue fatiguée.

Mais non, c'était indéniable, elle s'était couchée dans le noir pour de longs mois, une année au moins, jusqu'à leur retour vers l'hémisphère Nord. Levant le poing, Jan extirpa de ses poumons un cri de victoire que seul le timonier entendit.

— On a passé la ligne !

Puis il dévala l'escalier et se planta parmi ses compagnons.

— On a passé la ligne !

Les anciens levèrent de leur écuelle un œil tout de suite captivé. Sans savoir exactement pourquoi, les nouveaux sentirent leurs jambes vaciller. Mais déjà Jan filait à l'intérieur du château arrière. Il descendit à toute vitesse les marches raides et surgit dans la salle à manger, où les officiers terminaient leur dîner.

Là, à la vue des chandeliers d'argent posés sur les nappes brodées, des plats raffinés, du vin rouge versé dans les verres de cristal, sa joie se mêla brusquement de crainte et de révolte anticipée – comme chaque fois qu'il avait affaire aux favorisés de ce monde. Secoué par des sentiments contradictoires, il resta planté à l'entrée, bouche ouverte, sourcils froncés, yeux remplis d'incrédulité devant la chance qui ne devait surtout pas lui échapper.

— On a passé la ligne, répéta-t-il dans un sursaut de confiance.

Le capitaine Hans Michielszoon et son second Vasco échangèrent un regard avant de se tourner de concert vers l'un des officiers, celui qui ne se séparait jamais de sa lunette, l'Anglais aux joues roses vêtu d'un costume coloré et d'un grand chapeau à plumes.

— Qu'en dis-tu, William ?

— Le franchissement de l'équateur est effectivement prévu pour cette nuit, peu après le coucher du soleil. En ce moment, donc. Voulez-vous que j'aille vérifier ?

— S'il te plaît, soupira le capitaine.

Autour d'eux, la tablée s'était tue, ne saisissant pas encore la portée de l'événement. Le jeune Italien fluet nommé Apollonio, qui portait un béret et une blouse parsemée de taches de couleurs et qui n'avait même pas de poils au menton, se leva.

— Je vous accompagne, dit-il à l'Anglais.

Celui-là, se rappela Jan, il avait embarqué sur *L'Espérance* déguisé en moine, alors qu'en réalité il était peintre et fuyait la justice de Rome. Démasqué, il avait déclenché la fureur de monsieur Cornelis Van Vliet, le négociant qui dirigeait déjà l'expédition. L'affaire s'était terminée par un duel sanglant au cours duquel l'autre gentilhomme anglais, le fanatique de la Bible toujours vêtu de noir, avait été blessé. Un simple marin aurait été condamné à mort pour beaucoup moins qu'un duel, pensa Jan, un rictus de mépris aux lèvres. Mais lui, Francis, parce qu'il était officier, on lui avait simplement mis les fers aux pieds à fond de cale. C'était toujours la même histoire : deux poids, deux mesures, selon qu'on était riche ou misérable, important ou insignifiant.

Le scientifique et le peintre s'éclipsèrent vers la cabine du capitaine, où se trouvaient les cartes et les instruments de navigation. Dans la salle à manger, Jan attendait en se dandinant d'un pied sur l'autre, louchant vers Saskia, la fille de monsieur Van Vliet. Comme elle était appétissante avec ses bras gros comme des gigots, ses joues moelleuses, sa poitrine gonflée comme une brioche ! Il ne fallait pas qu'il la regarde trop longtemps, sinon des idées allaient lui venir en tête... des idées inaccessibles pour le dieu Neptune en personne ! Quel dommage !

A défaut, il se serait contenté d'un tête-à-tête avec la servante qui se tenait derrière Cornelis. A sa peau couleur pain d'épice, à ses yeux étroits comme la marque d'un couteau dans une planche, il devinait qu'elle était originaire de Batavia, la plus importante des possessions hollandaises en Indonésie. En fréquentant les tavernes, il avait appris quelques mots de leur langue indigène qui agaçait les oreilles. Il aurait su la dérider, cette Pouteh, si seulement il avait eu le droit de l'approcher...

A vrai dire, la moindre femme entrevue dans un port le fascinait. Pour n'importe laquelle, il aurait été prêt à jeter ses maigres économies par les fenêtres. A bord, tout le monde était comme lui, à cause de cet univers masculin qui durait des mois interminables. Ils avaient déjà bien de la chance, sur *L'Espérance*, de transporter deux femmes et de pouvoir rêver d'elles...

Soupirant sans même s'en apercevoir, Jan se mit à observer les autres convives de la table de Cornelis. Impressionnant avec sa barbe rousse, son pourpoint noir et sa haute stature, c'était Jacob, l'ancien sergent allemand. Pas un rigolo, celui-là, mais on avait du respect pour lui. En soignant les deux Anglais, il avait prouvé qu'il s'y connaissait en chirurgie. Il n'était pas retors comme Vasco, le second, dont tout l'équipage se méfiait.

A côté de Jacob, était assis l'homme le plus étrange que Jan ait jamais vu – et il en avait rencontré, des gens étranges, lors de ses voyages ! – avec une tête d'adulte sur un corps d'enfant. Comme tous les bons musiciens, cet Alonso savait vous rappeler que vous aviez eu une mère, et que vous espériez une fiancée. Le temps d'une chanson sur sa vihuela, vous voilà en train d'imaginer les tenir dans vos bras ! Le cœur se serrait, les yeux s'humidifiaient... Pourtant, mystérieusement, c'était bon quand même.

Ensuite, serrés l'un près de l'autre, il y avait les deux frères français, l'énergique Etienne et Paul le discret, deux gamins vêtus en officiers – encore une bizarrerie incompréhensible au commun des matelots...

Jan sursauta. William et Apollonio revenaient, et, à leurs yeux brillants, il devina ce qu'ils allaient dire.

— Messieurs, clama l'Anglais. Grande nouvelle : nous voilà enfin dans l'hémisphère Sud !

Cornelis leva son verre et ouvrit la bouche pour un discours... Hans Michielszoon ne lui laissa pas le temps de trinquer. L'air grave, son tricorne posé sur sa poitrine, il inclina le buste en direction de Jan.

— Toutes mes félicitations, seigneur Neptune.

*

Malgré son expérience, Jan aurait été bien étonné d'apprendre que deux femmes de plus se trouvaient à bord, cachées parmi les officiers à l'insu de leurs compagnons : Pauline et Apollonia. Mi-déesses, mi-petites choses fragiles aux yeux du vieux matelot, elles vécurent pourtant le passage de la ligne exactement comme des hommes.

A la lumière des chandelles, sous le regard hostile ou intrigué des soldats, une procession de marins parcourut le navire en tous sens, avec Jan porté en triomphe. On le déposa dans le fauteuil rouge de Cornelis, perché sur un tonneau comme un trône de théâtre. Hans Michielszoon retenait le négociant qui fulminait à voix basse :

— Mon siège va empester les fesses mal lavées !

— Nous ne pouvons pas nous opposer à ce que Jan s'assoie dessus, monsieur Cornelis. Le dieu Neptune s'est incarné pour quelques heures dans le plus âgé de nos matelots. C'est la coutume...

— Et pourquoi ne pourrions-nous pas nous y opposer ? Qui paie tous ces gens ? La VOC ! Et qui la VOC a-t-elle mandaté pour diriger cette expédition ? Moi ! Et qui doit découvrir le continent caché du Pacifique ? Encore moi !

— Si vous interrompez leur cérémonie, monsieur Cornelis, c'est la mutinerie assurée. Le reste du voyage, vous le passerez les fers aux pieds. Et le règne de Jan ne durera pas quelques heures, mais plusieurs mois. Ce n'est pas ce que vous désirez, n'est-ce pas ?

Le négociant grommela une réponse inintelligible, soudain calmé de s'imaginer voyager dans les tréfonds du navire, sans lumière, au milieu des rats et des excréments.

Pendant ce temps, des marins avaient disposé sur le crâne de Jan une abondante chevelure d'algues arrachées à la coque. Par-dessus, un matelot habile avait accroché une couronne, qu'il avait confectionnée avec des coquilles d'huîtres. Capitaine déchu le temps de la fête, Hans Michielszoon vint déposer devant le nouveau maître des bouteilles et des mets raffinés. Le dieu des océans but directement au goulot, du rhum en alternance avec le vin d'Espagne, puis il dévora un artichaut entier, feuilles et foin compris, commentant pour ses compagnons ce mets très spécial... peu goûteux... carrément infect !

Il plongea le nez dans un soufflé au poivre, humant largement son parfum avant d'éternuer une dizaine de fois. Mais il se régala d'un breuvage épais au parfum étourdissant, le chocolat, poussant des grognements de satisfaction destinés à susciter parmi ses camarades un maximum de jalousie. Après ce festin, le maître coq posa dans la main droite de Jan un tournebroche en guise de trident. Ivre et solennel, Neptune interpella depuis son perchoir la foule des marins et des soldats.

— Alors, les gars, qui a déjà franchi la ligne sept fois ?

Personne ne se manifesta. Il était le seul.

— Six fois ?

Parmi les marins, quatre mains se dressèrent.

— Cinq fois ?

Neuf se manifestèrent. Trois soldats étaient concernés.

— Treize au total, les gars ! Les treize chevaliers de Neptune !

L'un après l'autre, les marins et les soldats se tinrent devant lui.

— Sur la tête de notre figure de proue, jurez-vous de rester toujours fidèles aux coutumes des navigateurs ?

Chacun d'eux tendit le bras en direction de l'avant du navire, où se dressait la belle sirène blonde en bois peint, avec des seins comme des boulets de canon.

— Euh... bien sûr... Je le jure !

Ils reçurent la graisseuse accolade du tournebroche et furent décorés d'algues.

— Cette ambiance me rappelle le carnaval de Wimpfen, dit Jacob, mi-figue, mi-raisin.

Regroupés sur le château arrière, les officiers de *L'Espérance* contemplaient la scène irréelle et vaguement inquiétante qui se déroulait à leurs pieds. Pauline se serrait contre son frère aîné. William se creusait la tête pour blaguer. Apollonia semblait pétrifiée. Et Alonso... Alonso très inquiet venait encore de disparaître sans prévenir.

Vasco, l'officier en second – qui comme le capitaine avait maintes fois franchi la ligne –, avait remplacé le timonier à la barre pour que ce dernier puisse participer à la fête. De temps en temps, il lançait en direction de ses compagnons un regard narquois. Un peu en retrait dans la pénombre, Hans Michielszoon repéra les silhouettes contrastées de Saskia et de Pouteh, la plantureuse jeune femme et la servante menue. A grandes enjambées, il se dirigea vers elles et leur conseilla d'aller tout de suite s'enfermer dans leurs cabines. Elles obtempérèrent.

En passant, Saskia interpella le plus jeune des adolescents français :

— Paul, suis-moi. N'oublie pas que tu dois retirer la doublure de ma robe rouge.

— Il travaillera pour vous plus tard, intervint Hans Michielszoon. Seules les femmes peuvent échapper à cette cérémonie.

Une fois les chevaliers nommés et placés aux côtés de Jan, celui-ci réclama pour eux du vin, du rhum et du chocolat. Le capitaine s'empressa de les servir. Malgré ses jambes flageolantes, le dieu des océans se mit debout sur son tonneau.

— Et maintenant, les gars... Qui entre pour la première fois dans l'hémisphère Sud ?

Poussé par ses voisins, un marin fut projeté en avant dans la lumière des lanternes.

— Très bien, ricana Neptune. Mais tu n'es pas le seul, j'en suis sûr.

A force de cris, de menaces et de dénonciations, furent regroupés au centre une dizaine de matelots, trois des cinq mousses, l'assistant du maître coq, le tonnelier et dix-neuf des trente soldats. Jan se tourna vers le château arrière d'où le contemplaient les officiers.

— Et parmi ces messieurs ?

Enhardis par l'alcool, les chevaliers se précipitèrent dans l'escalier. En quelques secondes, ils encerclèrent Cornelis, Etienne, Pauline, William et Apollonia, les tirèrent dans l'escalier et les poussèrent au milieu des novices apeurés.

— Le baptême ! Le baptême ! criaient les marins avertis, frappant en rythme sur des casseroles, les mâts ou le plancher.

Neptune attrapa avec ses doigts plusieurs tranches de rôti et les tendit à un chevalier.

— Invitons les requins, ce sera plus intéressant.

Le rôti fut jeté par-dessus bord. Le regard de Hans Michielszoon croisa celui de Pauline, complètement paniquée. Le capitaine secoua lentement la tête dans sa direction ; cette viande morte en petite quantité ne suffirait pas à les appâter.

— Honneur à monsieur Cornelis Van Vliet, ricana Jan.

Le négociant poussa des cris perçants. Il fallut cinq hommes ensemble pour le maîtriser, lui accrocher une corde à la taille, l'obliger à grimper sur une planche clouée au bastingage, et le pousser à l'eau. Il y eut un bref hurlement, suivi d'un plouf, auquel succéda le silence.

Penché par-dessus le bastingage, un matelot enthousiaste se mit à commenter :

— On ne le voit plus... Est-ce la fin du seigneur Cornelis ?... Voilà son chapeau noir qui réapparaît... Avec monsieur Van Vliet en dessous ! Qui tente de nager... Mais il coule à nouveau... Il ressort la tête. Il suffoque, il crachote. Pas très élégant, le nouveau baptisé...

Lorsque le discours devint trop répétitif, un signal fut donné aux deux hommes qui tenaient la corde. Ils remontèrent à bord un Cornelis trempé et tellement secoué que, pour une fois, il en avait perdu l'usage de la parole.

— A mon tour, dit aussitôt Etienne.

Nouant lui-même la corde à sa taille, il courut sur la planche et se jeta dans l'eau noire. L'océan était d'une tiédeur délicieuse. Il nagea tranquillement en rond dans la nuit, savourant le bien-être de ce bain après une journée étouffante.

Déçus de ne pas entendre de cris, les marins décidèrent assez vite de le remonter.

— J'y vais, dit Apollonia en enfonçant son béret sur la tête.

L'eau la happa dans ses profondeurs et elle eut l'impression d'être perdue à tout jamais – jusqu'au moment où elle sentit la pression soudaine de la corde qui la maintenait en contact avec le navire. Elle tentait d'apprivoiser l'étrange situation lorsque, brusquement, elle toucha une peau lisse. Terrorisée, elle ouvrit les yeux et aperçut tout proche un animal marin, avec un long museau souriant.

Elle était entourée d'animaux gracieux qui bondissaient dans les vagues. Leur corps avait la forme d'une virgule dynamique. Et c'était leur longue bouche relevée sur les côtés qui leur donnait cet air amical. Une bande de dauphins ! Pareils à celui qui, dans un rêve récurrent, l'emportait jusqu'au Paradis...

Fascinée, Apollonia s'aperçut qu'en agitant les bras et les jambes, elle était capable de se maintenir à la surface de l'eau au milieu d'eux. Elle tendit très doucement la main vers le dauphin le plus proche et effleura sa peau lustrée. Blessées par la torture qu'elle avait subie à Rome, ses mains étaient rigides comme des serres d'oiseau, mais elles n'avaient pas perdu leur sensibilité. Virevoltant avec grâce, le dauphin vint poser le bout de sa gueule à l'intérieur de ses doigts et en agita à peine l'extrémité comme s'il lui donnait de petits baisers. La jeune femme se mit à rire de bonheur.

Elle fut très surprise et déçue d'être brutalement tirée en arrière et remontée sur le pont.

Puis ce fut le tour de Pauline, qui se lança en serrant les dents, se rappelant sa douloureuse évasion de La Rochelle. Mais l'Atlantique équatorial n'avait pas grand-chose à voir avec l'océan glacial qui baignait sa ville en hiver... Légère comme une plume, Pauline fut ramenée à bord après avoir traversé l'eau trop vite à son goût.

William lui succéda avec panache :

— Ouvrez-moi vos bras, sirènes et naïades !

Il fendit les vagues dans tous les sens avec un immense plaisir, regrettant seulement la corde qui restreignait sa liberté. Jacob, lui, sauta sans cérémonie. La dizaine d'autres matelots, les trois mousses, l'assistant du maître coq, le tonnelier et les dix-neuf soldats reçurent également leur baptême de l'hémisphère Sud. Mais l'enthousiasme des débuts était retombé. A force de boire, trop d'hommes s'étaient assoupis ; ils ronflaient, la tête appuyée contre le bastingage. D'autres tenaient des discours sans queue ni tête que personne n'écoutait.

Désireux de prolonger autant que possible cet unique moment de gloire, Jan luttait de toutes ses forces contre les effets de l'alcool. Tout à coup, il se rappela l'existence d'un autre novice.

— Le traître anglais ! Francis Quelquechose ! Qu'on le tire de la cale !

Baraqués bien qu'à demi vaillants, deux hommes se bousculèrent jusqu'aux profondeurs du navire, une lanterne à la main.

*

Francis se redressa en entendant des pas. Entre deux visites d'un matelot chargé de renouveler sa provision de biscuits de mer et d'eau avariée, il n'avait pour se distraire que les grincements du navire et d'effrayantes bagarres de rats, à quelques pas de lui.

Dans l'obscurité, il lui semblait parfois devenir fou de solitude. Le désespoir qui l'avait conduit à se tirer une balle dans la poitrine s'était mué en un terrible désir de vengeance, et toute son énergie se concentrait sur l'attente d'un moment favorable.

La trappe grinça. La lueur d'une lanterne éclaira les visages rougeauds de deux marins. Ceux-ci traversèrent la cale encombrée de ballots, jusqu'à lui. Ils se penchèrent au-dessus de ses chevilles prisonnières, secouèrent les anneaux métalliques, s'énervèrent contre la clef trop fine... Sans hésiter, il mit à profit leur esprit embrumé pour dérober le couteau que l'un d'eux avait accroché à sa ceinture. Il le glissa dans sa poche, contre la bible qui ne le quittait jamais. Les deux hommes réussirent enfin à ouvrir les fers et le saisirent sous les bras.

— Allez, hop ! Neptune t'attend !

Le prisonnier avait la tête qui lui tournait et il titubait. Sa blessure à la poitrine s'était cicatrisée, mais il n'avait pas mis un pied au sol depuis plusieurs semaines.

Son arrivée sur le pont ne laissa pas indifférents ses anciens compagnons. Cornelis leva le menton d'un air dédaigneux ; Etienne lui lança un regard de mépris, Pauline d'étonnement et de crainte ; Jacob fronça furieusement les sourcils. William, qui l'avait longtemps considéré comme son meilleur ami, détourna la tête de sa silhouette chancelante. Quant à frère Paolo, le faux moine qui avait fait échouer sa mission, il recula dans l'ombre. L'essentiel pour Francis était qu'aucun d'entre eux ne puisse distinguer son visage ; la tête dans les épaules, il cachait dans le col relevé de sa veste la barbe blonde et bouclée qui lui dévorait maintenant les joues.

Il fut conduit sur la planche, encordé, puis poussé dans l'océan. Le choc lui parut si brutal qu'il faillit s'évanouir. Une fois passé ce moment, il eut au contraire l'impression que l'eau enveloppait son corps épuisé de caresses revigorantes. Avec Etienne et William, il était l'un des rares passagers de *L'Espérance* à savoir nager : l'été, les étudiants de Cambridge avaient l'habitude de s'ébattre dans l'eau fraîche de la rivière Cam.

Le jeune homme aperçut les dauphins qui tournaient autour de lui. Il sortit de sa poche le couteau qu'il venait de dérober, trancha la corde qui lui entourait la taille puis, rassemblant ses forces, se jeta sur l'animal le plus proche, l'empoignant pour le frapper plusieurs fois de sa lame, jusqu'à sentir le sang poisseux jaillir sous ses doigts et le corps souple du cétacé s'immobiliser.

Entraînant le cadavre, Francis s'éloigna à toute vitesse le long du navire jusqu'à la proue, avant de lâcher le dauphin et de reprendre son souffle. Là, il s'accrocha aux écailles de la sirène en bois, à ses seins rebondis et à sa chevelure pleine de creux et de bosses. Atteignant le bastingage, il l'enjamba et se retrouva sur le pont, à l'opposé de la poupe où se déroulait la cérémonie. Prestement, il retira ses vêtements noirs de presbytérien, et les lança dans l'eau.

Nu, le couteau dans une main, sa bible détrempée dans l'autre, il courut se réfugier dans l'entrepont, si bas de plafond qu'il devait y avancer courbé. Fouillant les dizaines de hamacs vides, il trouva un pantalon court, une chemise en haillons, un bout de ficelle qui lui permit de faire une queue-de-cheval de ses longs cheveux blonds, un foulard qu'il put nouer sur son front pour cacher ses boucles. Dans un miroir cloué à une poutre, il vérifia son apparence : il ressemblait maintenant à n'importe laquelle de ces brutes de marins, tellement différent du gentilhomme qu'il avait été, soigné et impeccable jusqu'à l'austérité. Grâce à sa barbe hirsute, il défiait même William de le reconnaître.

*

Pendant ce temps, les matelots avaient senti la corde s'alléger brusquement. Ils la relevèrent, et découvrirent la cassure nette, trace probable des dents d'un monstre marin. Ils y accrochèrent une lanterne qu'ils balancèrent au-dessus de l'eau, révélant la présence à sa surface d'une flaque de sang. Terrorisés, ils se mirent à hurler :

— Des requins !

— Les requins ont dévoré le traître !

Ce fut le signal de la fin de la fête. Neptune ivre mort fut porté dans son hamac par ceux de ses chevaliers qui tenaient encore debout. La plupart des marins et des soldats dormaient sur le pont, les uns contre les autres, leurs joues brûlantes apaisées par le vent frais de la nuit. Hans Michielszoon reprit la barre, heureux d'être à nouveau le maître du navire, et que cette dangereuse parenthèse se soit refermée.

Les autres officiers regagnèrent leur cabine, choqués et stupéfaits. Par quel hasard incroyable l'océan les avait-il ainsi débarrassés du traître de *L'Espérance* ?

2

Dans la peau d'Apollonio

Mon enfant à naître, ce qui se prépare sous la peau tendue de mon ventre est aussi périlleux que la traversée du Pacifique sur un navire d'explorateurs. Voilà pourquoi je ne t'ai rien caché et ne te cacherai rien des aventures qui ont préparé ta venue. Ton père a déjà eu une place de choix dans ce récit, et pourtant, en ce début de l'année 1629, ni lui ni moi n'avions encore conscience de l'amour intense qui allait bientôt nous unir...

*

Autant la fausse identité de frère Paolo m'avait encombrée, autant celle d'Apollonio était pour moi une révélation. Grand était mon soulagement de ne plus être regardée comme un interlocuteur privilégié de Dieu, mais comme un spécialiste de ce qui me passionnait vraiment : la peinture. Et quel plaisir étourdissant d'être considérée comme un homme à part entière ! Frère Paolo ne l'avait été qu'à demi aux yeux de ses compagnons ; sa robe de bure devait être accompagnée d'un caractère joyeux et tolérait mal le port d'une arme. Au contraire, en tant que peintre masculin, je pouvais grimper au poste de vigie pour en croquer la vue, défier Vasco de ma rapière, interpeller bruyamment mes camarades ou disparaître pendant des heures dans ma cabine sans que personne s'offusque de mes humeurs changeantes.

Malgré la chaleur étouffante, je me réveillais chaque matin le cœur léger. Un calepin calé dans la paume de ma main gauche, un fusain serré dans l'attelle de ma main droite, j'arpentais le pont et crayonnais tout ce que je voyais : les voiles molles, les matelots assoupis, le maître coq désœuvré, le timonier qui maintenait le cap avec un morceau de bois bloquant la barre...

Un faible vent d'est nous portait bien trop lentement vers le sud de l'Amérique. Interminables, vides pour la plupart de mes compagnons, les jours se succédaient, nous avançant à peine dans la bonne direction. Même sans autre activité que jouer aux cartes, se raconter leurs songes ou faire la sieste dans l'entrepont, les matelots conservaient un estomac qui réclamait leur pitance quotidienne. Peu à peu, nos provisions s'épuisaient. Officiers et marins, pour une fois logés à la même enseigne, nous ne mangions plus que des biscuits de mer. Ceux-ci avaient été cuits plusieurs fois afin de résister aux voyages les plus interminables ; ils étaient d'une épouvantable dureté, impossibles à ronger sauf par des rats ; un marin novice qui tenta d'en croquer un en eut la molaire arrachée ; nous ne pouvions les avaler qu'après les avoir trempés dans un liquide. Pour remplir un pichet, le maître coq écartait avec son écumoire la couche d'asticots qui grouillaient à la surface de l'eau. La bière donnait aux biscuits un bien meilleur goût et, du coup, nombreux étaient ceux qui tanguaient sur le pont malgré l'océan le plus paisible qui soit.

Deux semaines environ après le passage de la ligne, je m'installai sur le château arrière avec un grand calepin, des fusains, des sanguines et des craies, attirée par un étonnant ballet qui se déroulait sous mes yeux. Des poissons volants battaient plusieurs fois des nageoires dans le ciel d'azur pour échapper à leurs poursuivants, d'énormes thons argentés. Ces derniers étaient mis en joue par des soldats affamés qui tentaient de les pêcher d'un tir de mousquet bien ajusté. Vite, je captais sur la feuille les petits poissons affolés, les énormes thons aux gueules effrayantes, et les mines concentrées des soldats, deux doigts sur la pierre à feu, la main gauche sur la fourche qui maintenait l'arme en place.

Les coups partirent, presque simultanés. Quand la fumée se dissipa, les soldats poussèrent des cris de triomphe. Ils avaient atteint l'un des thons qui flottait ventre en l'air, teintant de rouge l'océan. Sans hésiter, Etienne fit voltiger son tricorne et William son chapeau à plumes. L'un se débarrassa de sa vareuse d'officier, l'autre de son pourpoint lustré par l'usure.

— Tu viens avec nous, Apollonio ?

— Euh... Non merci, ça ne me tente pas.

J'étais très tentée, au contraire. Mais j'avais eu de la chance qu'il ait fait nuit au moment où l'étoile polaire avait disparu. En plein jour, sortie de l'eau avec mes vêtements mouillés collés contre ma peau, ma féminité aurait éclaté au grand jour !

D'un même élan, ils plongèrent.

Malgré moi, une image se superposa à celle des nageurs ramenant le thon sous les hourras de l'équipage – le maître coq étant l'un des plus enthousiastes –, une image qui m'obsédait, celle d'une lanterne se balançant dans la nuit au-dessus de l'océan rougi. Deux semaines auparavant, au cours d'une cérémonie maritime qui aurait pu être amusante si elle avait été moins effrayante, Francis avait été dévoré par des requins ! J'étais bien sûr soulagée d'être débarrassée de quelqu'un qui me haïssait. Mais quelle mort atroce... Le lendemain, Cornelis nous avait fait remarquer que n'importe lequel d'entre nous aurait pu être attaqué par ces monstres. Puisque ceux-ci s'en étaient pris à celui qui nous avait trahis, comment ne pas y voir le doigt vengeur de Dieu ? Le négociant s'était tourné vers moi pour me demander mon avis puis, se souvenant que je n'étais pas frère Paolo, il avait poussé un soupir de martyr avant de quitter la table avec brusquerie.

S'il m'avait interrogée, j'aurais pu lui raconter que, quelques minutes avant l'attaque des requins, j'avais eu au contraire la chance merveilleuse de croiser dans l'eau le plus pacifique des animaux marins. Un banc de dauphins avait dansé autour de moi ! L'un d'entre eux m'avait frôlée et j'avais pu le caresser...

Cherchant dans mon souvenir la courbure exacte de leur dos, j'ombrai une autre feuille d'un trait gris de fusain. Tandis que les véritables dauphins avaient un corps merveilleusement simple, élégant et joyeux, ceux que j'avais vus reproduits sur les cartes étaient affublés de moustaches, de queues en forme d'ancres marines ou de tire-bouchons... Peu de gens avaient dû voir ces animaux de près et, parmi eux, aucun ne savait dessiner !

Je représentai le dauphin dressé à la verticale, ses nageoires fuselées ouvertes comme s'il me saluait, son long museau tourné vers moi, ses yeux plongés dans les miens. Tel qu'il m'était apparu. Au fusain puis à la craie, je tentai de rendre l'intensité troublante de son regard. Profond, intelligent... En un mot : humain. Mon sentiment était étrange, peut-être même absurde, mais j'avais l'impression que l'animal marin avait compris qui j'étais et qu'il m'avait encouragée. Il m'avait promis au bout de notre chemin maritime une société paisible et juste, où je pourrais être femme et libre à la fois. Exactement comme dans mon rêve...

— Apollonio !

Je sursautai. Hans Michielszoon se dirigeait vers moi, grimpant deux à deux l'escalier qui menait au château arrière.

— J'ai besoin de toi.

Le bâton de craie suspendit son mouvement.

— Que se passe-t-il ?

— Nous ne pourrons pas atteindre le Pacifique sans nous être d'abord réapprovisionnés. Pour ça, il me faut trois drapeaux aux couleurs du Portugal, à accrocher au grand mât, à la poupe et à la proue.

Le capitaine posa sa main sur mon épaule.

— Tu peux t'y mettre tout de suite, Apollonio ? Et nous les fabriquer au plus vite ?

Je frissonnai. Les yeux de Hans Michielszoon avaient la couleur des dauphins : bleu-gris. Et son regard était de la même intensité que le leur. Notre capitaine m'inspirait une grande confiance... ainsi que d'autres sentiments qui me troublaient, et auxquels je préférais ne pas penser.

— Vous pouvez compter sur moi.

Il s'éloigna. Déçue d'interrompre mon dessin, je glissai fusains, craies et sanguines dans leurs étuis de papier, remis le tout dans ma boîte en bois à côté des encres, et refermai le grand calepin. Mon matériel sous le bras, je me dirigeai vers la cabine du capitaine, juste sous la poupe. C'était là, à côté des instruments de navigation, qu'étaient rangés tous les documents dont nous disposions. J'espérais y trouver des modèles de drapeaux portugais.

Je commençai par feuilleter les atlas les meilleurs qui soient, ceux d'Abraham Ortelius et de Gerhard Mercator. Lorsqu'un siècle auparavant les couronnes espagnole et portugaise s'étaient partagé le monde, le Brésil s'était retrouvé à l'est de la ligne, dans le domaine portugais, de même que l'Afrique et l'Inde, et contrairement à tout le reste de l'Amérique.

Dans les atlas, cette appartenance était indiquée sous la forme de blasons, ce qui ne m'avançait guère... J'ouvris plusieurs cylindres de métal qui contenaient les cartes espagnoles et portugaises que j'avais moi-même recopiées dans les archives secrètes d'Espagne. Désireuse de ne laisser passer aucune information susceptible de nous aider, j'avais reproduit le moindre croquis de baleine, de forteresse ou de drapeau... Sur ces routiers dressés à la main par les marins eux-mêmes, avaient été dessinés de nombreux drapeaux portugais, devant les îles du Cap-Vert, l'Angola en Afrique, le

Pernambouc au Brésil et la côte de Malabar en Inde. Deux modèles se côtoyaient, l'un blanc et jaune, l'autre rouge et blanc. Lequel était le bon ?

La carte roulée à la main, je remontai sur le pont et grimpai la courte échelle de la poupe.

— Monsieur Vasco ?

L'officier en second, d'origine portugaise, se retourna. Il me darda de ses yeux pleins d'ironie, dont la clarté ressortait étrangement sur sa peau brûlée par le soleil. Malgré moi, ma voix avait tremblé. Je n'avais pas oublié la brutalité avec laquelle il m'avait traitée lorsque j'avais été condamnée par Cornelis.

— Frère Paolo ? Oh, pardon... Je ne m'habituerai jamais à l'absence de ce moinillon !

Je me mordis la lèvre pour ne pas répliquer.

— Pouvez-vous m'indiquer lequel de ces drapeaux est celui du Portugal ?

Après y avoir jeté un bref coup d'œil, il me désigna du doigt le rectangle blanc, avec en son centre une couronne jaune crénelée, qui surmontait un blason rouge comportant des motifs bleus, jaunes et blancs.

— Le dessin en est-il bien exact ?

— Je vais te dire un truc, le barbouilleur. A la distance à laquelle on croise les autres navires, tu peux aussi bien faire un gribouillis jaune au milieu d'un drap blanc, ils n'y verront que du feu.

— Mais c'est le bon drapeau ?

— Oui.

Malgré la colère qui commençait à bouillir en moi, je réussis à rester impassible. Forte des instructions du capitaine, j'allai négocier avec le responsable des réserves des pièces de tissu dont je choisis avec soin les couleurs. Sur ce point, Vasco n'avait pas tort : à distance, c'était ce qui importait le plus. Ensuite je réclamai l'assistance de Paul. Si l'attelle me permettait de dessiner, je restais incapable de manier des ciseaux ou des aiguilles.

En passant sur le pont, je vis le charpentier diriger une dizaine d'hommes dans la construction d'une structure de planches dont je ne devinai pas l'utilité. Mais je n'y prêtai guère d'attention, habituée à ce qu'il y ait toujours des réparations en cours. J'allai vers les fourneaux du maître coq, dans lesquels je ramassai quelques morceaux de charbon de bois.

Dans la salle à manger, seule pièce assez vaste pour ce travail, je tendis un rectangle de tissu blanc par-dessus la table rectangulaire. Pendant que Paul le marquait à la bonne taille, le découpait puis en renforçait les bordures, je dessinai au charbon de bois chacun des motifs sur des toiles de la bonne couleur : la couronne jaune, le blason rouge, les tours jaunes, les petites pierres précieuses rouges et vertes, les minuscules blasons bleus.

— Tu peux me découper tout ça, Paul ? Je vais superposer chaque pièce de tissu, de la plus grande à la plus petite et il faudra les coudre ensemble solidement. D'accord ?

Dix ans à peine mais déjà sérieux comme un pape, notre compagnon se mit à l'œuvre sans bavardage inutile, ses mains fines pinçant le tissu pour le fondre à la perfection au bon endroit. Ressemblant à son frère comme deux gouttes d'eau avec ses mèches blondes désordonnées, ses yeux noisette et ses taches de rousseur, Paul avait un caractère en tout point opposé au sien. Seuls Etienne et moi connaissions son secret, que nous ne mentionnions jamais entre nous, de peur de le trahir par étourderie.

Le soir, quand fut servi le souper de biscuits agrémenté de tranches de thon, nous pûmes présenter au capitaine trois drapeaux portugais impeccables, prêts à remplacer les pavillons hollandais. Le nain Alonso plaqua sur sa vihuela des accords spectaculaires, Etienne siffla d'admiration, William réajusta son pince-nez pour apprécier les détails des blasons et le sergent Jacob nous félicita chaleureusement, Paul et moi. Quant à Hans Michielszoon, il me lança simplement ce regard franc que j'aimais et je sentis tressaillir les tréfonds de mon ventre.

— De même qu'un bon commerçant ressemble à ses clients, dit Cornelis avec autorité, l'explorateur qui va le plus loin est celui qui passe inaperçu.

Le négociant désignait son chapeau noir à large bord, son pourpoint noir, ses hauts-de-chausses noirs, ses bas noirs, ses souliers noirs et son grand col blanc. Je le regardai avec surprise. Jusque-là, j'avais cru en l'authenticité de sa foi calviniste, et non qu'il s'habillait ainsi pour se fondre dans la foule hollandaise.

— Est-ce à dire, monsieur, que nous arrivons chez les Portugais du Nouveau Monde ? l'interrogea Etienne avec fièvre.

— Tout à fait !

— Nous ne sommes qu'à quelques jours de navigation du Pernambouc, précisa William qui, à force de calculer notre position, la connaissait par cœur. Cette région du Brésil s'avance vers l'Europe comme un promontoire.

Notre jeune scientifique se tourna vers Hans Michielszoon, quêtant son approbation. Pour l'instant, celui-ci nous fixait avec ses sourcils noirs froncés comme s'il ruminait quelque réflexion.

— Nous allons pouvoir y reconstituer nos réserves de nourriture ! poursuivit William, la mine réjouie. Il paraît que le Pernambouc est la région la plus prospère du Brésil... Je salive rien que de penser aux pommes ratatinées qui dormaient tout l'hiver dans les greniers de mes parents... Alors, vous imaginez... Un fruit frais bien juteux, bien parfumé... Mes amis, avez-vous déjà entendu parler de l'ananas ? Le roi des fruits avec sa couronne de feuilles ?

— Oubliez les ananas ! s'emporta Cornelis. Si nous avions le malheur d'approcher de trop près du Pernambouc, nous y serions reçus à coups de canon ! L'an dernier, un amiral hollandais est venu dérober trois mille caisses de sucre au nez et à la barbe des Portugais, avant de détruire une partie de leur flotte et de s'enfuir ! Ces derniers seraient trop heureux de se venger sur *L'Espérance*.

Paul blêmit. Hans Michielszoon intervint.

— Monsieur Van Vliet, le scorbut nous guette. Si nous ne nous ravitaillons pas très vite, les dents de nos hommes vont tomber comme des fruits mûrs.

— Mais nous pourrions éviter les capitaineries portugaises... Les Indiens Tupi sont paraît-il de bonne composition. Ils fournissent aux navires européens toutes sortes de nourriture locale contre des miroirs et des haches.

J'écarquillai les yeux. Il s'agissait d'indigènes d'Amérique, représentés sur les cartes nus et simplement vêtus de plumes de couleur. Mais peut-être ces dessins étaient-ils aussi fantaisistes que ceux des dauphins ?

— Est-ce que ce ne sont pas des cannibales ? s'écria William.

Dans le voyage de Magellan raconté par Pigafetta, des illustrations montraient en effet des bras et des jambes qui cuisaient sur des feux de bois.

— Ils le sont, confirma Vasco.

Soudain, je remarquai que l'officier en second ne ricanait pas. La peur habitait ses yeux, et depuis que nous le connaissions, c'était la première fois.

— Des créatures humaines qui se nourrissent d'autres créatures humaines ! s'exclama Etienne. Je croyais qu'il s'agissait d'une légende, que mes parents avaient inventée pour me décourager de devenir marin !

Vasco saisit devant lui une carafe en cristal remplie de vin d'Espagne. Et sans prendre la peine de remplir son verre, il se mit à boire longuement au goulot. Personne n'osa l'interrompre, pas même Cornelis. Quand il reposa la carafe vide, la petite lueur de l'ivresse dansait au fond de ses pupilles.

Dans le silence de mort qui s'était installé, on entendit enfin la voix grave de Hans Michielszoon.

— Vos informations sont datées, monsieur Van Vliet. Depuis que les Portugais sont arrivés au Brésil, ils n'ont eu de cesse qu'ils réduisent les Indiens en esclavage. Au nom du Christ. Mais surtout pour s'enrichir. Alors, aujourd'hui, les Tupi qui ont survécu aux maladies et aux armes à feu ont fui dans les recoins encore ignorés d'une forêt gigantesque.

— Mais plus au sud ? demanda William. Après les capitaineries portugaises, et juste avant l'Argentine ? Je parie qu'il existe là des tribus qui n'ont jamais vu de Blancs !

— Sans doute. Mais pour atteindre cette région, il nous faudrait naviguer encore deux semaines. Nous n'avons plus assez de réserves pour ça.

Conscient de la solennité de l'instant, chacun retint son souffle et Alonso lui-même cessa de gratter les cordes de sa vihuela.

— Nous n'avons pas le choix, conclut Hans Michielszoon. J'ai donné l'ordre de filer droit vers le Pernambouc.

Paul poussa un cri. Le capitaine se tourna vers lui.

— Mais je ne suis pas suicidaire. Nous allons déguiser notre navire. En vaisseau portugais.

— Grâce aux drapeaux ?

— Exactement.

— C'est de la folie ! s'emporta Cornelis. Les flûtes hollandaises n'ont pas du tout la même silhouette que les galions espagnols et portugais. Les galions sont trapus, avec un château arrière beaucoup plus monumental que celui de nos flûtes.

Hans Michielszoon hocha la tête.

— Voilà pourquoi j'ai demandé au charpentier de nous construire un château arrière provisoire, semblable à celui des navires portugais.

— Et la taille de notre coque ? rugit le négociant. Vous allez demander au charpentier de l'allonger de plusieurs pieds ?

Le capitaine sourit.

— Ce ne sera pas la peine, monsieur Van Vliet. J'ai repéré sur la carte une petite plantation de cannes à sucre. Nous jetterons l'ancre dans sa baie ouverte, qui ne contient ni île, ni promontoire rocheux aidant l'œil à se repérer. Et nous enverrons nos chaloupes à terre. Ainsi, regardant depuis le rivage notre navire plus petit qu'un galion, les Portugais nous croiront simplement amarrés plus loin.

William éclata de rire.

— Bravo, capitaine ! Si un jour vous êtes las de parcourir les mers, vous pourrez toujours gagner votre vie comme illusionniste !

*

Le soir même, un mousse fut envoyé en haut du grand mât. En équilibre sur les drisses qui maillaient le ciel, il décrocha un à un les liens qui retenaient le drapeau hollandais à trois bandes horizontales : rouge, blanc, bleu.

— Attention là-dessous ! cria-t-il.

Dans un hurlement strident qui paniqua les oiseaux, le lourd tissu fila le long de son câble jusqu'à nos pieds. Trois autres mousses s'élancèrent à l'assaut des voiles, tenant ensemble le drapeau blanc et jaune du Portugal qu'ils installèrent à sa place. La même opération eut lieu à la proue et à la poupe. William et moi la suivions des yeux, adossés au bastingage.

— Nous voilà déguisés, fit remarquer le gentilhomme de Cambridge. Ça fait un drôle d'effet, tu ne trouves pas, Apollonio ?

— Euh... Oui, bien sûr, dis-je, un peu gênée.

Pour cacher mon trouble, je m'empressai de l'interroger :

— Il ne vous est jamais arrivé de vous faire passer pour quelqu'un que vous n'êtes pas, William ?

— Si. A l'époque où j'étais le sizar de lord d'Aylilay, et où mes études étaient payées par le service permanent que je lui devais. Lord d'Aylilay s'exerçait sur moi à sa future fonction de tyran domestique. Les draps de son lit n'étaient jamais convenablement tirés, ni ses souliers assez bien cirés. J'enrageais de perdre de manière inutile un temps qui aurait été précieux pour mes études. Pour tenir le coup, il me fallait craquer une ou deux fois par an.

Saisissant son chapeau à demi dégarni de ses plumes, il se mit à s'éventer avec.

— Je me réfugiais à la lingerie. Là, une charmante jeune personne compatissait à mes malheurs en me prêtant une tenue de lingère. Un bonnet de dentelles sur la tête, un châle sur mon pourpoint et un jupon par-dessus mes hauts-de-chausses, je me roulais en boule au milieu des draps qui attendaient d'être lavés et me tournais vers le mur pour qu'on ne remarque pas mon visage viril. Je faisais la sieste dans les parfums de lavande, de violette et de rose, longuement, pour me venger de toutes mes nuits abrégées par lord d'Aylilay. Ensuite, bien reposé, toujours caché derrière la pile de linge, j'étudiais mes manuels jusqu'à la nuit tombante, au milieu des doux babils des lingères. Lorsqu'à mon retour, mon maître me demandait où j'avais disparu pendant tout ce temps, je lui racontais que j'avais croisé le directeur de notre collège, et que celui-ci m'avait réquisitionné pour quelque tâche urgente.

Je ne pus m'empêcher de rire. Comme il souriait en me regardant, je m'accroupis sur le pont et, à l'aide d'un morceau de charbon de bois resté au fond de ma poche, dessinai à grands traits le bonnet de dentelles par-dessus le nez en trompette, le menton un peu fort, le pince-nez et le charmant sourire.

Derrière moi, William s'esclaffa. Alors, je rajoutai la pile de linge, les flacons de soude et de sel, la bassine de cendres, les étendoirs, les tables, les fers de métal alignés devant la cheminée...

Soudain, le jeune scientifique anglais me tourna le dos et s'éloigna à grands pas. Il traversa le pont, descendit les marches et disparut sous la proue, là où se trouvaient les cabines des officiers. Je me lançai à sa poursuite. L'avais-je vexé ? L'avais-je dessiné moins gracieux qu'il ne se voyait lui-même ?

Dans la première cabine, je le trouvai dans sa couchette, tournant le dos au couloir. Je m'assis près du lit.

— William ?

Il se mit à ronfler bruyamment, comme pour me signifier de le laisser tranquille. Mais je ne le pouvais pas !

— Je vous ai blessé, William, avec mon dessin ? Pardonnez-moi ! Ce n'était pas mon intention, je...

Il enfonça son chapeau sur son visage avant de me répondre d'une voix étouffée.

— Ton dessin était très amusant. Si j'avais eu la possibilité d'arracher trois planches au pont, je l'aurais volontiers accroché à ce mur.

— Mais... alors..., bafouillai-je.

Il resta silencieux un long moment. Je ne bougeai pas, écoutant le navire grincer dans le ressac, me souvenant de ces longues journées où j'avais veillé William quand il était entre la vie et la mort à cause de moi. Je posai ma main sur la sienne.

— Que vous arrive-t-il ?

Enfin il soupira, et releva légèrement son chapeau. Dans l'ombre du couvre-chef, je devinai ses yeux rougis.

— J'ai parfois un chagrin énorme, qui me saisit comme ça sans prévenir, et que je n'aime pas montrer... Ton dessin m'a rappelé ma première rencontre avec Francis. En ce temps-là, il n'était pas presbytérien – s'il ne l'a jamais été sincèrement – et il faisait la cour à une jolie lavandière. Un jour, je faisais la sieste dans le tas de linge... je me suis redressé en entendant près de moi des roucoulements et des baisers. Je leur ai causé une belle frayeur ! La lavandière s'est enfuie mais lui en est resté paralysé quelques minutes. Il avait cru voir le fantôme de sa vieille pimbêche de grand-mère ! Nous avons été pris d'un fou rire et, à partir de cet instant, nous sommes devenus les meilleurs amis du monde.

Serrant le poing, William frappa la coque qui formait autour de nous un mur arrondi.

— Pardonne-moi, Apollonio. Tu es vraiment le dernier à qui je devrais me confier, puisque Francis t'a fait tant de mal...

— Allez-y, William. Je suis votre ami.

Mon cœur se gonfla d'émotion. Jusqu'à mon embarquement sur *L'Espérance*, l'amitié m'était un sentiment inconnu.

— Merci... Francis me manque. Pas le traître à la solde du gouvernement anglais, non, mais celui que j'asticotais pour rire, et qui me répondait avec son humour caustique... Qui partageait la même science et les mêmes souvenirs à Cambridge que moi... Qui semblait me comprendre... Le Francis qui n'existait pas !

— Il a sans doute existé, William... Avant que son père ne lui demande de jouer les espions et de nous trahir.

— Non, non. L'ami que j'aimais comme un frère n'était qu'une illusion. Tu vois, Apollonio, c'est ça qui me fait le plus souffrir. D'avoir cru en l'amitié d'un fantôme.

Nous restâmes un long moment silencieux. Puis il se retourna vers moi et me sourit avec beaucoup de charme.

— Qu'importe... A nous le continent caché du Pacifique !

Se redressant, il s'assit près de moi sur la couchette.

— Nous allons le découvrir, mais à quoi ressemblera-t-il ? Au Brésil, ou au Sahara ? Aura-t-il les richesses en or du Chili, ou la pauvreté du Canada ?

— Qu'en pensent les géographes ?

— Ils n'en ont aucune idée ! Alors, écoute, Apollonio, j'ai une proposition à te faire. Racontons ensemble cette aventure hors du commun dans un routier... extraordinaire. Moi, j'écrirai en détail notre périple, je décrirai chacune des terres que nous découvrirons dans le Pacifique et je donnerai des relevés d'une grande précision. Toi, tu feras de magnifiques illustrations, pleines de vie et de détails véridiques. Comme ça, même si nous sommes obligés de présenter à la VOC un désert inhospitalier et sans valeur, nous aurons quand même un document passionnant à vendre aux imprimeurs. Qu'en penses-tu ?

— Mais comment réagira la VOC, qui a financé notre voyage ?

— Du moment que nous lui réservons toutes nos informations sur le continent caché, pourquoi s'opposerait-elle à la publication de notre récit ?

— C'est une idée formidable !

Espérant m'installer dans le Pacifique, je comptais n'avoir jamais affaire à des imprimeurs d'Europe ou de Batavia. Mais je savais que ce n'était pas le projet de William, qui souhaitait revenir chez lui après avoir découvert des terres nouvelles. Alors, quel plus beau cadeau faire à l'ami charmant et vif dont j'appréciais tant la compagnie, et qui m'avait sauvé la vie ?

3

Les maîtres du moulin

Le lendemain, quand je croisai William planté au milieu du pont, il ne frémit pas d'un cheveu. Sa main droite tenait devant lui le compas, une boîte carrée qui associait une boussole et une rose des vents. Placé exactement au centre du navire, il cherchait à voir dans les deux fentes opposées, d'une part la proue et d'autre part la poupe, pour déterminer la direction que nous suivions.

Le soleil devait avoir atteint son zénith. Car au même moment, sur le château arrière, Etienne mesurait la hauteur entre l'astre du jour et l'horizon grâce à l'arbalestrille, une règle en bois graduée. Près de lui, sous la surveillance de Jacob, deux matelots laissaient filer dans l'eau une corde rythmée par des nœuds réguliers qu'ils comptaient pendant un tour de sablier, environ une demi-heure. Ainsi calculaient-ils la vitesse du navire. Ces deux données : vitesse et direction, ajoutées à la latitude, et comparées à notre position de la veille, allaient permettre à William d'estimer notre position du jour et de la reporter sur la carte. Il n'existait pas d'autre moyen de connaître notre longitude que ce calcul appelé « l'estime », où la moindre approximation pouvait susciter des erreurs importantes.

Mais ce jour-là, l'estime fut juste. Des terres émergèrent de l'horizon avec au fond d'une baie la plantation que nous visions : une modeste exploitation de cannes à sucre. Le capitaine fit réduire les voiles afin de ne l'atteindre qu'à la tombée de la nuit. Nous eûmes tout le temps de contempler la lente approche de la côte, les montagnes rondes en arrière-plan, la baie au sable doré, quelques arbres au feuillage découpé, un toit de tuiles, plusieurs toits de palmes et un clocher.

Quel pincement au cœur de revoir la terre ferme après plusieurs mois de haute mer ! Hormis ceux qui avaient une manœuvre à effectuer, hommes d'équipage et officiers se bousculaient à la proue. Les visages de mes compagnons exprimaient tous le même espoir, la même nostalgie, la même crainte...

Dès que Hans Michielszoon se dirigea vers nous, Etienne qui sautillait d'un pied sur l'autre se précipita.

— Je peux descendre à terre, capitaine ?

— Désolé, ce n'est pas prévu.

La mine de l'adolescent français s'allongea. L'officier en second avait attrapé Alonso par le col et le maintenait près de nous d'une main ferme pendant que le capitaine nous réunissait autour de lui.

— Notre approvisionnement s'annonce très délicat et j'ai soigneusement pesé l'équipe qui va s'en charger. Nous sommes censés être portugais, donc elle sera dirigée par Vasco. Il sera accompagné de deux officiers soi-disant castillans. Cela ne paraîtra pas suspect puisque ces nations ont aujourd'hui le même souverain. Quant à l'équipage, j'ai regroupé une dizaine d'hommes d'origine portugaise et espagnole. Le maître coq sera lui aussi du voyage. Il est français, mais c'est chose fréquente pour un cuisinier.

Alonso qui s'agitait sous la poigne de l'officier en second se mit à protester :

— Monsieur Vasco, j'ai bien compris que vous étiez grand et puissant, et moi petit et misérable. Je crois que vous pouvez me lâcher maintenant.

— Pas avant que tu sois dans une chaloupe !

Après que le soleil eut disparu face à nous derrière les montagnes, le capitaine fit jeter l'ancre. Deux embarcations furent posées sur l'eau, l'une pilotée par l'officier en second, l'autre par moi. Parlant parfaitement le castillan, je n'avais pas été surprise de ce choix. Et bien que cette promenade à terre s'annonçât périlleuse, je n'étais pas mécontente d'aborder ce Nouveau Monde extraordinaire, que certains voyageurs avaient décrit comme le paradis terrestre...

— Dernière escale avant le Pacifique ! me lança William.

— Tardez le moins possible ! cria Hans Michielszoon, penché par-dessus le bastingage. *L'Espérance* doit quitter la baie avant le lever du soleil !

Nous ne pouvions pas prendre le risque qu'un navire sorte du port le lendemain matin, découvre notre taille réelle et comprenne notre subterfuge. Avant que les hommes ne commencent à ramer, Vasco cria à l'adresse d'Alonso, assis près de moi, sa vihuela dans le dos, les yeux furieux au-dessus de sa barbe broussailleuse.

— Ton imagination va nous aider, le nain ! Tu vas inventer pour le maître des lieux une bonne fable qui expliquera notre présence ici. Si tu tiens à remonter à bord, sois persuasif !

Alonso marmonna quelques jurons à l'adresse de Vasco et ajouta :

— Qui lui dit, à celui-là, que je veux remonter dans son rafiot ?

Je posai ma main sur sa toute petite épaule.

— J'ai confiance en tes talents, Alonso. Tu vas subjuguer les propriétaires du moulin et, grâce à toi, nous éviterons tous la famine et le scorbut.

Il redressa la tête et plongea son regard fier dans le mien.

— Je ferai de mon mieux. Mais pas pour ce Vasco que je méprise. Pour ces soldats et ces marins qui ont apprécié mes chansons. Et puis pour toi, Apollonio, qui m'es plutôt sympathique.

Il avait avoué ce dernier sentiment du bout des lèvres. Pauvre Alonso ! Lorsqu'il recevait de l'affection, il était tellement persuadé qu'il allait la perdre aussitôt qu'il ne pouvait même pas l'apprécier ; il préférait la considérer avec dédain.

Les deux chaloupes avançaient l'une derrière l'autre sur l'eau que les derniers rayons coloraient d'émeraude. L'ombre des montagnes couvrait la baie, accélérant la venue de la nuit. En quelques minutes, nous ne fûmes plus guidés que par l'écume des vagues, d'un blanc incandescent, qui nous montrait la direction du rivage.

Notre navire avait été repéré et des gens venaient à notre rencontre. Ils descendaient d'une colline abrupte, au sommet de laquelle se trouvait une petite chapelle. Dans la lumière fantasque de leurs lanternes, je reconnus parmi eux une chaise à porteurs soutenue par deux silhouettes sombres.

Quand ce fut possible, nous sautâmes dans l'océan tiède pour tirer la chaloupe – Alonso seul à son bord, debout, l'air hautain.

— Allez, hue ! clama-t-il en maniant un fouet imaginaire, ce qui rendit plusieurs matelots furieux.

Nous arrivâmes sur la plage et je pris le nain sur mon dos pour qu'il ne mouille pas son instrument. Sur le sable, Vasco se penchait vers la chaise à porteurs. Il baisait avec un peu de raideur une petite main qui s'en échappait, couverte d'un gant de résille blanche. Dans la pénombre de la chaise, il était impossible de distinguer les traits de sa passagère.

— Chère madame, nous vous remercions de votre accueil.

Il s'exprimait en portugais. J'aurais été incapable de parler cette langue mais, à ma grande surprise, je m'aperçus que je la comprenais.

— Je suis désolée que mon époux ne soit pas disponible, dit une voix haut perchée. Lui-même en sera fort déçu, d'ailleurs, lorsqu'il apprendra votre venue. Il aurait été enchanté de vous montrer notre installation. Sans compter qu'il n'aime guère que je discute avec des étrangers.

Elle eut un petit rire gêné.

— De toute façon, il est tout le temps occupé. En ce moment, il court la forêt je ne sais où... Figurez-vous que le contremaître a égaré une magnifique pièce d'Inde, que nous venions juste d'acquérir au marché d'Olinda.

— Je comprends son agacement.

— Agacement ? Mon époux ne décolère pas ! Mais laissons cette affaire, qui hélas fait partie des aléas du quotidien. De quoi avez-vous besoin exactement ?

— De nourriture. De toute celle qu'il vous sera possible de nous vendre et qui plaira à notre maître coq ici présent : farine de manioc, fruits frais, cochons, volailles...

— Qu'avez-vous pour paiement ?

— Cette bourse de bons réaux de Madrid.

Les petites mains gantées soupesèrent la bourse, puis tirèrent sur les cordons et saisirent quelques pièces d'or.

— Francisco ! appela la jeune femme.

L'un des serviteurs s'approcha.

— Conduis ces hommes dans nos greniers à fruits et à farine. Ils pourront emporter tout ce qui pourra tenir dans deux voyages de chacune de leurs chaloupes. En outre, ils pourront choisir trois cochons et vingt poules.

Elle se tourna vers Vasco.

— Cela vous convient-il ?

— Vous êtes une négociante redoutable, madame. J'aurais pensé que cette bourse valait au moins cinq cochons. Mais nous sommes en difficulté et nous n'avons pas le choix. Alors je m'incline.

— A la bonne heure ! Eh bien, pendant que vos hommes travaillent, suivez-moi dans mon petit salon. Vous allez me dire ce qui vous amène dans les parages.

Elle soupira à fendre l'âme.

— Si vous saviez comme je m'ennuie dans ce coin perdu... Nos premiers voisins fréquentables sont à une demi-journée de route !

— Je vous suis avec grand plaisir, madame... Permettez-vous à ces deux artistes qui ont servi Philippe IV en personne de nous accompagner ? Le peintre n'est guère loquace, mais ce n'est pas le cas du musicien. Bien mieux que moi, il saura vous distraire et vous amuser.

Alonso s'inclina longuement et je soulevai mon béret. La dame poussa des roucoulements de surprise et de joie.

— Ces jeunes gens ont connu Philippe IV ! Vraiment ! Ah, Madrid, Madrid !... Dire que je n'y mettrai jamais les pieds !... A Lisbonne non plus, d'ailleurs. Quel dommage ! Mon époux m'en a tant vanté les charmes !...

Vasco donna quelques consignes à nos hommes et au maître coq. Puis, quittant la plage, nous entreprîmes l'ascension d'une colline abrupte, opposée à celle de la chapelle. Depuis la chaise, la dame poursuivait un babil enthousiaste sur un Portugal qu'elle n'avait jamais connu. Nous atteignîmes une demeure rectangulaire avec des grandes fenêtres ouvertes à tous les vents. La maîtresse des lieux descendit de la chaise en tâtonnant du pied et en redressant le menton, dans un mouvement qui se voulait élégant mais qui était exécuté avec maladresse. Sa lourde silhouette était celle d'une femme à la grossesse bien avancée. Son visage était dissimulé par une mantille de dentelle noire couvrant sa tête et ses épaules. Depuis le perron, elle nous désigna une lueur en contrebas.

— Notre moulin se trouve ici.

Dans la lumière de torches accrochées à un bâtiment arrondi, se mouvaient d'étranges ombres chinoises. Plissant des yeux, je finis par distinguer des bœufs qui entraînaient un axe. Etonnée, je m'approchai de Vasco et lui glissai en aparté :

— Ils travaillent même la nuit ?

L'officier en second interrogea la dame qui s'empressa de nous expliquer :

— Le moulin tourne une vingtaine d'heures par jour, tout le temps que dure la récolte de la canne à sucre. Celle-ci a démarré en juillet et se terminera en février.

— Huit mois de récolte !

— C'est chaque année comme ça. Et la canne coupée doit être écrasée dans les deux jours, sinon son jus est perdu. Vous voyez les bâtiments allongés derrière le moulin ? C'est là que le jus de canne est chauffé, purifié, concentré et transformé en pains de sucre... Quelle chaleur épouvantable, là-dedans ! Il n'y a que des nègres pour supporter ça !

Sans transition, elle nous tourna le dos et entra dans la maison éclairée, directement dans une pièce assez vaste, meublée d'un curieux mélange de chaises au dossier raide et de hamacs mollement suspendus à des poutres. Elle secoua avec force une petite cloche d'argent. Une femme noire en tablier apparut, traînant des pieds.

— Herminia, dit la maîtresse de maison, sers-nous quatre tasses de chocolat. Et un plateau de fruits frais.

Retirant sa mantille, elle nous désigna les hamacs.

— Mettez-vous à votre aise.

J'étais stupéfaite. Cette jeune femme aux paroles méprisantes pour les gens de couleur avait pourtant le teint aussi foncé qu'eux. Ses traits ravissants – de grands yeux d'un noir brillant, des lèvres sensuelles – n'avaient rien de portugais, et devaient tout à l'Afrique.

Rassemblant ses jupes, soutenant son ventre, elle s'assit dans un hamac. Vasco l'imita avec la facilité d'un ancien matelot accoutumé aux couchages de l'entrepont. Pour ma part, je mis plusieurs minutes à trouver une position qui ne me donnât pas le mal de mer – ce qui était le comble pour une brève visite à terre.

Restant debout, Alonso sortit sa vihuela, l'accorda, puis se mit à accompagner son récit d'une mélodie en sourdine. A chaque phrase il s'arrêtait pour que Vasco puisse traduire ses paroles du castillan au portugais.

— Luis de Camões, le grand poète, a merveilleusement chanté le génie portugais et la glorieuse dynastie des Aviz. Loin de moi l'idée de l'imiter ! J'oserai simplement vous confier qu'aujourd'hui, si les grands seigneurs de Coimbra, de Porto et de Bragance respectent la grandeur de Philippe IV de Habsbourg, roi d'Espagne, leur cœur saigne parfois au souvenir d'un temps glorieux où le Portugal décidait seul de son destin...

Redressée dans son hamac, oubliant de s'éventer, la main figée sur son ventre, la jeune maîtresse du moulin écoutait passionnément le récit du musicien que Vasco traduisait.

— Notre grand roi Philippe est conscient de cette mélancolie. Il admire le génie portugais et n'a de cesse qu'il resserre les liens entre les deux puissantes nations dont il a la charge. Et quels liens sont plus forts que ceux de l'amour ?

Alonso fit courir ses doigts sur les cordes, créant une musique sentimentale et pourtant piquante. Le décolleté de la dame se mit à palpiter.

— Dans son immense sagesse monarchique, Philippe IV a décidé d'offrir en mariage aux grands seigneurs du Portugal certaines dames d'honneur de la reine Elizabeth, son épouse. Ces jeunes femmes ont été choisies parmi les plus belles de la péninsule Ibérique. Et voilà comment la très gracieuse Ignacia de Guzman de Zuniga y Velasco a été promise au vaillant comte Xavier Arangna de Lagoa, qui dirige une capitainerie au sud du Brésil. Dès que le beau, grand et blond Xavier a vu le portrait de la délicate Ignacia...

Alonso enchaîna quelques accords langoureux. La dame soupira.

— ... il n'eut de pensées que pour elle... Il n'en dormit plus de la nuit et de toutes les nuits suivantes... Pour la première fois de sa vie, il ouvrit les ouvrages des poètes...

— Comme c'est beau, murmura la dame.

Soudain, Alonso frappa les cordes du plat de la main. Elle sursauta. Il accéléra le rythme de ses paroles.

— Mais voilà que la reine Elizabeth, très attachée à sa dame d'honneur, refuse qu'elle s'embarque pour cette terre lointaine, trop lointaine pour qu'elle en revienne un jour.

— Oh !

— Le beau Xavier qui se morfond écrit des missives enflammées à sa belle. A chaque courrier, celle-ci vient supplier la reine de la laisser embarquer. La reine promet, et toujours remet le départ à plus tard.

— Comme c'est triste...

— Xavier tombe malade. Ignacia souffre, tiraillée entre le devoir de servir sa reine, et le devoir de partir soigner son futur époux.

— Comme c'est triste et beau...

— Perdue, affolée, la malheureuse Ignacia achète l'un des meilleurs musiciens de la Cour, votre serviteur ici présent...

Vasco s'interrompit, hésitant à traduire pareille exagération. Alonso poursuivant son histoire, il trouva plus simple de s'exécuter.

— ... ainsi qu'un jeune peintre prometteur, Apollonio, formé en Italie auprès des meilleurs maîtres.

Elle se tourna vers moi et me sourit, ses grands yeux pleins de rêve. Je la saluai d'un léger mouvement de béret au-dessus de ma tête.

— Afin de fléchir la reine Elizabeth et la convaincre de laisser la dame d'honneur à son époux, Apollonio a pour mission de peindre le malheureux Xavier plongé dans les souffrances de la séparation.

La dame approuva vigoureusement.

— Quant à moi, Alonso, pour faire patienter le beau Xavier et l'encourager à guérir, je suis chargé d'un tendre et émouvant message de la part d'Ignacia...

— Très bien. Mais toi qui connais la reine, est-ce que tu penses qu'elle va se laisser fléchir ?

— Comme son époux, notre souveraine est sensible

aux charmes de la peinture. Personnellement, je suis convaincu que le portrait de Xavier l'attendrira.

La maîtresse de maison en soupira d'aise. Soulagée de pouvoir imaginer une fin heureuse à ce magnifique drame d'amour, elle relâcha son corps ample dans le hamac, ferma les yeux et s'éventa.

— Maintenant, parle-moi de la cour de Madrid, Alonso. Raconte-moi comment vivent le roi Philippe et la reine Elizabeth, et tous les Grands d'Espagne, et les nobles seigneurs du Portugal...

*

Nous avions siroté notre chocolat jusqu'à la dernière goutte, nous avions goûté aux fameux ananas – une chair jaune, juteuse et parfumée, tout à fait extraordinaire – et la maîtresse de maison ne cessait de réclamer à Alonso de nouvelles histoires. Depuis combien de sabliers étions-nous ainsi allongés dans les hamacs ?

Le nain musicien s'était rapproché d'Isabella en se perchant sur un tabouret. Pendant les traductions de Vasco, il la couvrait de sourires aguicheurs et d'œillades. L'officier en second, lui, ne cessait de s'agiter. Parfois il abrégeait une péripétie – et se faisait rappeler à l'ordre par Alonso qui trouvait la traduction trop brève. Flatté par un auditoire restreint mais charmant, notre compagnon avait-il oublié la nécessité de quitter les lieux au plus vite ?

Brusquement, plusieurs coups de feu retentirent. En plein milieu d'un nouveau suspense, Alonso refusa de s'interrompre pour si peu et Isabella tressaillit à peine. Mais Vasco n'y tint plus : il sauta de son hamac.

— Que se passe-t-il ?

— J'imagine que mon époux a retrouvé sa pièce d'Inde, répondit-elle d'une voix paresseuse.

Et il lui tire dessus ? pensai-je avec perplexité, imaginant une potiche peinte ou un tissu à fleurs.

Isabella était maintenant si détendue que ses pensées coulaient d'elle aussi naturellement qu'une rivière va vers l'océan.

— Mon époux voudrait que je vive comme sa mère, qui ne reçoit jamais personne et ne sort de chez elle que pour se rendre à la messe.

Je croisai le regard inquiet de Vasco. L'époux d'Isabella était un mari jaloux ! Comment allait-il réagir en nous découvrant auprès d'elle, avec Alonso qui n'hésitait pas à lui conter fleurette ? Dans cette plantation d'Amérique isolée entre la forêt et l'océan, le maître était un monarque absolu. Il pouvait suivre ses humeurs et, si celles-ci étaient chagrines, nous passer au fil de l'épée ou nous pendre à un arbre sans autre forme de procès.

D'un geste ferme, Vasco attrapa sous le bras notre compagnon musicien ; de l'autre il saisit une torche. Je sautai de mon hamac.

— Madame, dit-il avec autorité à la maîtresse de maison, votre accueil a été magnifique. Dès notre retour, soyez assurée que nous en chanterons les louanges à la cour de Castille.

Elle s'apprêtait à protester mais l'évocation de la Cour la retint. Il la salua et, sans plus de façon, nous sortîmes sur la terrasse.

— Marchons vers la plage d'un pas rapide mais sans courir, nous dit Vasco.

Il hissa sur ses épaules le nain terrorisé qui s'accrochait à sa vihuela pour ne pas la perdre. Je trébuchai plusieurs fois sur le chemin abrupt, que la torche éclairait mal. Plus bas, on entendait des cris et des aboiements. Juste avant d'arriver sur la plage, Vasco posa Alonso sur ses pieds.

— Si tu ne te tiens pas tranquille, le nain, je t'assomme.

La chaloupe nous attendait dans l'eau, à une centaine de pas. Mais entre elle et nous, sur le sable, à côté d'une pyramide de colis, se trouvait un groupe d'hommes armés, trois Blancs et une dizaine de Noirs, qui discutaient avec de violents éclats de voix. Leur chef, un homme barbu d'une trentaine d'années, était le seul à ne pas être vêtu de haillons. A notre approche, il pointa sur nous son mousquet.

— Halte ! Qui êtes-vous ? D'où venez-vous ?

Vasco sourit aussi aimablement qu'il le put.

— Notre navire est celui que vous apercevez là-bas, au fond de la baie. Il se rend plus au sud, dans la capitainerie du comte Xavier Arangna de Lagoa. Nous avons traversé une vaste zone sans vent et nous nous retrouvons à court de provisions. Voilà pourquoi nous avons fait relâche chez vous. En votre absence, votre femme a eu l'amabilité de nous fournir de quoi nourrir notre équipage. Nous l'avons payée avec une bourse de réaux d'Espagne grosse comme le poing.

L'homme grogna en armant son mousquet. Vasco s'empressa d'ajouter :

— Votre femme a été très généreuse de nous porter secours, car elle avait d'autres soucis. Les douleurs de l'accouchement ont commencé pour elle.

— Déjà !

L'homme eut un rictus de soulagement. Quel homme aurait-il envie de séduire une femme en train d'accoucher ? L'officier en second se pencha vers lui, comme s'il voulait éviter d'être entendu des serviteurs.

— Elle vous réclame à cor et à cri, monsieur. Elle se croit en train de mourir.

— Toutes les mêmes !

Mais l'inquiétude l'avait gagné.

— Ici, les femmes sont plus rares que les pépites d'or ! Ne bougez pas ! ajouta-t-il à l'adresse de ses serviteurs.

Il s'éloigna à grands pas, la tête rentrée dans ses épaules musclées comme un taureau prêt à charger. Tranquillement, comme si tout ça ne nous regardait pas, Vasco prit Alonso sur son dos et nous entrâmes dans l'océan, luttant contre les vagues puissantes qui nous bousculaient.

Soudain, le maître du moulin se retourna. Il déchargea son mousquet en notre direction tout en criant :

— Filez d'ici avant que je ne vous troue la peau !

Les balles ricochèrent autour de nous, heureusement sans nous atteindre. Nous grimpâmes le plus vite possible dans la chaloupe où nous attendaient deux hommes d'équipage, planqués à l'intérieur et terrorisés. Quel fou dangereux !

— Où sont les colis ? demanda l'officier en second en découvrant le fond vide de la chaloupe.

— Nous en avons apporté la moitié à bord, monsieur Vasco. Mais l'autre moitié est restée sur le sable. Ces hommes sont arrivés et ils nous ont tiré dessus ! On ne pouvait plus aller les chercher.

L'officier poussa un énorme juron, où il était question de maudire Dieu et tous les saints. Près des colis, les hommes de la plantation étaient une dizaine et tous armés ; nous n'étions que cinq dont un nain, et seulement deux à porter une épée. Le temps de demander du renfort sur le navire, ceux du moulin pouvaient rameuter une centaine d'esclaves. Furieux, Vasco ordonna notre retraite.

Nous rejoignîmes les flancs de *L'Espérance* et grimpâmes à bord – sans encombre. Une délicieuse odeur de cochon grillé nous accueillit. Quel délice ! Le maître coq n'avait pas chômé, se mettant à l'œuvre dès que les premières victuailles étaient arrivées.

— Filons d'ici ! dit Vasco au capitaine, à peine le bastingage enjambé. Et qu'on cesse ces agapes stupides ! Nous ne sommes pas près de trouver de nouvelles provisions !

Il était dangereux de voyager de nuit si près des côtes. Mais l'océan était calme. Les étoiles éclairaient le miroir tranquille de la baie, que ne troublait aucun remous révélateur de rochers. A l'aller, partout où nous avions sondé, nous n'avions trouvé aucun haut fond.

Les marins finissaient de remonter la chaloupe quand l'un d'entre eux poussa un cri.

— Capitaine ! Y a un homme tout noir là-dedans !

— Je parie que c'est la pièce d'Inde, gronda Vasco. Il a dû s'accrocher à notre embarcation. C'est à cause de lui que ces hommes s'en sont pris à nous ! Et que nous avons perdu la moitié de la nourriture !

L'homme à la peau très sombre était entièrement nu, et la terreur se lisait sur son visage. De même qu'un oiseau entré par erreur dans une maison se jette affolé contre les vitres, de même il risquait de courir partout ou de se jeter à l'eau. Deux hommes le maintinrent solidement pendant que nous nous rassemblions autour de lui.

L'officier en second était si furieux de notre mésaventure qu'il semblait prêt à frapper cet homme sans défense. Hans Michielszoon le sentit et posa sa main sur l'épaule de Vasco.

— Laisse ce malheureux. Il vient de débarquer dans une contrée d'une étrangeté totale pour lui. Pourtant il a eu le courage de s'échapper. Tu peux lui tirer ton chapeau, n'est-ce pas ?

Ces paroles eurent un effet magique sur Vasco, qui, à ma grande surprise, se calma aussitôt.

— Donnez-lui des vêtements, ordonna le capitaine. Nourrissez-le.

— Qu'est-ce qu'on va faire de lui ? grondèrent quelques hommes hostiles.

— Rien !... Contrairement à ce que certains racontent parce que c'est dans leur intérêt, il s'agit d'un être humain. Libérez-le progressivement, pour qu'il comprenne qu'on ne lui veut aucun mal.

En aparté, mais assez près pour que je puisse l'entendre, Cornelis demanda :

— On ne pourrait pas le revendre lors d'une prochaine escale ?

— Vous voulez commercer avec les Indiens Tupi ?

Et prendre le risque d'être dévoré, juste pour leur vendre un malheureux qui a la même âme que vous ?

Vexé, le négociant s'éloigna en grommelant.

— Il n'a sûrement pas la même âme que moi, il n'a pas été baptisé.

4

Le liseur de songes

Tandis que les marins de quart sortaient *L'Espérance* de la baie, on apporta au jeune homme noir une tranche de viande, une banane et un gobelet de vin, mets qu'il goûta avec prudence puis sembla trouver à sa convenance. On lui tendit un pantalon. Il ne comprenait pas du tout qu'en faire et semblait craindre que la pièce de tissu ne recèle un piège. Des matelots se moquèrent, d'autres lui montrèrent comment mettre ses jambes à l'intérieur.

Nous essayâmes auprès de lui tous les langages que nous connaissions, mais il n'entendait ni le flamand, ni l'espagnol, ni le portugais, ni le français, ni l'allemand, ni l'italien, ni l'anglais, ni le danois, ni le suédois, ni le latin.

Notre curiosité pour cet homme semblait énerver Vasco qui finit par se planter devant nous.

— Vous voulez que je vous dise son histoire ? Je la connais par cœur, moi, si ça vous intéresse !

Etonnés, marins, soldats et officiers l'acclamèrent

d'un bel ensemble – à l'exception d'Alonso, qui s'interposa.

— Hé, chacun son rôle ! Qu'est-ce que vous diriez, si je prenais la barre à votre place ?

Fier de son petit effet, l'officier en second ignora le musicien.

— Cet homme que vous voyez là, aussi nu que notre ancêtre Adam, a effectué un long voyage entre l'Angola et le Brésil. Il a été rangé dans la cale d'un navire négrier, allongé et serré contre ses frères à la manière d'une petite cuiller dans un tiroir. Débarqué à Olinda, il a été exposé sur une estrade, toujours aussi nu, évalué comme une marchandise, et vendu au plus offrant. Le maître de ce moulin ayant fait son acquisition, il a été transporté dans cette petite plantation. La coutume est alors d'offrir au nouvel esclave une bonne nourriture et une certaine liberté, pour quelques jours seulement. Sortant de la pire des traversées maritimes, l'esclave est trop bouleversé pour en profiter et il s'attache à ses maîtres. Mais après ce régime de faveur, il rejoint les autres esclaves pour une existence de labeur, brève et terrible.

— Le capitaine avait raison, dis-je pensivement. Ce jeune homme a une force d'âme hors du commun pour s'enfuir à peine débarqué dans un monde dont il ne connaît rien, ni la langue, ni les coutumes, ni la faune, ni les fruits comestibles...

— L'approche de notre navire l'aura sans doute encouragé, ajouta William.

Les yeux humides, Paul se serra contre son frère.

— Peut-être croit-il que nous allons repartir pour l'Angola ?

Etienne entoura affectueusement de son bras l'épaule du garçon.

— Il a échappé à l'enfer des fabriques de sucre.

Enfin, chacun reprenant ses occupations, l'attroupement s'éclaircit autour du jeune homme noir. Pour ma part, j'avais sorti mon calepin de ma poche et, à la lueur d'une lanterne, je l'avais dessiné en train de manger, d'examiner le pantalon, puis de l'enfiler. Le hasard m'offrait l'occasion d'étudier un corps humain et je ne voulais pas la laisser passer. A côté de cet intérêt professionnel, je devais reconnaître que je n'étais pas insensible à la beauté de sa silhouette longiligne, de ses muscles bien dessinés, et de sa magnifique peau noire.

Il finit par remarquer mon attention et m'interrogea du regard. M'approchant de lui, je lui montrai mes croquis. Son visage exprima de l'étonnement, puis de la curiosité, et enfin du contentement. Pour la première fois depuis que les matelots l'avaient découvert, il sourit.

Je me désignai de la main :

— Apollonio.

Il frémit.

— Kimbo, me répondit-il en touchant plusieurs fois sa poitrine à l'emplacement du cœur.

*

Le lendemain, au dîner, le capitaine nous annonça que nous étions contraints de compléter nos provisions, faute de quoi nous ne pourrions atteindre le Pacifique. Malgré le danger de cette entreprise, nous ferions halte à l'extrême sud du Brésil, là où vivaient des tribus Tupi qui avec un peu de chance n'avaient jamais vu de Blancs. Il aurait été trop périlleux de nous arrêter plus loin, dans l'Argentine en proie à la révolte des tribus Calchaquies contre l'envahisseur espagnol. Quant à la Magellanie que nous traverserions ensuite, c'était une contrée aride et sans ressources.

— Chez les Indiens cannibales ! murmura Paul avec effroi.

L'officier en second sembla accuser le coup, attrapant la carafe et buvant plusieurs rasades de vin rouge.

— Monsieur Vasco, l'interpella Etienne, on dirait que les Tupi ne vous sont pas inconnus...

— Tu as raison, mon garçon, ils ne m'ont pas laissé un très bon souvenir...

— Et si vous nous racontiez, qu'on sache à quoi s'attendre ? Hier, vous nous avez bien intéressés à propos de Kimbo.

— Entre ça et tenir en haleine tout un auditoire pendant des heures, il y a une marge, fit remarquer Alonso avec irritation.

Mais nous étions tous très curieux d'en apprendre plus sur les Indiens mangeurs d'hommes. Alors Vasco se lança dans un long récit, qu'il interrompait parfois pour boire une nouvelle rasade de vin rouge. Hans Michielszoon quitta la pièce, peut-être parce qu'il connaissait la fin de l'histoire.

*

— J'avais déjà fait plusieurs fois le tour du monde, commença Vasco, comme mousse, matelot puis contremaître, lorsqu'il y a deux ans, j'ai embarqué pour la première fois en tant qu'officier. Le *Gloria* conduisait au Brésil des condamnés de droit commun et des prostituées pour peupler ce grand pays.

« A l'approche de Recife, une tornade est arrivée sur nous et nous a rejetés au sud. Au point que le capitaine ne savait plus où nous étions. Mais le principal danger venait de cette côte rocheuse toute proche contre laquelle à tout moment le *Gloria* risquait de se fracasser. Le galion montait et descendait, presque hors de contrôle, et cc qui devait arriver finit par arriver : il se brisa d'un coup contre une pointe rocheuse.

« Par miracle, le choc me projeta dans un arbuste rabougri qui poussait entre deux roches. Je m'y accrochai et réussis à tenir jusqu'à la fin de la tornade. Quand le vent eut faibli assez pour que je me mette debout, je me réfugiai dans un creux de rocher où je dormis plusieurs heures, épuisé de fatigue.

« A mon réveil, il faisait grand jour et le temps était superbe. Mais il n'y avait aucune trace, ni de l'épave, ni des matelots, ni des officiers, ni des passagers... La mer démontée avait tout balayé.

« J'étais si désespéré de ma solitude que je fus presque heureux d'être soudain entouré d'hommes nus, armés d'arcs. Ma joie ne dura pas longtemps car une flèche me transperça aussitôt la jambe et une autre l'oreille.

Il nous montra ce qu'il cachait sous ses cheveux blonds mi-longs : une entaille profonde à l'oreille gauche.

« Les Tupi se jetèrent sur moi et je crus que c'était pour m'achever. Mais non. C'était juste pour m'arracher mon chapeau, mes souliers, ma chemise, mon pantalon. En quelques minutes, j'étais le seul à être nu, chacun d'eux arborant une pièce de mon habillement. Puis un homme me mordit le bras pour m'expliquer qu'ils allaient me manger.

« ... Mais pas tout de suite. Mes cheveux excitaient leur curiosité et je compris qu'ils voulaient me présenter à tous les membres de leur tribu, ainsi qu'aux tribus alliées. Selon leur coutume, ils me soignèrent et me laissèrent vivre parmi eux plusieurs semaines.

— Vous n'avez pas pensé à vous enfuir ? interrogea Cornelis.

— Je ne pensais qu'à ça ! Hélas, leur surveillance était très étroite. De plus, je me trouvais dans une forêt tropicale, pleine de dangers que j'ignorais. Comment y survivre seul ? Pour aller où ? Au fil des mois, j'appris leur langue et je découvris leurs coutumes. J'avais déjà compris ce qu'ils me répétaient à tout moment : ils allaient me dévorer pour se venger des Portugais qui avaient tué plusieurs des leurs. Par chance, ils n'étaient pas pressés parce qu'ils ramenaient d'autres prisonniers, qui étaient beaucoup moins fascinants que moi. D'ailleurs, j'ai participé à ces fêtes où ils s'enivrent avant de se partager le corps des vaincus.

Vasco reprit son souffle et chercha des yeux une autre carafe de vin. Pouteh, la servante de Cornelis, traversa la pièce pour lui en apporter une. Il la saisit de ses mains qui tremblaient et la vida d'un trait.

« Ils croyaient que la forêt, immense, monotone et touffue, était pleine de fantômes. Un jour où les hommes buvaient du cahouin, leur boisson alcoolisée, le chef raconta son rêve de la nuit précédente : il était parti chasser seul. Comme d'habitude, il pliait une petite branche tous les vingt pas, afin de reprendre le même chemin au retour. Mais ce jour-là, un fantôme le suivait, qui enlevait les branches pliées pour qu'il ne retrouve jamais le chemin du village.

« Je voyais que ce rêve angoissait le chef, qui en cherchait la signification. Personne ne lui proposa rien de satisfaisant, alors je tentai ma chance. Je lui dis : "Chef, tu as offensé un esprit de la forêt. Celui-ci veut ta perte et il ne sert à rien d'essayer de le semer. Il vaut mieux rester tranquille au village, où les fantômes ne peuvent pas entrer, jusqu'à la prochaine averse. Là, chef, tu pourras aller chasser sans danger. Car la pluie brise mille et mille petites branches en même temps dans la forêt. Alors le fantôme courra partout pour retirer les branches, il deviendra fou et il t'oubliera complètement." Le chef fut très satisfait de mon interprétation et il ne quitta pas le village avant la première averse de la saison des pluies.

Nous échangeâmes des sourires amusés et admiratifs. Vasco poursuivit :

— Chez eux, la saison des pluies est également celle de la guerre. Les rivières grossissent et les poissons sont abondants le long des côtes. Les Tupi construisent alors des canots qui leur servent à pêcher ainsi qu'à mener des campagnes militaires contre leurs voisins.

« La veille d'une expédition contre leurs pires ennemis, le chef vint me parler en aparté. Le fantôme de la forêt l'avait laissé tranquille et il était persuadé que c'était grâce à mes conseils. Il voulait donc me raconter le nouveau songe qu'il avait fait : la farine de manioc que préparait sa femme, la meilleure farine du village avec ses gros grains blonds, était dans son rêve pleine de poussière et noircie par le feu. Et tout le monde se moquait de lui !

« Je pris le temps de la réflexion. Je sentais que je n'avais pas intérêt à le décevoir. Je lui dis : "Chef, ta femme est inquiète que tu partes à la guerre. Elle n'a pas envie que tu sois tué et mangé. Mais si tu vas la rassurer, en lui expliquant que tes hommes sont plus nombreux, plus courageux et plus habiles que vos ennemis, elle te préparera une excellente farine de manioc, qui te donnera beaucoup de forces. Et tu ne seras ni tué, ni mangé. – Mais est-ce que nous serons vainqueurs ? m'interrogea le chef. – Ah ça, le rêve ne le dit pas..."

« Le lendemain, nous partîmes donc vers la côte. Là, j'eus un coup au cœur : un navire hollandais s'était amarré dans la baie, afin d'effectuer des réparations d'urgence sur un mât.

« Méfiants, les Tupi observèrent la flûte à distance, à l'abri derrière des arbres. Ils savaient que c'était pour moi l'occasion de m'enfuir, aussi me passèrent-ils une corde autour du cou, qui était tenue par le chef en personne. J'avais remarqué que son prestige reposait sur sa capacité à faire des cadeaux à ses hommes. Discrètement, je lui dis : "Tu sais, chef, que si tu m'offres à ces Blancs, ils te donneront en échange de nombreux outils en métal, des clous, des marteaux, des scies, des haches... Ainsi que des miroirs et des peignes. – Mais ils me tireront dessus dès qu'ils me verront. – Pas si je sors le premier et que vous me suivez." Les Tupi ne savaient pas fabriquer le métal, mais ils connaissaient l'efficacité de ces haches-là en comparaison avec les haches de pierre. Le chef était très alléché par la perspective d'offrir ces merveilles à tous ceux de sa tribu. Il accepta ma proposition.

« Le capitaine du navire hollandais, lui, ne fut pas emballé par la transaction. Il trouvait mon prix beaucoup trop élevé. Heureusement pour moi, son second promit de lui rembourser une partie des outils sur sa paie personnelle.

— Heureusement qu'il y a eu cet homme ! s'exclama Paul, exprimant notre soulagement à tous.

Vasco acquiesça. Avant de s'écrouler sur la table et de se mettre à ronfler, il eut un dernier sursaut :

— C'était Hans Michielszoon. Voilà comment, Portugais de naissance, je me retrouve aujourd'hui le bras droit d'un Hollandais, fidèle à la vie à la mort !

*

Il pleuvait à torrent quand nous jetâmes l'ancre dans une baie sauvage, au sud du Brésil. Dès que nous avions dépassé les capitaineries portugaises, Hans Michielszoon avait ordonné le changement de tous les drapeaux. C'était de nouveau le sigle de la VOC qui flottait à la poupe, à la proue et au grand mât. Si les tribus locales avaient déjà eu affaire à des Blancs, nous espérions qu'elles feraient la différence entre leurs ennemis et nous.

Pour signaler notre présence, le capitaine fit tirer un coup de canon. Puis nous attendîmes, voiles baissées, amarres larguées et fixées à des troncs d'arbres ; la baie était trop ouverte sur le large pour offrir un abri contre la houle. Après le récit de Vasco, nous étions tous inquiets d'avoir affaire à ces cannibales. Chaque jour qui passait nous rendait plus nerveux.

William et moi étions privilégiés car nous avions une activité qui mobilisait notre attention, y compris quand le navire était immobilisé. J'avais intégré dans le routier mes croquis des soldats pêchant le thon au mousquet et de Kimbo découvrant l'usage du pantalon. Pendant que le jeune scientifique racontait par écrit nos premières aventures, avec force détails chiffrés, je représentai *L'Espérance* déguisé en galion portugais, le moulin à sucre dans la nuit, le salon d'Isabella où se mêlaient étrangement chaises raides et hamacs. En collaborant avec William, je retrouvai avec beaucoup de plaisir l'atmosphère studieuse que j'avais tant aimée dans l'atelier de mon père, où chacun était concentré sur sa tâche dans le cadre d'une œuvre commune.

Trois jours plus tard, pendant une éclaircie, apparurent sur la rive des hommes armés d'arcs et de flèches, que nous contemplâmes à l'aide de la lunette. Leur peau était brun clair, tirant sur le rouge. Ils étaient assez petits mais tout en muscles, nus et entièrement épilés. Leur crâne était rasé et leur visage peint de manière effrayante, couleur de cendre et de sang. Le plus horrible à voir, c'était leur lèvre inférieure qui était percée et contenait une pierre.

Ma détermination à illustrer le routier étant plus forte que ma peur, j'avais demandé à accompagner à terre le capitaine, son second et William. Malgré les mauvais souvenirs qui lui faisaient trembler les mains, Vasco avait accepté de servir d'interprète. Il fallait des circonstances exceptionnelles pour que Hans

Michielszoon et lui quittent ensemble le navire, dont ils avaient confié le commandement à Jacob. Mais le capitaine craignait que Vasco, ayant failli finir dans l'estomac d'une tribu semblable, ne manquât de diplomatie.

Nous débarquâmes en chaloupe sur la plage, aussitôt entourés par les indigènes. Leur enthousiasme à nous connaître suffisait à montrer qu'ils n'avaient jamais vu de Blancs. Après quelques échanges dans leur langue, l'officier en second se tourna vers Hans Michielszoon :

— Ils nous invitent chez eux pour partager un repas arrosé de cahouin.

— Qu'en penses-tu ?

— Nous voulons discuter affaires avec eux ? Alors nous n'avons pas le choix !

Nous suivîmes les sauvages à l'intérieur de la forêt. La pluie se remit à tomber, d'abord douce, tiède et bienfaisante, puis très vite brutale et glaciale malgré la protection des arbres. Mon béret de peintre fut aussitôt trempé et je regrettai de ne pas avoir comme mes compagnons un chapeau à large bord. Enfin l'averse cessa et la chaleur tropicale nous sécha en quelques minutes. Tout autour de nous, les feuillages se mirent à bruisser de chants d'oiseaux, de cris, de bruits, de mouvements proches ou lointains.

Bien que la forêt soit pleine de couleurs éclatantes, je ne mis pas longtemps à m'apercevoir qu'elle nous était hostile. Certaines plantes brûlaient la peau, d'autres l'égratignaient profondément. A tout instant, des araignées et des insectes inconnus tombaient sur nous et nous piquaient. La peur au ventre, j'avançais le plus près possible du capitaine qui me précédait.

Après une marche de trois sabliers environ, soit une heure et demie, nous franchîmes un seuil entre des palissades solides protégées par des branchages épineux. Je retins un cri d'horreur. Des deux côtés de l'allée centrale, des têtes en décomposition étaient placées sur des pieux. Ce spectacle épouvantable me rappela notre arrivée à Londres, avec les têtes coupées des condamnés à mort, dévorées par les vers et les corbeaux. Les tribus sauvages d'Amérique partageaient les mêmes coutumes barbares que les royaumes les plus civilisés d'Europe !

Le village était composé de sept cabanes aux toits de palme. Nous fûmes invités dans celle du chef, reconnaissable aux plumes orangées qu'il portait dans le trou de sa lèvre, sur les oreilles et au sommet du crâne. Comme il n'y avait pas assez de hamacs pour tous, nous nous installâmes tête bêche, position inconfortable que les Tupi semblaient beaucoup apprécier. Je me retrouvai face à un Indien qui riait dès qu'il croisait mon regard. Le chef de la tribu partagea son hamac avec Hans Michielszoon, bien qu'il passât son temps à se tourner vers Vasco pour que celui-ci traduise ses paroles.

La femme du chef fit circuler des calebasses remplies d'une sorte de farine au goût de noisette, qu'il fallait mâcher longuement avant de pouvoir avaler. Nous tentâmes d'imiter les Tupi, qui sans approcher la farine de leur bouche, la lançaient d'un geste précis de la main et ne rataient jamais leur coup.

— Tu es venu pour voir ? demanda poliment le

chef à Hans Michielszoon par l'intermédiaire de Vasco.

— C'est une formule de politesse amicale, nous expliqua ce dernier. Elle signifie que nos intentions sont pacifiques.

— Très bien. Alors, réponds-lui que je suis venu pour voir, effectivement.

— Es-tu un chef ? demanda le chef indien.

— En effet.

— Important ?

— Sur mon navire, je suis le seul maître après Dieu. C'est-à-dire le plus important.

— Combien d'hommes as-tu sous tes ordres ?

— Quatre-vingt-dix.

Ce chiffre impressionna le chef qui, lui, ne pouvait compter que sur cinquante hommes.

De longs échanges furent nécessaires pour comprendre qu'ils nous offraient des fruits, de la poudre de poisson et une grande quantité de farine de manioc – ce que nous venions de goûter. En échange, ils souhaitaient des hameçons, des miroirs, des peignes et des haches. La transaction s'effectuerait demain à midi sur la plage. On aurait dit que le chef prolongeait la discussion avec plaisir. Peut-être qu'elle lui donnait de l'importance aux yeux de ses hommes.

De temps en temps, nous sursautions parce qu'il sortait un pied du hamac pour frapper le sol en poussant des cris.

— Ne vous inquiétez pas, nous dit Vasco. Il veut nous montrer qu'il est un homme viril.

Un pot de terre cuite circula, qui contenait une boisson fermentée au goût puissant et amer, mais vraiment revigorante. Le chef se mit à chanter et à danser, invitant notre capitaine à le rejoindre.

— Il est sympathique, cet homme, finalement, dit Hans Michielszoon à Vasco.

— Les Indiens sont des gens cordiaux, jusqu'au moment où ils partent en guerre. Et je pense qu'il est temps de les quitter. Le cahouin ressemble à une petite bière anodine, mais l'ivresse est rapide à atteindre. Or nos hôtes considèrent que l'alcool est une sorte d'esprit qui possède l'homme qui s'enivre. Du coup, celui-ci n'est plus responsable de ses actes. Il peut même tuer son voisin sans que personne ne lui en veuille. Voilà pourquoi les Tupi n'invitent que leurs amis à boire le cahouin avec eux.

— Il vaut mieux !

Une dizaine de formules de politesse plus tard, nous quittâmes enfin le village, guidés par deux hommes. Tout au long de notre chemin, ils cassèrent des branchages à la hauteur de leurs yeux, exactement comme dans le récit de Vasco.

Quel soulagement de retrouver la plage, avec notre navire qui nous attendait tranquillement dans la baie ! La vie des Indiens Tupi n'avait rien d'attirant pour moi, ni comme peintre ni comme femme, puisque celles-ci semblaient avoir le même statut que des servantes, et qu'il serait impossible de conserver le moindre tableau dans le climat chaud et humide de la forêt. En revanche, j'étais enthousiasmée par les images colorées qui s'étaient fixées dans ma tête.

Si seulement j'avais eu à ma disposition des pigments et des liants... J'aurais pu réaliser des tableaux d'un genre nouveau, en représentant ces Indiens dans leur village ! La peinture à l'huile, cet art noble que j'avais appris dans l'atelier de mon père, n'était pas adaptée au quotidien d'une flûte partant à la découverte du Pacifique. Dans quel port austral aurais-je pu me fournir en pierres de cinabre ou de lapis-lazuli, en graines de curcuma, en extraits de momie ?... Dans quel espace tranquille et vaste du navire aurais-je pu m'installer pour les broyer un à un puis les mélanger à l'infini ? Comment aurais-je pu conserver au sec les poudres ainsi obtenues ? Lorsque j'aurais manqué de pinceaux, où aurais-je pu me réapprovisionner en queues d'hermine ? Je l'avais enfin compris avec regret : tant que durerait notre voyage, je devrais me contenter de techniques mineures habituellement réservées aux études et pauvres en couleurs : le fusain, la craie, la sanguine et l'encre.

— William, Apollonio ! nous interpella soudain Hans Michielszoon. Je viens de penser à une question que j'ai oublié de poser au chef. J'y retourne avec Vasco en rattrapant ses hommes. Remontez sur le navire, nous vous rejoindrons un peu plus tard.

— Mais... ce n'est pas dangereux ?

— Il n'y a aucune raison qu'ils nous fassent du mal tant que nous ne leur avons pas donné ces objets qui sont si précieux pour eux.

Vasco nous le confirma. Puis sans attendre, les deux officiers disparurent dans la forêt. William semblait aussi perplexe que moi.

— Quelle mouche a piqué notre capitaine ?

— Je ne sais pas. C'est bien la première fois qu'il fait preuve d'étourderie.

Le jeune scientifique ne semblait pas décidé à emprunter tout de suite la passerelle du navire. Soudain, il se décida.

— Je veux en avoir le cœur net.

— Je vous suis.

Nous retournâmes dans la forêt, suivant les branchages cassés. William avait sorti sa lunette de sa poche et de temps en temps il s'arrêtait pour la placer devant son œil. Brusquement, il me tira par la manche en me faisant signe de ne pas faire de bruit. Il murmura :

— Je les vois, Apollonio. Dans une sorte de clairière...

Que se passait-il ? Et si, comme Francis, Hans Michielszoon et Vasco étaient des espions, à la solde du Portugal ou de n'importe quel autre pays ? Il était difficile de discuter en tête à tête sur notre flûte surpeuplée ; peut-être avaient-ils trouvé ce prétexte pour échanger des consignes secrètes loin de nous ?

William étouffa un cri puis, silencieusement, me passa la lunette. Dans le petit cercle irisé de lumière, je captais le capitaine et son second. Ils étaient tout proches l'un de l'autre... Collés l'un à l'autre... Et ils s'embrassaient à pleine bouche !

— Pas possible !

Mes genoux vacillaient. William reprit la lunette et m'entraîna.

— Viens, Apollonio. Ils ne font de mal à personne. Mais ils n'aimeraient pas être surpris. Sais-tu que, dans le règlement du navire, il est prévu un article sur les couples d'hommes ? Ceux qui sont découverts en pleine action amoureuse doivent être attachés l'un contre l'autre et jetés ensemble à la mer. Où ils se noient.

— C'est horrible !

J'étais bouleversée. A Rome, en entendant mon père discuter avec ses collègues, j'avais entendu parler d'un très grand peintre surnommé le Caravage, que tous admiraient, et qui aimait les hommes. Je savais donc que ce genre d'attirance existait. Mais jamais je n'aurais soupçonné que Hans Michielszoon et Vasco appartenaient à cette espèce très mal vue de l'Eglise, moquée par la rue, haïe des dirigeants de la VOC !

Hans Michielszoon et Vasco ! Autant le second était violent et retors, autant le premier était posé, paternel et m'inspirait confiance... Est-ce que le capitaine ne voyait pas qu'il se fourvoyait à aimer son second ? Quelle erreur pouvait les attirer ainsi l'un vers l'autre ?

— William, vous ne trouvez pas qu'ils forment un couple étrange ?

— Question d'habitude, Apollonio.

— Non, je veux dire... Ils ont des caractères tellement opposés !

— Oh, tu sais, l'amour d'un couple est souvent incompréhensible vu de l'extérieur.

— Vous croyez ?

— Bien sûr. Ça te secoue, cette histoire, on dirait...

Il avait raison. J'étais tout simplement jalouse, terriblement, atrocement jalouse. Hans Michielszoon était l'homme que j'aimais. Il n'avait pas le droit d'aimer quelqu'un d'autre !

Mais, compris-je dans un instant d'effroi, s'il préférait les hommes aux femmes, ça voulait dire que ma fausse identité masculine n'avait pas été un obstacle à ses sentiments pour moi. Et donc qu'il ne m'aimait pas.

Qu'il ne m'aimerait jamais.

5

A l'extrémité du monde

A peine avions-nous réussi à nous réapprovisionner chez les Indiens Tupi que Hans Michielszoon nous annonçait un nouveau danger : l'hiver austral. Nous devions impérativement franchir le cap Horn avant la fin mars. Faute de quoi, coincés par un océan de glaces, nous devrions attendre octobre prochain pour atteindre le Pacifique ! Et d'ici là trouver un mouillage en bordure d'une région sauvage, pleine de dangers inconnus.

— Impensable ! avait rugi Cornelis.

— Croyez-moi, avait répliqué le capitaine, cela ne m'amuserait pas plus que vous de diriger mes hommes pendant sept mois à chasser des animaux étranges pour nous nourrir... Et pour trouver de l'eau douce, à explorer une forêt peuplée de cannibales ! Mais la volonté des hommes, aussi ferme soit-elle, est parfois impuissante face à la nature.

L'Espérance se lança donc dans une folle course-poursuite contre le passage des saisons. Le vent soufflait de plus en plus fort mais de trois quarts, ce qui rendait notre avancée très délicate et la moindre manœuvre fort périlleuse. Le capitaine et l'officier en second se relayaient à la barre, ne laissant personne d'autre les remplacer, même pas le timonier. Guidant les lourdes voiles, ils s'accrochaient muscles tendus à la roue de bois qui, sous la pression contraire des éléments, cherchait en permanence à leur échapper.

L'étrave qui fendait les rafales autant que l'océan ne cessait de gémir. Notre figure de proue était la cible de toutes sortes de débris marins projetés contre elle : cadavres de poissons, morceaux de bois, coquillages et petites pierres arrachés à des îlots. A ce régime, elle perdit sa bonne mine et ses cheveux blonds virèrent au gris. Son nez se décrocha et fut emporté dans les flots, mais il fallut de longues semaines pour que quelqu'un s'en aperçoive et le regrette. Hormis les hommes de quart, plus personne ne s'aventurait sur le pont.

Une corde avait été tendue entre les mâts de misaine et d'artimon, aux deux extrémités du navire, et nous nous y accrochions pour nous rendre de nos cabines à celle du capitaine ou à la salle à manger. Terrorisé, Alonso s'était enfermé dans sa cabine avec une provision de rhum et de biscuits de mer. Sa vihuela semblait suffire à le distraire. Mis en danger lui aussi par sa légèreté, Paul s'encordait chaque matin et chaque soir à son frère pour atteindre la salle à manger et y passer la journée.

Ces circonstances exceptionnelles qui brisaient nos habitudes furent une chance pour moi. Quelques semaines après notre départ du Brésil, je me réveillai avec une douleur sourde dans le bas du ventre. Me redressant, je découvris un flot de sang qui s'échappait de mon entrejambe. Déguisée en garçon, me comportant comme tel, pensant le moins possible à l'homme qui m'attirait, il m'arrivait d'oublier qu'en réalité j'étais une femme !

Depuis ma fuite de Rome, mes règles ne s'étaient plus manifestées. Les premiers temps, j'avais craint d'être enceinte à la suite du viol commis par Marco. Dieu du ciel, cette épreuve de porter l'enfant d'un homme que je haïssais me fut épargnée ! Mes seins n'avaient pas gonflé, mon ventre ne s'était pas arrondi. J'avais fini par comprendre qu'entre Rome et Amsterdam, trop sollicité par mes dix heures de marche par jour et nourri de manière irrégulière, mon corps en avait perdu l'énergie de fabriquer ce sang menstruel qui vient rythmer la vie des femmes.

Mais depuis six mois maintenant que je vivais sur *L'Espérance*, que je me rassasiais à la table abondante de Cornelis, que mes exercices physiques s'étaient réduits au maniement de mes mains autour de l'attelle, mon corps avait fini par reconstituer ses forces.

Et il allait trahir ma féminité !

Des images défilèrent à toute vitesse dans mon esprit. Je m'imaginais indésirable dans la cabine du capitaine où se trouvait le routier, ne pouvant passer au milieu des matelots sans susciter les plaisanteries grivoises, interdite de baignade et d'escalade des voiles, réduite en dehors des repas à la compagnie de Saskia et de Pouteh, écartée comme elles de nos aventures...

Bien sûr, ce changement de statut me permettrait aussi d'enfiler une jolie robe, de mettre en valeur mes beaux cheveux bouclés, de dégager mes grands yeux noirs et le haut de mes seins... De provoquer du regard

Hans Michielszoon... De faire naître en lui une attirance semblable à celle que je ressentais pour lui... D'affoler ses sens pour que malgré ses principes de capitaine et son goût pour les hommes, il m'embrasse, me serre contre lui et me caresse de ses grandes mains fines... Après tout, qui sait si ce n'était pas par manque de femmes que celui-ci s'était entiché de son second ? Comment en être sûre, sinon en lui révélant ma féminité ?

Non ! Non ! Non ! Je ne m'étais pas engagée dans ce voyage dangereux pour le vivre en spectatrice ! Une histoire d'amour, aussi puissante soit-elle, ne pourrait jamais m'en consoler ! Alors vite, avant qu'on ne m'appelle et me surprenne, je déchirai le drap de mon lit de manière à fabriquer plusieurs bandes de tissu. J'en nouai une autour de ma taille, puis je la fis passer plusieurs fois entre mes jambes. Quand elle serait pleine de sang, je la laverais dans le seau d'eau de mer placé sous ma couchette, que je viderais et remplirais par ma lucarne. Et pendant quelques jours, pour éviter toute tache que je ne saurais expliquer, j'allais rester dans ma cabine, comme Alonso.

Entre les rideaux qui protégeaient mon minuscule espace d'intimité, je passai la tête. Les adolescents français s'avançaient à cet instant dans le couloir étroit et bas de plafond.

— Etienne ! Paul ! Je suis malade... Pouvez-vous m'apporter une carafe d'eau, du pain et quelques fruits ?

Etienne acquiesça.

— Je vais mettre tout ça dans un panier. J'espère que la mer ne me le volera pas en chemin !

Quatre jours se déroulèrent ainsi, pendant lesquels je vécus tantôt roulée en boule autour de mon ventre douloureux, tantôt assise à griffonner sur mon calepin, rêvant de nos aventures passées et de nos découvertes à venir...

Mes pensées qui vagabondaient me ramenaient parfois à la plantation de cannes à sucre, à la maîtresse de maison et à son mari jaloux. Peut-être Isabella avait-elle eu la présence d'esprit de raconter que ses contractions s'étaient soudain interrompues, et qu'il ne s'agissait que d'une fausse alerte ?

Quelle déception d'apprendre que le Nouveau Monde n'était pas plus tendre avec ses femmes que l'ancien ! Dans son pays, Isabella était une privilégiée : grâce à sa beauté, elle avait échappé au sort épouvantable des esclaves. Elle vivait pourtant dans une solitude inconnue des femmes d'Europe, puisqu'elle n'avait ni famille, ni amie, ni voisine...

Je comparais son destin à celui de Johanna Van Vliet. Sous ma couchette, j'avais rangé le coffre qui contenait les tableaux que nous possédions encore – ils semblaient ne plus intéresser Cornelis depuis que nous n'avions plus besoin de monnaie d'échange. Souvent, je plaçais devant moi les merveilleux portraits réalisés par le peintre Antoine Van Dyck, ceux de Saskia et de Dirk, son frère décédé. En les regardant, je me remémorais le doux visage de leur mère, Johanna, son sourire discret et énigmatique, qui ornait aujourd'hui le salon d'un archiviste de Londres. D'elle, je ne savais presque rien mais je croyais deviner l'essentiel. Fille d'un riche bourgeois d'Amsterdam, elle avait été mariée sans qu'on lui demande son avis à un homme audacieux et intelligent, mais autoritaire et sans cœur. Elle aurait pu se laisser porter par une vie tranquille à l'abri du besoin. Mais discrètement, avec le peu de moyens que lui laissait son pingre époux, elle avait rassemblé les œuvres de peintres encore mal connus, parmi les plus remarquables de Hollande... Autant que son amour pour ses enfants, ces portraits, ces natures mortes, ces scènes de village que je tenais entre les mains avaient constitué sa raison de vivre...

Lorsque le flux menstruel se tarit enfin, je fus ravie de remonter sur le pont, mais stupéfaite de ce que j'y découvris. Bien que la voilure ait été réduite, le navire se cabrait et grinçait de plus belle sur un océan démonté. Entre deux paquets de mer, d'immenses tourbillons de neige valsaient comme des spectres pris de folie. Le froid était plus vif que tout ce que j'avais connu. En un mois, nous étions passés des chaleurs tropicales aux rigueurs de l'extrême sud de l'Atlantique. Et dans l'hémisphère austral, en cette fin de février, c'était encore l'automne ! A quoi donc pouvait bien ressembler l'hiver ? Je comprenais pourquoi *L'Espérance* devait absolument doubler la pointe de l'Amérique avant son arrivée !

Transie, je m'accrochai à la corde, dont le chanvre gelé, dur comme de la pierre, brûlait mes mains tandis que je progressais pas à pas, secouée par les terribles soubresauts de la flûte, le vent grondant à mes oreilles. Devant moi, un marin ouvrit l'écoutille qui menait à l'entrepont. J'aperçus matelots et soldats serrés les uns contre les autres dans leurs hamacs. Un effluve nauséabond eut le temps d'imprégner mes narines avant que le marin ne claque la trappe. Tout en m'apitoyant sur leur sort, je secouai ma tête de dégoût.

Dans la salle à manger, une deuxième surprise m'attendait : William avait délaissé les instruments de navigation, Etienne la manœuvre des voiles, Jacob le commandement des hommes de quart, Paul le raccommodage de nos vêtements, Alonso sa vihuela, Cornelis ses grands airs et même Saskia sa langueur ! Excepté le capitaine et son second, tous les officiers de *L'Espérance* étaient penchés vers la table, des ciseaux ou des aiguilles à la main. Sous la direction de Paul, ils découpaient et cousaient ensemble des pièces de tissu.

A mon arrivée, ils relevèrent la tête.

— Apollonio, enfin te voilà ! s'écria William avec un entrain qui me fit plaisir. Te sens-tu mieux ?

— Oui, je vous remercie. Que faites-vous tous ?

— Nous avons été réquisitionnés pour une tâche dont tu comprendras sans peine l'urgence : coudre quatre-vingt-dix manteaux, un pour chacun des membres de cette expédition !

— Vraiment ! dis-je, sidérée par l'ampleur de ce travail, dont la nécessité était pourtant évidente. Vous aviez donc tout prévu, monsieur Cornelis ! Y compris que nous traverserions des contrées glaciales !

Ne pouvant coudre avec eux, j'ouvris mon calepin sur la table, décidée à croquer cette image surprenante des officiers penchés ensemble sur leurs travaux d'aiguille. Le négociant rougit jusqu'aux oreilles.

— En effet, en effet... J'aurais pourtant pu me dispenser de choisir ce magnifique lainage, dont chaque coudée pourrait nourrir une famille de miséreux pendant un mois...

— C'est la troisième fois qu'il le répète, murmura discrètement William à mon oreille. Je pense qu'il n'avait pas du tout l'intention de sacrifier pour nous cette marchandise coûteuse mais de la revendre quelque part au cours de notre voyage. Lui et Saskia avaient déjà assez de fourrures pour affronter les grands froids...

— Et Saskia ? Comment diable a-t-elle bien pu se laisser convaincre ?

— Ah, ah, Apollonio, tu ne devines pas ?... Les beaux yeux de notre capitaine ont opéré un miracle ! Il s'est contenté de lui prendre les mains en lui parlant d'une voix douce, et voilà que notre mélancolique jeune fille s'est mise au travail comme tout le monde !

Je souris, bizarrement peu jalouse. Je continuais à admirer passionnément cet homme, mais le temps avait effectué son œuvre : mon attachement s'était mué en amitié.

— Tu vois, Apollonio, nous sommes entrés en Magellanie, cette terre désolée du bout de l'Amérique. Le capitaine nous y annonce les vents les plus puissants du monde, un froid intense, et des montagnes de glace flottante. Continuer à envoyer à la manœuvre nos hommes à demi nus serait aussi cruel et dangereux que de chevaucher un cheval sur des routes pavées sans fers aux sabots ! Deux matelots aux gestes ralentis par le froid ont déjà glissé dans la mer où ils se sont noyés.

— Quelle horreur !

— Dès que nous aurons terminé ces fichus manteaux, j'irai te montrer la carte où j'ai tracé notre route. Bientôt, nous allons dépasser l'entrée du détroit de Magellan. C'est un passage incroyablement étroit et tortueux qu'on met au moins un mois à parcourir. On y est confrontés à des tempêtes violentes et aux attaques de Patagons, que certains explorateurs ont décrits comme des géants ! Notre capitaine préfère donc se fier aux relevés de Schouten et Le Maire et tenter de retrouver le cap Horn, un peu plus au sud, mais qui semble plus rapide à franchir. Hé, tu m'écoutes, Apollonio ?

*

Bientôt tous vêtus de nos longs manteaux bleus, identiques en théorie mais plus ou moins réussis en pratique, nous aidâmes le capitaine à rabattre progressivement les voiles pour mieux manœuvrer. Nous longions des côtes glacées, fouettées par une tempête de plus en plus violente. Heureusement, après quelques jours de recherche, nous trouvâmes une baie assez large et profonde, protégée du vent par une falaise arrondie. L'ancre fut jetée.

— Nous y attendrons une accalmie, annonça Hans Michielszoon qui avait l'air aussi épuisé que son navire. Poursuivre plus avant dans ces conditions serait de la folie.

— Je ne suis pas très optimiste sur nos chances d'une accalmie, soupira Alonso en démarrant une ballade pleine de mélancolie.

— D'après le routier de Le Maire et Schouten, il arrive que le vent tombe, dit William d'une voix peu assurée.

Tournant en rond sans trouver de quoi s'occuper, Etienne avait une mine lugubre que nous ne lui connaissions pas.

— Allons, allons ! Haut les cœurs ! s'exclama soudain Cornelis Van Vliet.

Surpris, nous nous tournâmes vers lui. La servante Pouteh lui massait doucement le crâne et le négociant souriait d'aise.

— Et si nous profitions de ce que *L'Espérance* ait cessé de danser la gigue ? Depuis vingt ans, un collègue à moi rapporte d'Indonésie une invention merveilleuse qui n'a pas encore en Europe le succès qu'elle mérite. Mais les nouveautés sont parfois longues à convaincre... Voulez-vous l'essayer ?

Il se fit apporter un pot d'eau bouillante et, avec beaucoup de manières, il jeta dedans une poignée de petites feuilles noires et sèches. Ensuite, nous attendîmes en silence, tout en contemplant les rafales de neige qui se jetaient contre les vitres. Il fallait vraiment être ainsi à l'abri dans la salle à manger pour pouvoir apprécier l'étrange poésie de ce spectacle...

— Et voilà ! s'écria soudain Cornelis avec fierté. Messieurs, votre thé noir est prêt !

Je ne saurais dire si je trouvai ça bon, tellement je mis de sucre dedans pour en cacher l'amertume. En tout cas, l'étrange liquide brun était approprié aux circonstances. Sa chaleur qui se répandait dans la gorge jusque dans l'estomac nous réchauffa et nous réconforta plusieurs fois par jour pendant quelques semaines.

Les hommes d'équipage, eux, n'avaient pas de thé à leur disposition. Un feu brûlait en permanence dans l'entrepont et Hans Michielszoon avait augmenté les rations de rhum. Dans la journée, les marins étaient occupés à divers travaux de réparation et de peinture – la figure de proue retrouva son intégrité. Mais les visages étaient mauvais, et les conversations s'arrêtaient dès qu'un officier s'approchait. Délivrés de leur lutte continuelle contre la barre, le capitaine et son second se relayaient maintenant pour seconder Jacob et Etienne, et surveiller de près matelots et soldats. Depuis que nous avions quitté le Brésil, ceux-ci avaient compris que nous ne prenions pas la route habituelle pour Batavia, par l'Afrique et l'océan Indien. Ils étaient persuadés que nous filions tout droit vers l'extrémité du monde, un gouffre peuplé de monstres invincibles.

Afin d'éviter une révolte, il avait fallu instaurer une discipline sans pitié. Jouer de l'argent coûtait trois jours à fond de cale. Se bagarrer à mains nues, c'était cinq coups de corde sur le dos nu. Celui qui se serait jeté sur son adversaire avec un couteau aurait été abandonné seul sur cette terre glacée. Heureusement, cette dernière menace ne fut jamais exécutée. Même ivres, les marins ne l'oubliaient jamais, terrorisés qu'ils étaient par le paysage qui nous entourait : sans un seul arbre ni aucune trace de vie.

*

Une nuit, je fus tirée d'un sommeil très profond par des cris et des galopades au-dessus de ma tête. Vite, j'enfilai mon nouveau manteau. Je me précipitai sur le pont, où se trouvaient déjà la plupart de mes compagnons ; une langue de lumière rouge léchait la grand-voile. Tout se passa alors très vite et pourtant des images précises se fixèrent dans ma tête. Je les ai reproduites le mieux possible sur mon calepin, par besoin de me soulager d'un trop-plein de surprise et d'horreur.

Dans un sifflement sourd, la grand-voile se détacha et tomba enflammée tout près de l'écoutille.

Nous eûmes juste le temps de remarquer que le grand hunier avait été contaminé ; le grand perroquet s'affaissa à son tour, provoquant un mouvement de panique dans la chaîne des matelots. Le vieux Jan fut touché par le tissu enflammé. Je n'oublierai jamais ses cris de souffrance, ni sa silhouette lumineuse qui courut jusqu'au bastingage, bascula dans la mer et ne refit jamais surface.

Les flammes léchaient le haut du grand mât, illuminant les falaises bleutées. Le grand cacatois fut atteint. Aussi vite qu'une araignée en pleine alerte, Etienne grimpa le long du mât d'artimon, tandis que Paul s'agrippait à William, le visage plus blanc que la neige alentour.

Pieds nus de côté sur les minces agrès de bois, Etienne marchait entre la brigantine et le cacatois de perruche, guidé à travers la fumée épaisse par la voix de Jacob. Le jeune Français se suspendit par une main ; il s'étira vers le grand cacatois, un couteau de boucher à la main, le haut du corps disparaissant peu à peu derrière les flammes. William serra Paul contre lui, enfouissant dans le creux de ses bras les joues tremblantes et baignées de larmes.

Libérée de ses derniers liens par Etienne, la voile en feu se détacha et fut emportée par le vent jusque sur le château arrière, où elle mourut en grésillant sous une douche drue d'eau de mer. Bien que mis à nu, le grand mât était sauvé, alors que l'adolescent, entraîné par la chute soudaine de la voile, tentait de se rattraper aux agrès d'artimon – sans y parvenir.

Vasco arracha l'auvent de toile du château arrière, auvent figé par le gel et sans fonction depuis des semaines. Comme un pêcheur son filet, il le jeta sous Etienne qui se balançait la tête en bas, retenu par une jambe aux cordages d'artimon. Jacob et plusieurs marins eurent le réflexe d'attraper la vaste pièce de tissu et de la tendre au-dessus du sol, au moment où Etienne chutait et Paul s'évanouissait.

Tombé à genoux, William se mit à secouer les épaules de Paul, à lui frapper les joues, à l'interpeller, tandis qu'Etienne se relevait, chancelant, étourdi mais sans une égratignure. Lorsque le plus jeune reprit connaissance, les deux frères s'étreignirent longuement. Le visage de Vasco était adouci par un étonnant sourire paternel.

Debout à côté de la proue, Hans Michielszoon lança une prière pour le vieux Jan, brève, mais d'une voix lente et puissante : « Que Dieu ait pitié de notre Neptune ! » Dans le silence qui suivit, je pris conscience de la voûte étoilée suspendue dans un ciel nocturne d'une transparence merveilleuse. Et de la paix soudaine des éléments.

*

Dès les premières lueurs de l'aube, le capitaine fit lever l'ancre et mettre les voiles de misaine. Il fallait tirer tout le parti possible de cette accalmie. *L'Espérance* sortit de la baie et longea les montagnes enneigées qui s'avançaient sur l'eau en une succession d'îlots glacés. Un promontoire plus long que les autres fut contourné et le navire prit de la vitesse.

— Nous sommes entrés dans un courant ! s'écria William qui suivait avec sa lunette des débris de glace qui filaient autour de nous. Il nous entraîne dans la bonne direction !

Sous le ciel dégagé d'un bleu intense, la neige des montagnes brillait de mille lumières. Certains matelots de quart interrompaient leur travail pour contempler la beauté envoûtante du paysage, avant d'être rabroués par Vasco.

L'officier en second s'en alla discuter à voix basse avec Hans Michielszoon, qui tenait la barre. Nous croisions d'étranges cathédrales de verre, flottant à la dérive. De temps en temps, deux d'entre elles entraient en collision, dans un très long fracas. Leur avancée étant plus lente que la nôtre, le capitaine parvenait à se faufiler entre elles à bonne distance tout en les doublant, comme un petit poisson se frayant un chemin au milieu des gros sans jamais les heurter.

En passant derrière le capitaine et son second, à la recherche du meilleur angle pour crayonner des glaces flottantes, je captais quelques-unes de leurs paroles.

— ... impossible que ce soit accidentel, disait Hans Michielszoon.

— Tu veux dire qu'on aurait mis le feu volontairement ?

— C'est certain.

— L'équipage gronde parce que notre chemin l'effraie... Mais de là à mettre le feu au navire... Dans un endroit pareil, c'est nous envoyer tous à la mort !

— Certains hommes sont fous de terreur ! En nous immolant par le feu, l'un d'entre eux recherchait un décès immédiat et, disons, selon un mode connu... parce qu'il préférait ça à une mort lente et d'un genre nouveau. Comme se faire dévorer par des monstres. Ou tomber à l'extrémité du monde dans une chute sans fin.

A mon approche, ils se turent. Mais je restai effrayée de ce que j'avais entendu. Par peur de l'inconnu, l'un des hommes d'équipage avait décidé de saborder *L'Espérance* dans un lieu glacial et désolé où nous n'avions aucune chance de survivre. Les explorateurs partaient d'habitude sur les océans par groupe de deux ou trois navires. En cas de naufrage de l'un d'entre eux, les survivants se réfugiaient sur les autres...

Une idée me frappa soudain, qui me fit défaillir. Je cherchai William des yeux ; il n'était pas sur le pont. Je me précipitai dans la cabine du capitaine. Comme je m'y attendais, le jeune scientifique avait étalé devant lui notre routier et les cartes du voyage. Il comparait les latitudes et longitudes qu'il avait calculées à celles de Schouten et Le Maire, les premiers navigateurs à avoir franchi le cap Horn.

A mon entrée, il releva la tête. Son visage s'éclaira.

— Apollonio, bienvenue ! As-tu dessiné ces paysages glacés pour notre routier ? Ils vont vite disparaître. Regarde : c'est bien le cap Horn que nous venons de contourner. Nous filons plein ouest, emportés par un courant dont nos prédécesseurs avaient noté la présence.

— Mais alors...

Avec enthousiasme, il lança en l'air son chapeau – et le rattrapa de justesse avant qu'il ne retombe sur l'encre encore humide.

— Eh oui, nous voilà dans le Pacifique Sud !

Enfin !... Cet océan en grande partie inconnu qui, loin de l'Europe et de ses folies, abritait peut-être des terres heureuses, peuplées d'humains différents et pacifiques eux aussi... Je l'espérais si fort !

— William, je me pose une question... S'il vous plaît, n'en parlez à personne !

Ses sourcils se soulevèrent. Il acquiesça.

— Et si en réalité la VOC ne souhaitait pas notre réussite ?

— Comment ça, Apollonio ?

— Pourquoi nous a-t-elle donné si peu de moyens ? Pourquoi un seul navire ? Christophe Colomb en avait trois, Magellan cinq, Francis Drake six ! Même Le Maire et Schouten en avaient deux, le *Eendracht* et le *Horn*, ce qui les a sauvés puisque le *Horn* a été la victime d'un incendie. Mais Cornelis Van Vliet, à qui l'on confie une mission particulièrement aléatoire et périlleuse – trouver une terre hypothétique au milieu du plus vaste et du moins bien connu des océans –, n'a droit qu'à un seul navire ! Une seule flûte pour survivre aux pirates, aux ennemis de la VOC, aux approvisionnements aléatoires, aux vents contraires, aux tempêtes, aux cathédrales de glace, aux erreurs de navigation...

Perplexe, William mordillait l'arbalestrille tout en m'écoutant avec attention.

— Mais pourquoi la VOC ne voudrait-elle pas de notre succès ? Si le continent caché est aussi riche qu'elle l'imagine, elle en bénéficiera comme les Portugais au Brésil ou les Espagnols au Pérou.

— Exactement : les énormes profits rembourseront ses dépenses au centuple ! L'enjeu valait largement qu'on envoie une flotte de plusieurs flûtes pour s'assurer qu'au moins l'une d'entre elles rapporte d'excellentes nouvelles. Alors, pourquoi ces hommes pragmatiques n'ont-ils pas mis toutes les chances de leur côté ? Vous pouvez me le dire, William ?

— Non... Mais ce que je peux t'assurer en revanche, c'est que, moi, j'ai bien l'intention de revenir en Europe vivant, l'esprit rempli de mille curiosités passionnantes, célèbre pour avoir participé à cette extraordinaire expédition, et assez riche pour vivre sans souci jusqu'à la fin de ma vie ! Je ne dois pas être le seul sur ce navire. Si vraiment la VOC est contre nous, Apollonio, elle va avoir affaire à forte partie !

[illegible]

[illegible] commença à l'escalader avec [illegible], [illegible] pant souvent, tombant plus [illegible] à [illegible] en arrière sur de petites distances.

Je suivais ses mouvements [illegible]. Passant de la lunette qu'il m'avait [illegible] Paul, Jacob et Alonzo qui [illegible] à tour.

6

Les dieux sourds de Rapa Nui

Derrière nous, sous un ciel pâle, les terres bleutées s'éloignaient. A la demande de William, une chaloupe fut déposée sur l'eau paisible. Une dizaine de matelots vigoureux ramèrent en direction d'une cathédrale de glace flottante, encore plus haute que l'église Saint-Pierre de Rome.

Lorsqu'il en fut assez proche, le jeune scientifique de Cambridge gratta sa surface avec un couteau. Il récolta un peu de poudre blanche qu'il mit sur sa langue. Puis la chaloupe se rendit un peu plus loin et il effectua un autre prélèvement qu'il goûta de la même façon. Enfin, aidé par deux marins qui lui faisaient la courte échelle, il réussit à grimper sur la glace. Il commença à l'escalader avec beaucoup de peine, dérapant souvent, tombant plusieurs fois à genoux, glissant en arrière sur de petites distances...

Je suivais ses mouvements à travers le verre grossissant de la lunette qu'il m'avait confiée, entre Etienne, Paul, Jacob et Alonso qui me l'empruntaient tour à tour.

— Apollonio, ne sois pas si égoïste ! trépignait Alonso.

— Tu as dépassé ton temps ! faisait remarquer Jacob d'un ton critique.

— Maintenant, c'est à Paul, conclut Etienne.

A regret, je tendis à mon jeune compagnon le petit tube de métal. Il m'en coûtait de m'en séparer. Et s'il arrivait malheur à William ? S'il tombait dans l'eau très froide, il en mourrait avant qu'on ait le temps de lui porter secours ! J'admirais le courage avec lequel le jeune Anglais risquait sa vie au nom de la connaissance, mais je ne voulais surtout pas qu'il la perde !

Enfin, notre scientifique renonça à grimper plus haut. Il mangea de nouveau un peu de glace puis se mit à redescendre très lentement, calant dans de petites anfractuosités la pointe de ses bottes et le bout de ses doigts. Brusquement, il dérapa. Il se mit à dégringoler à vive allure vers le rebord d'une falaise en surplomb sur l'océan ! Terrifiée, j'arrachai la lunette des mains d'Alonso.

— Hé, qu'est-ce qui te prend, Apollonio ? cria le nain. Tu nous révèles ton vrai caractère ?

Je ne l'écoutais pas, suivant avec effroi la longue chute de William, comprenant soudain à quel point je tenais à lui. Il était mon meilleur ami, celui dont je recherchais en permanence la présence, avec qui j'aimais discuter ou rire... Quel vide il laisserait en moi s'il disparaissait !

Une large plaque de neige finit par le freiner. Il réussit à stopper sa course folle. Très doucement, il rétablit son équilibre et s'éloigna de la falaise. Quand il fut hors de danger, je rendis toute tremblante la lunette à Alonso, qui n'avait cessé de me bourrer le bras de coups de poing.

— Tiens, c'est à toi.

— Je crois bien ! Depuis une éternité ! Tu étais devenu sourd, Apollonio, ou quoi ?

— Je vais très bien, merci. Tu ne peux pas comprendre.

La chaloupe revint vers nous avec, à son bord, notre compagnon qui agitait à bout de bras son grand chapeau à plumes.

— Il a découvert quelque chose ! s'écria Etienne.

— Mais quoi ? demanda Jacob l'air dubitatif.

— Peut-être cette glace a-t-elle un goût différent de celle qu'on trouve en Europe ? dit Paul.

Juché sur une petite estrade de bois, Alonso émettait d'autres hypothèses :

— Et si elle n'était pas froide mais brûlante ?... Ou bien elle serait froide mais incapable de fondre... Ou encore il ne s'agit pas de glace, mais d'une pierre translucide d'une espèce nouvelle...

— Alonso, tu as trop d'imagination !

Je riais mais, après tout, que savais-je de plus que lui ? Après avoir franchi le cap Horn, nous avions poursuivi notre route en direction du nord-ouest. Contrairement à tous les explorateurs qui nous avaient précédés et qui avaient mis le cap au nord en longeant les côtes de l'Amérique, nous avions décidé de nous en éloigner aussitôt malgré le vent d'ouest contraire. Nous visions le cœur de cette immense zone qui n'avait jamais été traversée par aucun Européen. Le continent caché devait forcément s'y trouver.

En voyant reculer vers l'horizon les terres les plus inhospitalières qui soient, de nombreux matelots et soldats s'agenouillaient sur le pont et se signaient. Craignant la colère de Vasco, ils n'osaient prier à voix haute mais on lisait sur leurs visages à livre ouvert. Après avoir cru que nous contournions l'Amérique pour atteindre sa côte ouest – et l'or du Pérou –, ils avaient compris que nous nous lancions à l'aveuglette sur un océan inconnu. Nous avions eu beaucoup de chance d'échapper aux monstres et aux gouffres qui bordaient l'extrémité du monde, mais le Pacifique était probablement lui aussi peuplé de créatures féroces qui seraient enchantées de se nourrir de chair humaine !...

Afin de contenir la révolte qui menaçait, Hans Michielszoon et Vasco avaient allongé la liste des interdictions et augmenté la sévérité des sanctions : douter à voix haute de notre succès coûtait la privation d'une ration de rhum ; chuchoter sur n'importe quel sujet : la suppression d'un repas ; tarder à obéir aux ordres : une journée à fond de cale ; s'opposer ouvertement à un officier : dix à vingt coups de corde dans le dos ; tirer son couteau contre lui : être plongé pieds et poings liés dans l'eau glacée.

La chaloupe aborda le flanc de *L'Espérance.* William grimpa le long de l'échelle et enjamba prestement le bastingage. Mes compagnons se pressaient autour de lui, y compris le capitaine et son second qui avaient enfin laissé la barre au timonier. A sa place, Alonso aurait savouré l'attention générale en retardant le plus possible ses révélations, mais William était complètement étranger à ce genre de calculs.

— Mes amis, excellente nouvelle ! Cette glace qui vient face à nous est faite d'eau douce !

Nous échangeâmes des regards intrigués. En quoi était-ce une excellente nouvelle ?

— Est-elle différente de la glace d'Europe ? risqua Paul.

— Non, justement, en aucun point ! lui répondit William avec enthousiasme.

Voyant notre perplexité, il comprit que nous avions besoin d'explications.

— Puisque ces montagnes de glace sont constituées d'eau douce, cela signifie qu'elles ne sont pas faites d'eau de mer.

Certains acquiescèrent, d'autres se grattèrent la tête.

— Elles ne proviennent donc pas d'une partie gelée de l'océan, mais bien d'une terre ! Assez vaste pour que de gigantesques glaçons s'y forment avant de glisser dans la mer... Bref, d'un continent.

Il lança son chapeau en l'air avec force. Sa dernière plume se décrocha et voleta quelques instants, emportée jusqu'à l'eau par la brise légère.

— Mes amis, conclut-il, le continent caché du Pacifique existe bel et bien, et il est tout proche ! Il contient une zone très froide. Puisque nous savons qu'il est d'une taille suffisante pour maintenir la Terre penchée sur son axe, en gardant notre cap est-nord-est, nous allons tomber dessus, ce n'est qu'une question de patience !

*

Malgré la prédiction de William, les jours passèrent, puis les semaines, sans que rien n'émerge à l'horizon. Le temps glacial devint frais, puis tiède. De nouveau, je disparus quatre jours dans ma cabine à cause de mes règles. Quelle étrangeté que ce rappel régulier de ma féminité, à un moment où je me sentais si bien dans ma peau de jeune homme !

Début juin, nos provisions brésiliennes étant épuisées, nous ressortîmes les biscuits de mer et les tonneaux d'eau avariée. Les hommes se plaignaient de leurs gencives qui gonflaient, saignaient, puis de leurs dents qui tombaient. Nous, les officiers, semblions protégés pour une raison inconnue – était-ce la nourriture meilleure dont nous avions bénéficié jusqu'à présent ?

— Le scorbut a fait son apparition, m'expliqua William en aparté.

— Pauvres gens ! On ne peut vraiment rien faire pour eux ?

— Il n'y a qu'un seul remède à cette maladie : descendre à terre et y prendre un long repos. Heureusement, d'après mes calculs, le continent caché est à portée de main. Sinon, il n'existerait pas, ce qui est impossible puisqu'il produit de l'eau douce !

Nous essuyâmes une tempête impressionnante, avec des vents très violents, des trombes d'eau, des creux deux fois plus hauts que notre navire, et la foudre qui se déchaînait sur les mâts. Seule consolation : nous pûmes rincer soigneusement nos barriques avant de les remplir de pluie, liquide beaucoup plus sain que celui qui nous restait de notre escale brésilienne, croupissant et plein d'asticots.

Pour échapper à ces intempéries extrêmes, Hans Michielszoon dut mettre le cap au nord pendant plus d'une semaine. Ce détour était contrariant mais sans plus, du moment que nous ne dépassions pas le tropique du Capricorne. Dès que nous aurions contourné la tempête, nous nous dirigerions de nouveau vers le sud.

Quand le temps se calma enfin, un plafond nuageux très bas et épais s'était installé, rendant inutilisables l'arbalestrille et le compas. Dans la cabine du capitaine, penché sur la carte, William traçait au crayon des cercles de plus en plus larges.

— Hier, nous pouvions être là, là ou là. Tu vois, Apollonio, ça veut dire qu'aujourd'hui, vu les courants dominants, nous sommes... Entre 39° et 27° de latitude sud.

— Quelle marge d'erreur énorme !

— Eh oui. C'est notre lot à nous, pauvres navigateurs, incapables de calculer notre position autrement qu'à partir des astres. Lorsqu'on ne les voit plus, on est perdus ! Mais ne t'inquiète pas. Dès que le soleil percera, je rectifierai tout ça.

Un cri lointain nous fit tendre l'oreille. Avions-nous bien entendu ? Nous nous précipitâmes à l'extérieur. La vigie hurlait à s'en arracher les poumons et tous les hommes affluaient sur le pont.

— Terre ! Terre à l'horizon ! Terre !

Je gravai dans ma mémoire la date de ce jour : le 23 juin 1629. Sans plus craindre Vasco, matelots et soldats tombaient à genoux dans une cacophonie de cris et de prières.

— Rendons grâce à Dieu qui nous sauve !

— Qu'Il nous conduise dans une rade abritée et sûre !

— Qu'Il nous offre du gibier en abondance ! Des sources d'eau fraîche !

— Et des rivières pleines de pépites d'or !

Moins corpulente grâce au régime de biscuits de mer, Saskia scrutait l'horizon comme tout le monde. Son père avait redressé le cou et prenait l'air important d'un futur gouverneur de la VOC.

— Comment allons-nous nommer ce continent ? murmurait-il. La *Nouvelle-Hollande ?* Mais est-ce vraiment original ?... La *Johannie*, en souvenir de ma défunte épouse ?... Ou plutôt, la *Cornélie* ?...

L'air réjoui, il se mit à compter sur ses doigts.

— Il faut reconnaître que ça sonne bien : l'Europe, l'Afrique, l'Asie, l'Amérique et la Cornélie.

A la perspective de découvrir un lieu nouveau, et cette fois de descendre à terre – le capitaine le lui avait promis –, Etienne redoublait d'énergie à la manœuvre. Au point que Jacob, fatigué de ses mouvements incessants, l'envoya remplacer la vigie tout en haut du grand mât.

Kimbo prononça quelques mots qui nous restèrent mystérieux. Depuis trois mois qu'il partageait notre vie, l'ancien esclave comprenait la plupart de nos paroles. Il pouvait nommer chacune des treize voiles, et dire : « biscuit », « dormir », « rhum », « où ? », « pousse-toi », « laisse-moi tranquille », « ça va, toi ? » et « moi, ça va ». Mais ces nouvelles connaissances ne lui étaient d'aucune utilité pour exprimer les sentiments qui à cet instant bouleversaient son visage. Peut-être se demandait-il s'il y avait une chance que, par un détour étonnant, notre flûte se retrouve face à son pays natal.

William ne quittait plus sa lunette.

— Je vois un point... Qui s'étire un peu en largeur... Et en hauteur, de manière très irrégulière...

Fascinés, nous nous bousculions au bastingage, écarquillant les yeux.

— C'est une côte rocheuse, poursuivait le scientifique de Cambridge. Avec des successions de montagnes pointues...

— Est-ce qu'il y a des arbres ? l'interrogea Jacob.

— Oui ! Entre les montagnes, je vois des forêts !

Sous nos yeux, le paysage se précisa peu à peu. Hélas... Les montagnes se révélèrent n'être que des collines, et les forêts des bouquets d'arbustes maigrichons.

— Tout ça n'est guère hospitalier, fit remarquer Alonso.

— Les bords de mer sont rarement des zones fertiles, rappela William. Les vents empêchent la végétation d'y pousser aussi bien qu'à l'intérieur des terres.

— Pourvu qu'on y trouve du gibier et des fruits, soupira Jacob. Nos hommes en ont tellement besoin !

— Et des sources ! dit Paul avec anxiété.

Refusant de boire du rhum, le jeune Français souffrait particulièrement de l'état de notre eau douce, qui s'était de nouveau dégradé.

A tribord, William repéra une anse entre deux pointes ; c'était l'amorce d'une baie assez large. Le capitaine dirigea l'approche, très lente. Il fallait sonder régulièrement pour éviter de s'échouer sur un banc de sable ou de se fracasser contre un rocher sous-marin.

— Apollonio !

Le jeune scientifique me fit signe d'approcher. Il attendit que je sois près de lui pour me tendre sa lunette en chuchotant à mon oreille :

— Regarde vers cette falaise là-bas. Dis-moi ce que tu vois. Surtout, retiens-toi de crier !

Etonnée, je dirigeai le petit cercle irisé de lumière vers le point qu'il m'indiquait. De saisissement, je faillis lâcher le précieux tube métallique.

— Alors, que vois-tu ? me demanda fébrilement William.

— Ce n'est pas possible ! On dirait... des géants !

— N'est-ce pas ?

— Quels visages de brutes ! Ils doivent être sans pitié. Impossible de débarquer, ils vont nous réduire en charpie !

Mon ami reprit sa lunette.

— Va chercher le capitaine, Apollonio.

Je courus à la barre et m'approchai assez pour ne pas être entendue des autres personnes présentes.

— Monsieur Michielszoon, William a quelque chose d'urgent à vous dire !

Surpris, il comprit à mon air qu'il ne s'agissait pas d'une plaisanterie. Laissant le gouvernail au timonier, il me suivit à la poupe. William lui mit la lunette entre les mains et murmura à son oreille.

— Ce rivage est habité par des monstres !

Le capitaine poussa une exclamation, vite déguisée en quinte de toux pour n'inquiéter personne. Il observa assez longuement la falaise, avant de nous faire partager son sentiment.

— Ils se sont couchés sur le sol, avec la tête relevée. Ils ont aperçu notre navire et ils nous guettent le plus discrètement possible...

— Vu leur taille, ils ont du mal à passer inaperçus ! blagua William malgré les circonstances.

— Leurs intentions semblent guerrières... Et même s'ils ne connaissent pas les armes à feu, ils sont de taille à massacrer une partie de nos soldats avant qu'on ne prenne le dessus, sans compter que nos hommes sont affaiblis par le scorbut. Nom d'une pipe !... Pas d'autre solution que d'éviter ce rivage.

En jurant, le capitaine revenait d'un pas rapide vers le gouvernail. J'avais repris la lunette et, la flûte poursuivant pour l'instant sur sa lancée, je commençais à distinguer les détails des gigantesques visages : les fronts butés, les lèvres fermées dans un rictus féroce, les énormes casques. Leurs yeux étaient pareils à ceux de Kimbo, avec de larges pupilles noires cernées d'un blanc lumineux.

Mais contrairement aux yeux de Kimbo, ceux-là ne cillaient jamais...

Je me mis à courir derrière Hans Michielszoon.

— Capitaine ! Capitaine !

Il se retourna, l'air irrité.

— Oui ?

— Les géants sont en pierre ! Ce ne sont pas des humains, mais des statues !

Il marqua un temps d'arrêt.

— Tu es sûr de toi ?

Je lui tendis l'appareil optique.

— Regardez : leurs yeux ne cillent pas. Leurs visages sont complètement immobiles. Et si l'on n'aperçoit pas leurs corps, c'est parce qu'ils n'en ont pas. Ce ne sont que des bustes, capitaine, d'étranges bustes en pierre !

Hans Michielszoon vérifia mes dires avant de s'essuyer le front où perlaient des gouttes de sueur.

— Eh bien, je préfère ça, Apollonio. Que nous ayons découvert ou non le continent caché, ce ne sera pas du luxe pour l'équipage, un séjour à terre !

Une plage de sable blanc s'étendait maintenant devant nous, ombragée de palmiers et de bananiers. Je sortis mon calepin de ma poche.

— Quels feuillages décoratifs !

Près de moi, Alonso asticotait sa vihuela.

— Tu verrais ceux qu'on trouve en Espagne, Apollonio ! A côté, ceux-là sont vraiment chétifs et maigrichons !

Je souris de son incorrigible patriotisme. Je ne me doutais pas que malheureusement il avait vu juste.

Sur la plage, de petits groupes d'hommes et de femmes nous attendaient. Nous crûmes d'abord qu'ils étaient vêtus d'étranges filets. Mais bientôt, nous découvrîmes qu'ils étaient nus, avec la peau peinte de motifs géométriques. Ils ne portaient qu'une mince ceinture de corde, retenant une grosse touffe d'herbes cachant leur sexe. Certains avaient en plus sur les épaules une sorte de cape.

Non loin de moi, le plus jeune des Français avait les yeux ronds d'étonnement. Fort sérieusement, William lui demanda :

— Que penses-tu de cette mode, Paul ?

— Je ne sais pas... C'est original. Et sans doute bien adapté aux climats chauds...

— Ce serait difficile à introduire en Europe, alors. Il y fait trop froid.

— Euh... Oui, certainement.

J'éclatai de rire.

— William ! Arrête de taquiner Paul !

Quelques-uns des indigènes grimpèrent dans une pirogue. D'autres plongèrent dans les vagues et nagèrent vigoureusement en direction de la flûte, alors même qu'on n'avait pas encore largué les amarres. Fasciné, Etienne cessa de courir de la poupe à la proue pour les contempler :

— Je n'ai jamais vu personne nager ainsi.

Il se mit à imiter leurs gestes, lançant vers l'avant un bras, puis l'autre en alternance. Le plus rapide atteignait déjà *L'Espérance*. L'adolescent français lui lança l'échelle de corde, qu'il grimpa à toute vitesse avant de sauter sur le pont.

L'homme était jeune, plutôt petit, mais au corps musclé et très bien fait, excepté ses oreilles aux lobes étirés par des pierres. Sa peau était à peine plus foncée que la mienne. Les dessins géométriques qui le marquaient des pieds à la tête n'avaient été en rien atténués par leur séjour dans l'eau. Avaient-ils été peints à l'aide d'une encre indélébile ? Ou bien lui avait-on gravé la peau comme on le fait chez nous sur du bois ou du cuivre ?

Il semblait tout joyeux de nous rencontrer. On aurait dit que l'arrivée de notre navire était moins surprenante que merveilleuse. Nous ne lui inspirions aucune crainte, puisqu'il venait à nous seul et sans arme. Il perçut instantanément la discrète musique d'Alonso et se mit à danser d'une manière tout à fait neuve pour nous, se déhanchant, secouant ses jambes et ses bras, pointant en rythme son menton comme s'il enfonçait avec quelque clou invisible.

L'équipage ébahi fit cercle autour de lui.

— Quelle santé ! On voit qu'il mange autre chose que des biscuits de mer !

— Tu crois que j'aurais du succès auprès des dames si je l'imitais ?

— Y a pas à dire, ces sauvages, ils ont l'air plus heureux que nous !

Sans cesser de s'agiter, l'homme s'approcha d'un soldat tout jeune, qui portait un chapeau à large bord. Remuant ses bras, il sembla inviter celui-ci à danser avec lui. Ses voisins immédiats l'encouragèrent pour se moquer de lui.

— Vas-y ! Montre-nous ce que tu sais faire !

— Moi, je crois que tu lui plais !

Les joues en feu, le pauvre soldat semblait paralysé. Soudain, le sauvage se saisit de son chapeau, fila jusqu'au bastingage, plongea, nagea vigoureusement jusqu'à la rive et disparut entre les feuillages.

Le soldat reprit ses esprits et se mit à crier :

— Mon chapeau !

Il arma son mousquet et voulut tirer, mais Hans Michielszoon l'arrêta.

— Laisse-le, nous ne pouvons pas nous brouiller avec eux. Nous avons trop besoin de leurs victuailles. Dans le prochain port civilisé, monsieur Van Vliet t'achètera un chapeau neuf.

Le jeune soldat se contenta de cette promesse au caractère hypothétique. Pendant ce temps, une dizaine d'indigènes étaient montés à bord. Parmi eux se trouvaient trois femmes. Les dessins de leur peau étaient moins nombreux que ceux des hommes, rouges et blancs au lieu de noirs. Mais elles n'étaient pas plus vêtues qu'eux, ce qui créa à bord de *L'Espérance* une ambiance étrange. Les hommes d'équipage les contemplaient des pieds à la tête en écarquillant leurs yeux émerveillés, envoûtés, affamés d'amour.

Les femmes sauvages ne semblaient pas du tout timides, et leurs maris aucunement jaloux. Elles s'avançaient en se dandinant, l'œil aguicheur, tandis qu'ils encourageaient par leurs gestes l'équipage à les approcher. Un marin ouvrit ses bras, un autre se mit à gémir en appelant sa mère, un autre à envoyer des baisers du bout des doigts.

Hans Michielszoon s'interposa. Ses yeux gris-bleu avaient pris leur couleur d'orage.

— Chacun à son poste ! hurla-t-il.

Un murmure de désappointement parcourut le groupe.

— Tous ceux qui ne sont pas de quart peuvent se rendre à terre, ajouta-t-il d'une voix plus douce. Mangez, reposez-vous, faites-vous câliner par ces femmes si vous le souhaitez. Mais pas sur mon bateau ! Et je veux que tout le monde soit remonté à bord avant le changement de quart. Sinon, vous serez considérés comme des déserteurs.

— Hourra !

— Vive le capitaine !

— Vive *L'Espérance* !

Cornelis Van Vliet qui jusque-là avait regardé la scène sourcils froncés se détendit.

— Vive la Cornélie ! s'écria-t-il avec enthousiasme.

Notre ancre accrocha le fond sableux et le navire s'immobilisa. Pour cette première reconnaissance en pays inconnu, et malgré le caractère en apparence pacifique de ses habitants, Hans Michielszoon s'entoura de la moitié des matelots de quart et de quinze soldats ; William et moi fûmes priés de l'accompagner. Si tout se passait bien, les autres se rendraient à terre après nous.

Quelle excitation de fouler ce sol nouveau ! Ce peuple joyeux me plaisait déjà. Leur nudité m'embarrassait un peu mais je me disais que c'était par manque d'habitude. Est-ce qu'Adam et Eve n'étaient pas nus eux aussi avant d'être chassés du Paradis ? Et les surprenantes avances des femmes, même si elles me stupéfiaient, n'étaient-elles pas d'une grande générosité ? Ne signifiaient-elles pas ainsi qu'elles étaient libres, et non pas comme en Europe la propriété d'un mari ?

On nous conduisit à travers un paysage aride, rocailleux, couvert de buissons épineux et d'herbes sèches ; rares y étaient les arbres. Les indigènes nous serraient de près et ils n'hésitaient pas à plonger la main dans nos poches pour prendre ce qui s'y trouvait. Mais ce qu'ils préféraient, c'étaient nos chapeaux, qu'ils saisissaient à la première occasion avant de s'enfuir à toutes jambes. Pour nous protéger de leur harcèlement, le capitaine nous plaça au centre d'une double rangée de soldats qui avaient l'ordre de tirer en l'air dès qu'un homme s'approchait, ce qui effrayait le groupe pendant quelques minutes.

Nous arrivâmes à une construction vaste et allongée qui ressemblait à la quille d'un bateau renversée. Elle était couverte de chaume jusqu'au sol et dotée d'une porte si étroite que pour entrer il aurait fallu ramper. Mais cet exercice nous fut épargné : la réunion eut lieu devant, sur une terrasse pavée. Nous y attendait un homme qui paraissait être leur chef. Coiffé d'un chignon serré, marqué de traits noirs sur les joues et le nez, les lobes d'oreilles étirés presque jusqu'aux épaules, il tenait à la main un long bâton poli et sculpté.

Notre capitaine fit poser devant lui un coffre porté par les soldats, contenant des miroirs, des haches, des peignes, des tissus. Plusieurs indigènes voulurent aussitôt se servir ; les soldats firent parler la poudre et ils reculèrent de quelques pas. Par signes, Hans Michielszoon leur indiqua qu'il était prêt à céder un grand nombre de ces objets en échange de vivres et d'eau potable.

Le chef nous proposa des bananes, des patates douces, des ignames, des crabes et quelques poules. Le capitaine lui fit comprendre que tout ça lui convenait mais qu'il en souhaitait quatre fois plus. Puis de l'eau fut apportée dans une calebasse. Nous échangeâmes un regard : elle était brunâtre. Hans Michielszoon en ramassa un peu dans le creux de sa main, y trempa sa langue et fit une grimace.

— Elle est salée ! Beaucoup moins que l'eau de mer, certes, mais son goût est infect.

Comme il protestait avec véhémence, le chef des indigènes appela un homme plus âgé. Celui-ci se mit à nous raconter une histoire avec des mines si expressifs, et tant d'objets pour appuyer ses dires, que nous en comprîmes une grande partie.

Les ancêtres de ce peuple si gai avaient voyagé à travers l'océan sur de longs vaisseaux à la proue relevée, dotés de rames et de voiles. Ils étaient arrivés de ce pays, Rapa Nui, alors couvert de forêts ; il y pleuvait en abondance et toutes sortes de plantes y prospéraient. Le peuple fut heureux pendant des générations et des générations, sans jamais oublier de remercier les dieux en leur fabriquant de belles statues de pierre de lave. Hélas !... Petit à petit, les dieux changèrent d'attitude. De plus en plus souvent, ils oubliaient de faire tomber la pluie. Pour attirer leur attention et manifester leur respect, les habitants de Rapa Nui érigèrent des sculptures monumentales. En vain. La pluie ne tombait presque plus. Les arbres ne donnaient que des fruits rabougris, les puits se remplissaient d'eau de mer. Finissant par comprendre que les dieux étaient devenus sourds, les indigènes abandonnèrent la construction des statues, laissèrent à l'abandon celles qui étaient déjà dressées, en détruisirent même quelques-unes pour passer leur colère. Puis ils tournèrent leur énergie vers la recherche d'idées pour survivre. Ils créèrent des filtres de sable qui rendaient potable l'eau de mer. Ils cultivèrent le moindre trou de roche protégé du vent et riche en humus. Ils couvrirent leurs champs de matelas d'herbe qui préservait l'humidité... Ce qu'ils nous proposaient là, c'était leur seule eau potable, il n'y avait plus aucune source sur Rapa Nui. Et ils ne pouvaient nous offrir de la nourriture en plus grande quantité, sinon ils connaîtraient la famine.

Ce récit m'émut aux larmes ; il parut convaincant à Hans Michielszoon ; et il fut confirmé par la suite de notre visite. Le chef des indigènes nous montra les grottes cultivées, les champs couverts d'herbe, ainsi que les statues gigantesques et la carrière de pierres abandonnée. Puis le plafond nuageux s'étant dissous, un soleil de plomb se mit à taper sur nos têtes, nous permettant de mieux comprendre la passion des habitants de Rapa Nui pour les chapeaux.

Le capitaine demanda à grimper au sommet de la plus haute des collines. Il voulait voir jusqu'où s'étendait ce pays, et si c'était bien le début du continent caché.

Nous marchâmes pendant deux sabliers sur les flancs d'un volcan éteint, au milieu de centaines de visages de pierre de toutes les dimensions. Une fois au sommet, William sortit sa lunette et scruta en détail l'horizon dégagé. Mais même sans instrument optique, la réalité sautait aux yeux : nous étions sur une île minuscule, de plusieurs lieues seulement, perdue au milieu d'un océan sans fin.

7

Le message de l'homme-lézard

Dépités, nous contemplions en silence la longue ligne bleue où le ciel et la mer se fondaient l'un dans l'autre. William était à court de blagues. Hans Michielszoon avait retiré le grand chapeau qui protégeait du soleil sa peau blanche et il se frottait machinalement le front du bout des doigts. Rapa Nui n'était pas le continent caché du Pacifique, et il faudrait encore des semaines de navigation pour le trouver.

Avant de quitter le sommet de l'île, le capitaine se tourna vers le chef des indigènes. Pour se faire comprendre, il désigna notre navire immobile en contrebas dans la baie. Puis il ramassa un peu de terre poussiéreuse et, l'air interrogateur, dirigea sa paume vers l'océan en différentes directions. Enfin, il agita les doigts de son autre main, feignant de les compter.

De son bâton sculpté, le chef montra plusieurs fois les pirogues qui dormaient sur le sable, et il écarta les bras en alternance.

— Leurs ancêtres ont voyagé sur des pirogues plus grandes que celles-ci, suggéra William.

— Moins puissantes que notre flûte, dit le capitaine.

Le chef pointa son bâton vers l'horizon, dans un angle ouest, légèrement nord-ouest, que notre scientifique s'empressa de noter. Puis d'une seule main, il compta sur ses doigts jusqu'à douze.

— Douze jours jusqu'à la prochaine terre ! traduisit Hans Michielszoon, l'air soulagé. Si cet homme dit vrai, l'approvisionnement d'aujourd'hui sera suffisant.

— Cette direction ouest-nord-ouest m'inquiète, nous confia William. J'ai hâte de refaire le point pour en avoir le cœur net mais, à vue de nez, la hauteur du soleil me fait penser que nous ne sommes pas si loin du tropique du Capricorne. Il ne faudrait pas rater le continent caché en passant trop au nord. Je préférerais que nous mettions le cap au sud-ouest, capitaine.

— Nous sommes contraints de chercher la terre que cet homme nous indique, en espérant qu'elle sera plus prospère que celle-ci. Nous avons besoin de vivres pour deux mois avant de nous lancer à nouveau dans l'inconnu. Nos hommes ne survivraient pas à une nouvelle disette à bord.

— Mais elle ne durerait pas longtemps ! Le continent est tout près, c'est évident.

— Désolé, William. Vos géographes sont de grands savants, mais ici, en pleine mer, je m'en tiens à mon expérience de marin.

De retour au village, Hans Michielszoon nous libéra jusqu'au changement de quart, afin que nous puissions découvrir le pays à notre guise. Dès que le capitaine se fut éloigné, le jeune scientifique anglais me lança un clin d'œil.

— Pour retrouver le moral, je vais partir à la découverte d'une jolie mignonne que j'ai repérée et qui ne semble pas indifférente à mon charme. Et toi, Apollonio ?

Cette question me figea sur place.

— J'espère que tu n'es pas impressionné par les discours des religieux, me dit-il en souriant. Je ne peux pas croire que l'amour soit un péché. Si Dieu nous a créés hommes et femmes, c'est pour qu'on savoure cette différence !

Je sentis mes joues s'embraser. Il se méprit sur mon embarras et chuchota.

— Tu n'as jamais fait l'amour avec une femme, Apollonio ?

Je secouai la tête. Il m'entoura les épaules de son bras avec affection.

— Je sais qu'être puceau n'est pas facile.

Comment débrouiller ce malentendu ? Je n'en avais aucune idée.

— Tu meurs d'envie d'essayer comme les autres, n'est-ce pas ?

J'acquiesçai vaguement.

— Et en même temps, tu te demandes si tu vas être à la hauteur... Choisis donc une femme un peu plus âgée, avec de l'expérience. Tiens, que penses-tu de celle-ci, là-bas, debout près du muret ? Elle est gracieuse, tu ne trouves pas ? Et elle te dévore des yeux.

Prenant ma réticence pour de la timidité, il me conduisit jusqu'à elle, mit ma main dans la sienne et s'inclina devant elle.

— Madame, je vous confie mon meilleur ami.

Il lui fit un clin d'œil ; elle gloussa puis m'entraîna à sa suite. Que faire ? Comment m'expliquer avec elle sans langue commune et sur un sujet aussi délicat ? Je ne voulais ni la vexer, ni éveiller les soupçons du scientifique de Cambridge sur ma véritable identité. Mais de même qu'un navire peut être à la fois bousculé par les vents, secoué par des vagues monstrueuses et se révéler la cible d'une foudre incendiaire, de même j'étais la proie d'un tourbillon d'émotions. Je revoyais Marco, ses mains sales tendues vers ma gorge... Je me souvenais du dos rassurant de Jacob sous ma joue, lors de notre chevauchée entre Séville et Madrid... Je pensais à Hans Michielszoon, qui avait longtemps été pour moi l'homme le plus attirant du monde, embrassant Vasco que je détestais... et enfin, j'imaginais William dans les bras d'une indigène – image étrangement douloureuse.

Je suivis la femme sur un sentier qui montait jusqu'à un plateau. Là, au milieu des bruyères, s'ouvrait une sorte de bouche de pierre. Elle s'accroupit pour se glisser à l'intérieur et je l'imitai. Quand mes yeux se furent habitués à l'obscurité, je découvris une grotte de petite taille, au sol couvert de joncs et de feuilles de canne à sucre.

Je tremblais. La femme s'assit en face de moi et se contenta de me sourire de plus belle. Cette attention me révéla à moi-même l'étendue de mon désarroi. Cachant mon visage entre mes mains, j'éclatai en sanglots.

Elle se mit à me parler dans sa langue qui m'était incompréhensible, mais qui me toucha par la tendresse de ses intonations. Puis elle tapota mon épaule.

J'écartai les mains et ouvris les yeux : elle me présentait un petit objet allongé et courbé, qu'elle semblait vouloir m'offrir. Il s'agissait d'une figurine en bois, merveilleusement sculptée. Elle représentait un curieux animal humanisé. D'un côté, une tête d'homme avec un chignon serré, un long nez fin et deux grands yeux – taillés dans de l'obsidienne noire et du corail blanc. De l'autre, une queue effilée qui ressemblait à celle d'un lézard. Entre les deux, une longue échine sans bras ni jambes, décorée de motifs géométriques variés.

L'artiste avait créé un contraste parfait entre la rondeur du corps et l'arête de la queue. Il avait alterné les motifs fins et épais avec une rigueur impeccable et un sens très sûr de l'élégance. Tandis que j'admirais l'homme-lézard posé dans mes paumes, je ressentis un grand calme. Sa beauté me transmettait un message. Les humains avaient toutes sortes d'imperfections et même de graves défauts. Mais ils étaient capables d'inventer des objets dont l'harmonie apportait à l'âme une étrange sérénité.

Dès que la paix s'installa en moi, je vis clair en mes sentiments. Si j'avais rêvé de me réfugier dans les bras de Hans Michielszoon, c'était pour être bercée et consolée comme un petit enfant. Sa bienveillance et son honnêteté étaient venues combler le grand vide qu'avait laissé mon père en m'abandonnant à la plus injuste des justices humaines. Mais c'était un autre jeune homme dont la présence m'attirait à tout instant comme l'aimant l'aiguille de la boussole...

De nouvelles larmes, silencieuses et amères, se mirent à couler sur mes joues. J'étais dévorée par le désir de lui révéler ma féminité. Mais j'avais déjà croisé des couples d'amoureux, l'un contre l'autre, le visage en extase, l'esprit ailleurs... Si les sentiments de William répondaient aux miens, nous serions incapables de le cacher aux autres et ma vie aventureuse prendrait fin ! Si ses sentiments ne répondaient pas aux miens, j'aurais perdu l'ami le plus cher que j'avais jamais eu...

J'avais complètement oublié la jeune femme. D'un seul coup, je pris conscience qu'elle avait quitté la grotte – et qu'elle avait emporté mon béret, échangé contre la figurine. Elle avait compris toute seule que je ne m'intéressais pas à ses avances. Quel soulagement ! Et tant pis pour mon couvre-chef... Cornelis l'avait fait tailler pour moi quand il avait appris que j'étais peintre, mais Paul pourrait m'en coudre un autre. Alors que cette passionnante figurine sculptée serait irremplaçable !

*

C'est un équipage étourdi de plaisirs et dépouillé de tous ses chapeaux qui remonta à bord de *L'Espérance*. Le capitaine ne put faire autrement que de laisser descendre à terre ceux qui n'y avaient pas mis les pieds, puis en fin d'après-midi, on remonta l'amarre et remit les voiles d'artimon. Notre flûte quitta la baie.

— Je ne suis pas fâché de quitter cet endroit boudé par les dieux, dit William en me rejoignant dans la cabine du capitaine.

J'acquiesçai en silence, feignant d'être concentrée sur mes dessins. L'attelle fixée autour de mes doigts, j'étais en train de représenter l'un des bustes de pierre aux yeux blanc et noir.

— Bravo, Apollonio ! Leur expression est très bien rendue. Cette image sera fascinante pour les lecteurs de notre routier.

— Merci.

— As-tu l'intention de dessiner ensuite l'une de ces belles jeunes femmes presque nues ? Je suis sûr que ça contribuerait au succès de notre livre.

— Oui, dis-je sans relever la tête.

— Parfait. A propos, comment s'est passé ton... entretien privé ?

— Très bien, répondis-je platement, en apparence toujours concentrée sur mon dessin.

Il se mit à rire.

— Ne t'inquiète pas, je ne te demanderai pas de détails. Pour ma part, j'ai passé un moment très agréable et je me sens plein d'énergie. D'ailleurs, je ne suis pas le seul. Tu as vu avec quel enthousiasme inhabituel les marins ont repris la mer ? Aujourd'hui, pour chacun de nous, la vie est belle !

Il s'assit face à moi.

— Mais je suis triste pour ce peuple accueillant. Si les pluies continuent de se raréfier, que vont-ils devenir ?

Enfin il se tut, s'absorbant dans ses calculs. Pendant un long moment nous travaillâmes côte à côte, lui notant notre position sur la carte que nous mettions à jour au fur et à mesure de notre voyage, puis écrivant sur le routier les péripéties de la journée, moi croquant la côte rocheuse de l'île, l'alignement stupéfiant des géants de pierre, le paysage aride, notre premier visiteur dansant sur la musique d'Alonso, le chef des indigènes avec ses lobes d'oreilles démesurés, la vue depuis le sommet du volcan, les plantations abritées, les jeunes femmes aguicheuses, les voleurs de chapeaux et la merveilleuse figurine sculptée que j'avais rapportée...

Au début, la présence du scientifique de Cambridge me troublait. S'il me frôlait en portant un atlas, je sursautais violemment. Mais il n'y avait aucune issue heureuse possible à cet amour qui était né en moi, puisque je ne voulais pas renoncer à ma place de garçon. A partir d'aujourd'hui, j'allais donc feindre de trouver William moins intéressant, ne plus rire à ses blagues et peu à peu m'éloigner de lui. Cette décision prise, je serrai les dents, chassant toute pensée qui n'était pas liée à mes croquis.

— Tes dessins sont merveilleux, Apollonio. C'est juste dommage qu'ils soient en noir et blanc, tu ne trouves pas ?

Surprise, je relevai la tête pour la première fois depuis qu'il était entré, et remarquai que William avait perdu lui aussi son grand chapeau à plumes, auquel il tenait pourtant beaucoup. En rencontrant son regard plein de charme, je ne pus m'empêcher de rougir.

— Allons, ne te vexe pas, poursuivit-il. J'ai bien compris qu'un atelier de peintre nécessitait un grand nombre d'ingrédients difficiles à réunir. Mais justement, sur Rapa Nui, j'ai eu une idée. Tu vas me dire ce que tu en penses.

— Euh, oui, bafouillai-je.

— Les indigènes ont repéré dans la nature des plantes, des roches et des coquillages dont le pouvoir colorant est puissant. Ne pourrais-tu pas t'en servir, toi aussi ?

Mais oui, il avait raison ! Quel dommage que je n'aie pas eu cette idée plus tôt, avant de quitter l'île que nous avions découverte.

— Si, en effet.

Un grand sourire éclaira son visage.

— Alors, regarde bien... Abracadabra...

Il plongea sa main dans sa poche et en tira une racine épaisse, légèrement tordue et boursouflée, qui ressemblait beaucoup à du gingembre sauf qu'elle était jaune. Il la posa dans le creux de ma paume.

— Je ne saurais t'en dire le nom, Apollonio. Mais les indigènes m'ont montré qu'en frottant cette racine avec une pierre, ils obtenaient une jolie poudre orangée. Parfois, ils la mélangent avec une pincée de charbon pour fabriquer de la poudre brune. Voilà donc déjà deux couleurs que tu pourras ajouter à tes dessins.

J'eus l'impression d'être frappée par la foudre. Aucun cadeau au monde n'aurait pu me faire plus plaisir que cette racine ! Et comme son attention me touchait ! Je mourais d'envie de sauter au cou de William. Je me retins, bien sûr. Si je m'étais approchée de lui, les rondeurs de mon corps contre le sien lui auraient révélé ma féminité.

Je crois qu'il prit ma réserve pour de la pudeur, mais qu'il vit mon émotion, et qu'il en fut heureux.

— Voilà le début de ta collection. J'ai échangé cette racine contre mon chapeau. Juste à temps avant qu'on ne réussisse à me le voler, ah, ah, ah !... Espérons que nous trouverons sans trop attendre de quoi produire les autres couleurs.

— Merci infiniment, William, dis-je d'une voix tremblante.

J'allai ranger la racine dans ma boîte en bois. Mon beau plan d'indifférence venait de s'écrouler. Comment aurais-je pu bouder quelqu'un qui me manifestait une amitié aussi attentive, généreuse et délicate ?

*

Deux jours après notre départ de Rapa Nui, la pluie se mit à tomber en une succession rapprochée d'averses. Quel plaisir de vider nos barriques de l'eau saumâtre de cette île pour les remplir d'une eau douce et propre ! Les vents étaient très changeants, obligeant les marins à manœuvrer sans cesse les voiles sous la direction du capitaine ou de son second. Chacun de nous attendait avec impatience notre prochaine escale : les hommes d'équipage espéraient y trouver le même accueil féminin, le capitaine de quoi nous réapprovisionner pour de bon et soigner les malades du scorbut, et Cornelis Van Vliet le début de la Cornélie.

De nouveau, la salle à manger se transforma en atelier de couture. Sous la direction de Paul, des dizaines de chapeaux de toile furent fabriqués et distribués à l'équipage et aux officiers, moi y compris. De tous nos biens, c'était le plus indispensable dès que le soleil brillait.

Au bout d'une semaine, nous avions épuisé la nourriture achetée aux habitants de Rapa Nui. Au dîner, à la lueur des chandeliers d'argent, nous trempions nos biscuits de mer dans du rhum ou du thé. Le repas était pourtant égayé par les réflexions du négociant hollandais, persuadé que le terme de notre voyage était proche.

— Messieurs, en tant que gouverneur général de la Cornélie, j'ai l'intention de nommer Jacob Jungmuller capitaine de la forteresse que nous érigerons dès notre arrivée. Sous la protection d'une partie de nos soldats, William Greyhound et Etienne Moulinet exploreront les environs pour en repérer les richesses. Nous prendrons le temps qu'il faudra pour trouver de quoi passionner les gouverneurs de la VOC – mine de cuivre ou de diamants, plante d'un bon rendement, épice nouvelle... Quand ce sera fait, Apollonio et Alonso repartiront à Amsterdam sur *L'Espérance*. En mon nom, ils présenteront nos résultats à ces Dix-Sept Messieurs... Pendant ce temps, notre petite colonie aura commencé à s'organiser. Il nous faudra défricher, labourer, planter... Organiser l'extraction ou les récoltes... Avec l'aide des sauvages. Nous avons pour ça des arguments de poids grâce à nos armes à feu...

Je m'étranglai avec mon rhum. Cornelis voulait lui aussi réduire les indigènes en esclavage ! Bizarrement, je ne m'étais jamais demandé quelles seraient les conséquences de notre arrivée sur le continent caché. Notre escale au Brésil m'avait pourtant appris qu'une terre qui ressemblait au paradis pouvait se transformer en enfer sous la coupe des Européens. Trop impatiente de fuir la société injuste de l'Ancien Monde, j'avais chassé cette pensée de mon esprit...

Pour me rassurer, je parcourus du regard les visages ouverts de mes compagnons d'aventure. Je ne pouvais imaginer William, Etienne, Paul et Jacob transformés en brutes ! En ce qui concerne Alonso, j'en étais moins sûre...

Le 12 juillet, les averses cessèrent. Un beau ciel d'azur s'installa, parcouru de nuées légères. La température était douce sans chaleur excessive. Les vents restaient changeants mais ils poussaient efficacement notre navire.

Le 13 juillet, les soldats pêchèrent plusieurs thons magnifiques. Heureux, le cuisinier s'empressa de les préparer. Leurs estomacs contenaient les petits poissons qu'ils venaient d'avaler, poissons côtiers, selon Vasco.

Le 15 juillet au petit matin, une vision merveilleuse rassembla tout le monde sur le pont. Comme posée entre la mer turquoise et le ciel d'un bleu intense, une terre s'offrait à nos yeux, toute proche de nous. Sa longue plage de sable blond, parsemée de cocotiers florissants, était bordée de pelouses fleuries qu'ombrageaient des arbres chargés de fruits et que rafraîchissaient des cascades. En arrière-plan, des montagnes déroulaient leurs pans accidentés et pourtant couverts de forêts. Des oiseaux de toutes les couleurs virevoltaient en chantant. Des poissons tout aussi colorés jouaient dans les eaux limpides. Par petits groupes, des humains nus à la silhouette élancée s'avançaient jusqu'au rivage et, pour nous souhaiter la bienvenue, agitaient vers nous des régimes de bananes...

Plusieurs matelots tombèrent à genoux et se signèrent.

— Le Paradis de la Bible !

Le jeune Paul souriait, comme en extase. Saskia – dont les biscuits de mer affinaient chaque jour la silhouette – ne cachait pas son émerveillement. Je me frottai plusieurs fois les yeux, tellement cette beauté semblait irréelle.

— Quel peintre oserait imaginer un Eden aussi parfait ? me demanda William, lisant dans mes pensées.

Cependant Hans Michielszoon luttait avec le gouvernail et Vasco ne cessait de rappeler à l'ordre les matelots. Etienne courait dans les drisses, jonglant avec les cordes, tantôt enverguant une voile, tantôt serrant une autre... Ce paradis qui semblait à portée de main était séparé de nous par une barrière de rochers sous-marins contre laquelle venaient se briser d'énormes vagues. Avec les vents qui ne cessaient de changer de direction, le capitaine avait fort à faire pour avancer sans se briser contre les récifs ; ils affleuraient à peine et on les voyait au dernier moment.

— Peut-être faut-il mourir pour accéder à ce paradis ? s'interrogea Alonso en égrenant un arpège mélancolique.

Toute la journée et la suivante, nous longeâmes à petite vitesse cette terre merveilleuse, sans pouvoir l'atteindre. Ses abords étaient trop dangereux pour tenter un mouillage – un changement de vent ou une vague plus forte aurait pu nous précipiter sur le sol rocailleux. Et il semblait n'exister aucun chenal, aucun passage assez large pour glisser *L'Espérance* jusqu'au rivage.

Certains marins semblaient devenir fous d'envie et de frustration, hurlant leur chagrin, se cognant volontairement la tête contre le grand mât. Plus pâle que jamais, Cornelis alternait de brèves colères contre le destin et de longues heures de douloureuse apathie.

Pour ma part, à défaut de pouvoir connaître de l'intérieur ce pays extraordinaire, je l'imprimais dans ma mémoire en croquant ses montagnes, ses cascades, ses oiseaux, ses habitants...

A force de la contourner, il apparut que cette terre était une île, et que derrière elle s'en cachait une autre, plus petite mais tout aussi riante et prospère. Bientôt ce fut autour de nous un archipel de nombreux paradis, chacun étant protégé par une muraille presque invisible et pourtant infranchissable. Etienne et William plongèrent ensemble pour en découvrir la nature.

Les deux garçons remontèrent à bord, émerveillés.

— Le fond est baigné de lumière, avec des plantes et des poissons de toutes les couleurs ! s'extasia l'adolescent français.

— Les massifs qui nous bloquent sont en corail, expliqua le gentilhomme de Cambridge en essorant sa chemise. Une plante étrange, dure comme de la pierre, et qui grandit au fond des mers. Nous en avons, nous aussi, en Angleterre. Mais pas aussi étendue que celle-ci. Le corail semble beaucoup se plaire ici. Je crains qu'il ne soit impossible de trouver un passage assez profond pour notre flûte...

Deux jours plus tard, sa prédiction fut démentie. Sur l'île principale de l'archipel, Hans Michielszoon repéra une baie que la plante rocailleuse n'avait pas encore colonisée d'une pointe à l'autre. Très prudemment, sondant en permanence le fond, il guida *L'Espérance* vers le rivage.

— Une telle quantité d'îles doit annoncer un continent derrière. Qu'en pensez-vous, William ? demanda Cornelis.

— C'est souvent vrai en ce qui concerne l'Europe, l'Asie, l'Afrique et l'Amérique, monsieur. Mais la Cornélie a peut-être des caractéristiques originales...

— Un archipel même très étendu ne pèserait jamais sur le globe autant qu'un continent entier, fit remarquer Jacob... Or, d'après les géographes, ce poids est nécessaire pour expliquer l'inclinaison de la Terre.

— C'est tellement beau, murmurait Paul, fasciné.

Quant à Saskia, elle en oubliait de ronger le biscuit de mer qu'elle tenait à la main.

D'extraordinaires chaloupes doubles vinrent à notre rencontre, avec à leur bord des sauvages de haute taille à la peau brune. Comme ceux de Rapa Nui, les hommes étaient nus, avec une ceinture de plantes autour du sexe et de la peinture noire indélébile sur le corps, sauf que les motifs en étaient plus fantaisistes ; on y reconnaissait des oiseaux, des fleurs, des soleils, des bateaux à voile... Leurs cheveux noirs étaient coupés très court ou bien portés en chignon serré sur le sommet de la tête. Les femmes étaient charmantes, bien qu'étranges à nos yeux d'Européens avec leurs fesses peintes en bleu et leurs chapeaux de paille garnis de fleurs.

Aucune arme n'était brandie, mais seulement des bananes, des noix de coco et toutes sortes de fruits inconnus.

— Quel pays pacifique ! s'extasia Jacob. Et comme ils savent accueillir les visiteurs étrangers !

Heureux présage pour la suite de nos échanges, les indigènes qui montèrent à bord ne s'intéressèrent pas à nos chapeaux tout neufs. Ils appréciaient les haches et les outils en fer, mais préféraient les perles de verre coloré.

— Ce sont de grands enfants, énonça Cornelis avec mépris.

Paul émit une autre hypothèse :

— Peut-être que chez eux, il suffit pour se nourrir de tendre le bras vers l'arbre le plus proche, et pour se désaltérer de s'agenouiller devant une source. Puisqu'ils n'ont besoin de rien, ils ont envie de ce qu'ils trouvent beau et surprenant, comme nos perles.

L'Espérance fut amarrée près du rivage et nos chaloupes descendues à l'eau. Le visage crispé par la jalousie, les hommes de quart regardèrent les autres s'éloigner vers la rive. Je m'étais proposée pour rester avec eux, tandis que Hans Michielszoon, Cornelis, Etienne, Paul et William participaient au premier voyage. Malgré ma curiosité pour ce pays splendide, j'étais morte de peur à l'idée d'y suivre le jeune scientifique anglais. Il me semblait que, dans un tel paradis, je ne saurais résister à l'envie de goûter avec William à ses fruits parfumés, de me baigner avec William dans l'eau turquoise, de m'allonger près de William sur l'herbe tendre... de partager avec William tous les plaisirs que nous suggérait la vision de ces êtres beaux et nus.

8

La tentation de Tahiti

Quatre fois, le sablier se vida et fut retourné – deux heures s'écoulèrent. Je chassais la moindre pensée qui me ramenait à William, lui qui était probablement en train de se lier avec une belle indigène. Installée sur le château arrière, je croquais la rive arrondie, ses feuillages, ses chaloupes doubles, l'arrière-plan de montagnes et de cascades. Quel dommage de dessiner à l'encre noire un tel paysage, aux couleurs magnifiques ! Grâce au jeune scientifique de Cambridge, je possédais de l'orangé, du jaune et du brun, mais le bleu et le rouge me faisaient cruellement défaut, ainsi que le violet et le vert que j'aurais pu en obtenir...

Assis près de moi, Alonso chantait en s'accompagnant à la vihuela. Je tendis l'oreille. Il déroulait la complainte d'une malheureuse jeune fille contrainte de se déguiser en garçon pour fuir l'horrible peintre qu'on voulait l'obliger à épouser. De saisissement, je laissai tomber mon bâton de fusain, qui se brisa en trois sur le pont. En m'accroupissant pour ramasser les morceaux, je croisai le regard du nain.

— Seules les femmes sont malades une fois par mois, chuchota-t-il en me lançant un clin d'œil.

Je me mis à trembler comme une voile en pleine tempête.

— Garde ça pour toi, Alonso, sinon tu vas faire mon malheur.

— Je ne veux pas faire ton malheur... Apolloni... a.

— Tais-toi !

— Mais si je ne fais pas ton malheur, tu devras faire mon bonheur. Tu me comprends ?

Horrifiée, je fixais le jeune homme que j'avais cru être un ami.

— Non, je ne comprends pas ! Je t'ai toujours manifesté beaucoup de sympathie. Souviens-toi comment tu as réussi à te faire embaucher par Cornelis !

— De la sympathie, c'est bien. Mais l'amour, c'est tellement mieux... Je ne suis pas plus grand qu'un enfant mais je suis un homme, Apollonia.

— Cesse immédiatement de m'appeler ainsi, sinon je t'embroche et je te jette par-dessus bord.

Joignant le geste à la parole, je tirai ma rapière de son fourreau et la pointai sur sa poitrine. Des marins nous lancèrent un regard intrigué. Le nain musicien se mit à pleurnicher.

— Mais pour toi j'inventerai des poèmes, je chanterai que tu es la plus belle...

— Plus un mot !

J'appuyai la pointe de ma lame contre son pourpoint usé, si nerveusement que j'en déchirai la soie.

— Ecoute-moi bien, Alonso ! Si quelqu'un sur ce navire émet la même hypothèse que toi, je ne m'interrogerai pas pour savoir si tu lui en as soufflé l'idée ou s'il a tenu un raisonnement identique au tien. Je te ferai passer de vie à trépas. Compris ?

Les yeux fuyants sous les sourcils broussailleux, il acquiesça.

— Jure que jamais tu ne me trahiras.

— Sur la Bible ?

— Non. Sur ta vihuela.

J'accentuai encore la pression de l'épée. Il grommela :

— Si je trahis Apollonio, que ma vihuela soit maudite.

— Parfait. En gage de ta bonne volonté, ne demande pas à Paul de recoudre cet accroc à ton pourpoint. Ainsi, en cas de besoin, je saurai immédiatement où placer ma lame... Et maintenant, laisse-moi. Tu me dégoûtes ! Je ne veux plus te voir jusqu'à ce que tu aies regagné ma sympathie par une conduite irréprochable à mon égard.

Sans demander son reste, il fila, la vihuela lovée entre ses bras.

*

Quand nos compagnons remontèrent à bord de *L'Espérance*, je détournai les yeux pour ne pas voir sur la mine de William les traces de sa satisfaction.

— Inutile de grimper au sommet des montagnes ! lança Cornelis en passant devant moi. Cette végétation est tellement épaisse qu'on ne voit rien du tout de là-haut.

— Monsieur Van Vliet, répondit le capitaine, croyez-moi, nous sommes sur une île. Juste un peu plus grande que les autres.

— D'après ce que j'ai compris, les indigènes l'ont nommée Tahiti, précisa William.

Les croisant sans les regarder, je descendis dans la chaloupe en compagnie de Vasco, Alonso, Jacob, ainsi que Kimbo et les autres hommes de quart. J'étais bien décidée à découvrir quelle plante ou quel minéral permettait aux indigènes de peindre en bleu la peau des femmes.

Sur la plage, nous fûmes accueillis par des groupes joyeux. Ils criaient « Tayo ! Tayo ! », ce qui dans leur langue signifie : « Amis ! Amis ! » Les uns proposaient des poissons qu'ils venaient de pêcher, les autres un tissu de feuillages tressés, certains leurs femmes. Kimbo eut beaucoup de succès avec sa peau noire ; il fut examiné sous toutes les coutures par des gens qui étaient très intrigués par ses paumes et ses plantes de pied couleur crème, et qui se demandaient s'il avait été peint partout ailleurs sur le corps.

Pour ma part, mue par un pressentiment, j'attendis dans la chaloupe que mes compagnons se soient dispersés. Bien m'en prit ! A peine avais-je mis pied à terre que les indigènes m'entourèrent avec des exclamations enthousiastes : « Vahine ! Vahine ! » Les femmes se montrèrent la poitrine en s'appelant également « Vahine » tandis que les hommes se nommèrent « Tane ». Parce qu'ils ne savaient pas qu'en Europe la culotte longue était réservée aux hommes, les sauvages de Tahiti n'avaient remarqué que la largeur de mes hanches et l'étroitesse de mes épaules ! Trois secondes leur avaient suffi pour deviner qui j'étais, alors que l'illusion perdurait chez les marins qui me croisaient depuis des mois sur *L'Espérance*.

Affolée, je mis un doigt sur ma bouche en les suppliant du regard : « Chut, chut. » Par chance, ce geste les amusa beaucoup. Ils se mirent tous à m'imiter en riant, ce qui changea complètement le sujet de la conversation.

De ma poche, je sortis une poignée de perles de verre. Cornelis Van Vliet nous les avait d'abord distribuées avec autant de parcimonie que s'il s'était agi de florins en or. Mais le capitaine avait insisté pour qu'il se montre plus généreux. Il avait suggéré que nous rapportions à bord tout ce qui nous semblait digne d'intérêt. Ainsi, serait commencé l'inventaire des richesses de ce pays, qui pouvait être la Cornélie. Il avait convaincu le négociant hollandais.

De la verroterie plein les paumes, je désignai les dessins bleus qu'arborait une jeune femme sur sa peau. Vu de près, cet assemblage de motifs était d'un grand raffinement. Dans les éclats de rire, on me demanda si je voulais me faire peindre moi aussi. Je montrai le fond de mon pantalon en secouant la tête, puis mes yeux et enfin les fesses de la dame. Ils comprirent que je ne voulais pas être peinte, mais seulement regarder comment on procédait à cet art.

En échange d'une grosse poignée de perles colorées, une jeune femme qui se prénommait Vaiata (elle prononçait Va-i-a-ta) accepta de me servir de guide. Nous traversâmes de belles prairies à l'herbe brillante parsemée de fleurs, longeâmes une rivière à l'eau limpide, et atteignîmes un village de huttes agrémenté de potagers. L'air était doux, rafraîchi par une brise légère, et la gaieté de cette terre semblait répondre à celle des habitants.

Au centre du village, sous les cocotiers et les palmiers, une fillette de huit ou neuf ans était étendue sur une natte, les fesses en l'air. Autour d'elle, des hommes soufflaient avec leur nez dans une sorte de flûte au son très doux. D'autres, debout, frappaient en rythme sur des tambours posés sur des pieds.

Agenouillé devant la fillette, un homme orné de plumes manipulait deux instruments qui n'étaient pas des pinceaux ni des crayons. En m'approchant, je vis que, d'une main, il posait sur elle une sorte de peigne de bois aux dents acérées, de l'autre, il frappait sur le peigne avec un marteau minuscule. La teinture imprégnant les dents se glissait alors sous la peau tout en la faisant légèrement saigner, dessinant peu à peu un motif précis.

J'étais fascinée, et en même temps effrayée. Cette opération était forcément douloureuse pour la fillette, même si elle s'y soumettait sans révolte. J'admirais la subtilité des motifs, mais mon âme d'Européenne admettait mal qu'on torture le corps humain au lieu d'exercer cet art sur des objets inanimés.

— Tatou, tatou, me dit Vaiata en enrobant la scène d'un grand geste du bras.

L'œil interrogateur, je lui désignai le bol en bois rempli de teinture bleutée. Elle me prit par la main et me conduisit dans la forêt toute proche. Après avoir marché un bon moment au milieu d'une végétation luxuriante, elle s'arrêta devant un arbre au tronc énorme et aux feuilles argentées. A ses pieds, elle ramassa un fruit de taille moyenne, une sorte de noix avec une bogue piquante.

Vaiata la posa sur une racine épaisse et, armée d'une pierre, fendit le fruit. D'un geste habile, elle retint dans la moitié de l'écorce le liquide poisseux qui se trouvait à l'intérieur. Frottant l'autre moitié avec la pierre, elle en recueillit de fins débris qu'elle jeta dans le liquide. A l'aide d'une brindille, elle mélangea le tout, qui prit une belle couleur bleu outremer.

Du bleu, enfin ! Grâce auquel je pourrais également obtenir du vert ! Enthousiasmée, je la remerciai en lui offrant toutes les perles de verre qui me restaient. Elle m'exprima sa joie en dansant devant moi, puis m'aida à ramasser plusieurs noix de cette espèce.

Sur le chemin du retour, soudain, Vaiata fit volte-face. Elle fit « Chut ! » avec un plaisir évident, avant de s'écarter du sentier, de tourner autour d'un bosquet épais et de disparaître. Intriguée, je la suivis et découvris une petite rivière qui paressait un moment entre deux cascades. La jeune femme était déjà dans l'eau et me faisait signe de la rejoindre. J'hésitai. Et si on me surprenait ? Devinant mes craintes, elle répéta : « Chut ! Chut ! » comme une promesse de secret.

Sous les feuillages qui tamisaient la lumière, la rivière était d'une clarté merveilleuse. Agenouillée, les noix sur mes genoux, j'y trempai la main ; elle était délicieusement tiède. Des centaines d'oiseaux pépiaient au-dessus de nous, les cascades chantonnaient sur les pierres, et tout invitait à la détente. Je compris que si je ne me baignais pas dans cet endroit idyllique, je le regretterais toute ma vie.

Encore hésitante, je retirai la blouse de peintre imbibée de pigments de mon frère Michele, la chemise à jabot que je portais en dessous de manière à cacher mes seins, ainsi que mon pantalon souple. Je me sentais gênée de ma nudité – c'était la première fois depuis ma petite enfance que quelqu'un me voyait entièrement nue – mais Vaiata n'y prêta aucune attention. La tenue d'Eve était normale pour elle, contrairement à nos accumulations de tissu qu'elle devait trouver bien saugrenues.

Elle s'amusa à m'éclabousser, à me chatouiller les pieds, puis elle me montra la nage qui lui permettait de traverser la rivière en quelques minutes presque sans effort. A mon tour je m'allongeai sur l'eau, battant des pieds et tendant les bras en alternance au-dessus de ma tête. Je tentai de respirer comme elle, bus la tasse, toussai, repris mon souffle, recommençai, déterminée à progresser...

Malgré ma maladresse, je savourais l'eau qui massait l'ensemble de mon corps. Quel bien-être !... Depuis seize mois que j'avais fui Rome, j'avais bénéficié d'un bain chez Cornelis à Amsterdam, puis d'un autre, forcé, au moment du passage de la ligne. La tiédeur des mers du Sud m'avait donné très envie de recommencer mais je m'en étais bien gardée de peur de souligner la féminité de ma silhouette avec mes vêtements mouillés. Ici, maintenant, puisque j'avais confiance en la discrétion de Vaiata, je pus apprécier sans arrière-pensée le plaisir du bain jusqu'à ce qu'épuisée et profondément délassée, je n'eus plus que l'énergie de me hisser sur la berge.

J'allai m'étendre près de la jeune femme sur un épais gazon parsemé de fleurs, à l'ombre d'un grand palmier. Le soleil tournoyait entre les feuilles, répondant aux pensées qui dansaient dans ma tête. Ce pays heureux était si attirant ! Non seulement son climat était le plus agréable qui soit, et sa terre tellement fertile qu'il fallait peu de travail pour s'y nourrir, mais les femmes semblaient ne pas y craindre les hommes et vivre en toute liberté. Lorsque j'aurais appris leur langue, elles pourraient devenir d'excellentes amies, spontanées et généreuses.

N'ayant besoin ni de gagner ma vie ni de plaire aux seigneurs de cet endroit, je pourrais consacrer l'essentiel de mon temps à la peinture. Aux artistes d'ici, je montrerais comment peindre sur du bois et des tissus, au lieu de faire souffrir les enfants. Je ne doutais pas que cette forêt généreuse cachait assez de plantes et de fruits divers pour inventer tous les liants et les pigments nécessaires.

Je me lancerais dans la composition de tableaux spectaculaires et pleins de personnages, comme ceux que réalisait mon père et que j'admirais pendant mon enfance. Je les imaginais déjà : les pêcheurs descendant de leurs belles chaloupes doubles, offrant leurs poissons aux enfants qui les attendaient, les femmes se baignant et s'éclaboussant joyeusement sous la grande cascade, entourées d'oiseaux et de fleurs...

A Rome, pour travailler en tant que peintre, j'aurais été obligée de renoncer à l'amour d'un homme et au bonheur d'avoir des enfants. Ici, je pressentais que ce ne serait pas le cas.

Qu'est-ce qui me retenait encore sur *L'Espérance* ? J'étais amoureuse de William, certes, mais il m'était impossible de lui révéler ma féminité, ce qui m'empêchait de connaître ses sentiments pour moi. Féminité que tôt ou tard quelqu'un finirait par découvrir

– comme Alonso. En quittant Amsterdam, j'avais été portée par l'espoir d'atteindre une terre de paix et de liberté. Or, semblait-il, je l'avais trouvée ! Bien sûr, je n'étais dans ce pays-ci que depuis ce matin. Mais j'avais traversé l'Europe du sud vers le nord et jamais je n'avais vu de terre aussi féconde et paisible, ni d'habitants aussi joyeux...

Heureuse, sereine, je m'endormis.

*

Quand je me réveillai, un silence d'orage avait figé la forêt, les oiseaux avaient disparu, et Vaiata s'était redressée, le visage plein d'effroi, tremblant de tous ses membres. Le ciel était pourtant toujours aussi bleu et la brise aussi légère.

Un coup de canon déchira l'air. Je compris qu'il s'agissait d'un deuxième tir et que le premier avait effrayé la jeune femme. Que se passait-il ? Sur qui mes compagnons de *L'Espérance* tiraient-ils ? Et pourquoi ?

A toute vitesse, je remis mes vêtements et repris mes noix. Vaiata m'indiqua comment rejoindre le sentier, mais elle refusa de m'accompagner. Ces coups de canon avaient brisé la simplicité heureuse de notre relation. Je la remerciai une dernière fois de son hospitalité, puis filai à toutes jambes sans trop savoir ce qui m'entraînait ainsi.

Dans le village, les musiciens avaient posé leurs flûtes et leurs tambours, l'artiste « tatou » son peigne et son marteau, la petite fille s'était assise, les curieux se serraient les uns contre les autres, l'air inquiet. Je craignais qu'ils ne cherchent à me retenir. Mais ils me regardèrent passer sans un geste hostile.

Je continuai à courir en direction de la plage, soulagée de voir apparaître entre les feuillages les voiles blanches de *L'Espérance*, avec ses drapeaux hollandais marqués du sigle de la VOC. Debout sur le sable, près d'une chaloupe, William regardait à travers sa lunette. Il la baissa à mon approche.

— Apollonio ! Enfin !

— Pourquoi ces coups de canon ? Sommes-nous attaqués ?

— Pas du tout ! Mais le soir va bientôt tomber. Tu sais que nous devons dormir à bord, or plusieurs hommes manquent à l'appel.

Je me sentis furieuse.

— Et c'est pour ça que vous avez effrayé les indigènes et les oiseaux ?

— Comment veux-tu faire autrement ? Impossible de partir à votre recherche dans cette forêt épaisse ! A propos, où étais-tu passé, Apollonio ?

— J'étais dans la forêt, justement. Regardez : quelqu'un m'a montré ces noix qui permettent d'obtenir du pigment bleu.

— Formidable ! Tu vas pouvoir peindre ! J'ai hâte de voir le résultat !

Ma colère disparut, aussitôt effacée par son enthousiasme et son sourire plein de charme. Comment me séparer de lui, mon meilleur ami ?

J'étais éblouie par la gaieté et la spontanéité de Vaiata, mais je devais reconnaître que jamais je ne pourrais partager avec elle mes impressions et mes idées, comme je le faisais chaque jour avec William.

J'aurais beau apprendre sa langue, mon passé et mes motivations resteraient toujours des énigmes pour elle, car rien n'avait le même sens en Europe et ici, y compris le plus essentiel comme travailler, aimer, penser à l'avenir, construire une œuvre...

Comme le montraient les motifs des « tatou », sa perception de la beauté avait été nourrie par les oiseaux aux longues plumes fines, les fleurs aux coroles immobiles, les jeux de lumière dans les cascades, l'herbe brillante, les troncs d'arbres majestueux. Elle n'avait rien à voir avec la mienne, formée par les statues antiques du Colisée, les sculptures des fontaines romaines, l'architecture de la nouvelle église Saint-Pierre, les peintures de mon père, du Caravage, de Raphaël et de tant d'autres peintres...

J'avais admiré la figurine d'homme-lézard de Rapa Nui, sans en comprendre la signification. Je m'intéressais aux graphismes « tatou », mais qu'on les grave dans la peau tendre d'une petite fille me révoltait. Ce qui me stimulait, me donnait envie de créer, et de donner le meilleur de mon talent, ce n'était pas cet art-là, c'était la collection de Johanna Van Vliet. Quoi que je veuille, par mes goûts et mes désirs, je restais une Européenne.

Consciente de la gravité de ma décision, mais incapable d'en prendre une autre, je suivis William dans la chaloupe.

*

A bord de *L'Espérance* toujours ancrée dans la baie, le cuisinier nous régala avec un plat de viande en sauce, accompagné d'une grande variété de légumes inconnus. On devinait qu'il avait eu beaucoup de plaisir à se remettre à ses fourneaux, et à imaginer la meilleure préparation possible pour ces nouveautés.

— Quelle est cette viande ? demanda Cornelis, intrigué.

— Du chien, répondit Etienne.

Paul poussa un cri.

— Allons, tu as mangé bien pire, le taquina son frère. Souviens-toi : pendant le siège de La Rochelle, le plat de fête, c'était du rat.

— Je déteste les rats, alors, on peut bien les manger ! Mais pas les chiens, qui peuvent être tellement mignons...

Ils furent réconciliés par le dessert, une crème succulente à base de lait de coco. La journée avait été riche en émotions et nous étions plusieurs à bâiller à nous décrocher la mâchoire. Alors que nous nous apprêtions à retrouver nos couchettes, Jacob, l'ancien sergent de Westphalie, prit la parole. Nous nous rassîmes pour l'écouter parce que cela ne lui arrivait pas souvent.

— Bien que cette île de Tahiti ne soit pas la Cornélie, sa prospérité est vraiment étonnante. Ne pensez-vous pas, monsieur Van Vliet, que la VOC aurait intérêt à l'explorer complètement tout en continuant à chercher le continent du Pacifique ?

— Ce serait l'idéal...

— Bien. Alors je propose que l'un de nous s'y installe, qu'il en apprenne la langue et qu'il en répertorie les richesses. Pendant ce temps, *L'Espérance* poursuivra sa propre mission. Une fois la Cornélie découverte, la flûte reviendra à Tahiti récupérer celui d'entre nous qui y est resté, afin qu'il puisse transmettre à la VOC le résultat de ses investigations.

Les petits yeux déterminés de Cornelis semblèrent encore rétrécir pendant qu'il réfléchissait.

— En effet... Monsieur Michielszoon, pouvez-vous vous passer d'un de nos officiers ?

Le capitaine n'eut pas l'ombre d'une hésitation.

— Pas de William en tout cas ! Il est si difficile de connaître sa position sur cet océan. A vrai dire, personne d'autre ne me semble absolument indispensable.

Etienne sourit bravement, Paul sembla s'y attendre, Alonso prit l'air vexé. Jacob sourit à chacun de nous, comme s'il nous encourageait à répondre par l'affirmative.

— Qui souhaite vivre plusieurs mois sur cette terre merveilleuse ?

— Pas moi, s'empressa de répondre Paul.

Il devinait que pour son frère, dont il ne voulait pas s'éloigner, la plus paradisiaque des îles n'aurait jamais autant de charme que celui de la découverte, qui était sans fin.

— Je reste sur *L'Espérance*, confirma Etienne.

— J'aurais pu être tenté, dit Alonso en pinçant lentement les cordes de sa vihuela. Cette île est intéressante à visiter. Et je dois dire que ses habitantes sont accueillantes, même avec un homme de petite taille.

Il me lança un regard hostile, que je fis semblant de ne pas remarquer.

— Mais..., suggéra Vasco.

— Mais leur musique est vraiment trop sommaire ! Avez-vous entendu leur flûte, qui ne peut jouer que trois notes différentes ? Quant à leurs tambours, ils prennent beaucoup trop de place ! Le son subtil de ma vihuela se perdrait complètement dans leurs orchestres.

— Il me semble que rester à Tahiti aurait le même genre d'inconvénients pour un peintre, ajouta William en me regardant. Apollonio, tu serais obligé de restreindre ton art à la répétition de deux ou trois motifs.

C'était sans doute exagéré. Mais j'acquiesçai, émue qu'il semble si inquiet de se séparer de moi.

— De toute façon, je souhaite poursuivre avec vous la mission confiée par la VOC.

Soulagé, William me sourit. Cornelis se tourna vers Jacob, le seul qui n'ait pas encore donné son avis. Celui-ci baissa les yeux et ses joues s'embrasèrent.

— Je ne serais pas hostile à l'idée de rester à Tahiti. Si ça ne vous dérange pas, bien sûr.

Personne ne s'y attendait. Personne non plus n'avait de raison de s'y opposer, sauf Cornelis qui hésitait à se séparer du capitaine de sa future forteresse, mais qui mit en balance ce désagrément avec les richesses que pouvait lui rapporter Tahiti. Jacob se leva à demi de son siège et nous regarda comme s'il attendait une dernière permission de notre part. Dans le silence général, il ajouta :

— Alors, je vais rassembler mes affaires.

William quitta également la salle à manger et je le suivis. Nous nous retrouvâmes tous les trois dans la cabine de Jacob. Celui-ci pliait son pourpoint de cuir de sergent luthérien, que depuis l'Espagne il avait échangé contre un élégant costume de velours noir avec sa fraise de dentelles. Il le posa à l'intérieur de son manteau de laine qu'il referma en nouant les manches pour s'en servir de baluchon.

Le jeune scientifique de Cambridge se mit à parler à voix basse :

— Je dois t'avertir, Jacob, qu'il y a très peu de chances que nous réussissions à retrouver Tahiti en revenant de Cornélie. Et donc, à te récupérer. Aujourd'hui, à midi, grâce au temps clair, j'ai obtenu une latitude précise. En revanche, sache que je n'ai plus aucune idée de notre longitude. Tu te souviens que celle-ci est estimée à partir de la longitude de la veille ? La moindre erreur se multiplie donc de jour en jour. Sur un océan bien connu, on corrige sa position chaque fois que l'on croise un point déjà répertorié. Mais dans ce Pacifique Sud que personne n'a cartographié, la dernière longitude dont j'ai disposé, c'est celle du cap Horn ! Et encore, à supposer que Schouten et Le Maire ne se soient pas trompés eux-mêmes... Tu te rends compte ! Nous naviguons sans longitude connue depuis plus de quatre mois !

— Ne vous inquiétez pas pour moi, William. J'ai cherché à convaincre monsieur Van Vliet grâce à une proposition attrayante. Mais je souhaite simplement vivre à Tahiti jusqu'à la fin de mes jours. Pour moi dont la vie a été ravagée par la guerre, cette île de paix exerce une attraction irrésistible. Et même, je vais vous dire le fond de ma pensée. Je vais prier pour que *L'Espérance* oublie ce lieu à jamais. Vous imaginez ces indigènes heureux transformés en bêtes de somme pour enrichir des bourgeois hollandais ?

— Message entendu, dit William avec respect. Je vais brouiller les pistes.

Nous remontâmes sur le pont, où nos compagnons attendaient d'assister au départ de Jacob. Celui-ci enfonça son chapeau sur ses cheveux roux et nous salua une dernière fois :

— Bonne chance, monsieur Van Vliet. Que la Cornélie soit aussi riche que vous l'espérez... Mademoiselle Saskia, je ne doute pas que vous y aurez un très bel avenir... Au revoir, Etienne. Pas trop d'imprudences, n'est-ce pas ?... Paul, tu es un vaillant petit gars... Alonso, n'oublie jamais qu'à bord de *L'Espérance* tu es quelqu'un de grand... Capitaine, ce fut un honneur pour moi de servir sous vos ordres, d'une probité exemplaire... Monsieur Vasco, je vous souhaite bonne route... William, j'ai appris beaucoup de choses passionnantes grâce à vous, je vous en remercie...

Je compris qu'il avait pesé depuis des heures chacune de ses paroles d'adieu. Fidèle et droit, Jacob était le plus discret des compagnons. Cette apparente simplicité avait tendance à faire oublier son intelligence, qui était pourtant subtile.

A l'idée qu'il ne partage plus nos aventures, mon cœur se serra. Je me souvenais comment nous nous étions rencontrés, devant la maison de Cornelis, parmi la foule des candidats ; il avait tendu une pomme à l'affamée que j'étais et m'avait confié son histoire. Sans notre sympathie mutuelle, aurais-je osé m'embarquer sur *L'Espérance* ?

Lorsque ce fut mon tour de recevoir son accolade, il murmura à mon oreille :

— Prends bien soin de toi, Apollonia.

Avais-je bien entendu ? Impossible de lui demander de répéter ! Déjà il enjambait le bastingage et descendait dans une chaloupe. Par amitié, il avait voulu m'avertir que ma véritable identité n'était pas malaisée à deviner. Je fus saisie à la gorge par l'angoisse. Alonso le premier, et maintenant Jacob... Qui d'autre parmi les officiers, les soldats et les matelots avait compris que j'étais une femme ?

9

Longitude inconnue

A notre départ de cette île prodigue, nos cales étaient remplies de poules, cochons, chiens, noix de coco, bananes, ignames, cannes à sucre, ainsi que de toutes sortes de légumes inconnus dont le cuisinier avait scrupuleusement noté les noms sur une ardoise : faive, nano, ahi, ouhara, piha... De quoi nous nourrir pendant plusieurs mois. Libérés de cette inquiétude, nous allions pouvoir nous concentrer sur notre objectif : atteindre la Cornélie.

Il pleuvait. Installée dans la cabine du capitaine, je dessinais à grands traits mes souvenirs de Tahiti : la plage encadrée de gazon fleuri, les montagnes verdoyantes, le village de huttes, la fillette allongée au milieu des musiciens et des curieux, le marteau du « tatou » frappant le peigne, puis Vaiata nageant entre les cascades, au cœur de la forêt...

De l'autre côté de la table, penchés sur les cartes, Hans Michielszoon et William discutaient âprement.

— Naviguons plein sud ! soutenait le scientifique. La Cornélie est quelque part par là, entre le pôle Sud et le tropique du Capricorne. Nous l'avons ratée à cause de cette grosse tempête que nous avons contournée.

— Et pourquoi pas sud-sud-ouest ? s'opposait le capitaine. Visons le cœur du Pacifique, nous trouverons plus vite le continent qui s'y cache !

Après quelques chamailleries, à bout d'arguments, William finit par abattre sa carte maîtresse.

— Capitaine, je dois vous avouer quelque chose dont j'ai honte. Notre longitude actuelle m'est complètement inconnue.

— Malgré votre science ?

— Tant qu'on n'aura pas inventé une horloge capable de fonctionner sur un navire, toute la science du monde restera incapable de calculer les longitudes sur un océan aussi vaste.

— Ce que vous inscrivez chaque jour sur la carte...

— Est pure spéculation intellectuelle. Qui a toutes les chances de ne correspondre à rien.

— Je vois !

— Mais voilà mon idée. Définissons arbitrairement une nouvelle longitude, que nous nommerons : « la longitude de Tahiti ». Nous ne savons pas combien de degrés la séparent de notre longitude de référence, mais pour l'instant, ne nous en préoccupons pas. Nous nous donnons simplement un nouveau point de départ pour nos calculs. Maintenant, prenons l'hypothèse que nous mettons le cap sud-sud-ouest. Chaque jour, je noterai notre vitesse et notre direction, avec les marges d'erreur habituelles. Dans une semaine, ces erreurs se seront de nouveau accumulées et, dans un mois, notre position par rapport à la longitude de Tahiti n'aura plus aucune valeur.

— C'est vrai, reconnut le capitaine.

— En revanche, si nous maintenons rigoureusement le cap plein sud, la variable « vitesse » n'aura plus d'importance. Que nous allions vite ou pas, nous garderons la même longitude. D'accord ?

— D'accord...

— En conservant ainsi notre longitude de Tahiti, nous cesserons d'être perdus sans repère au milieu d'un océan inconnu ! Or, entre nous, capitaine, que nous mettions le cap plein sud ou sud-sud-ouest, cela change-t-il quelque chose à nos chances de trouver la Cornélie ?

— Si elle est aussi vaste que nous le disent les géographes, non.

— Et si les géographes se sont trompés, pour des raisons qui nous échappent, et que la Cornélie est plus petite que prévu... ou même, imaginons le pire, qu'elle n'existe pas... eh bien, au moins, en effectuant un parfait demi-tour, nous réussirons à remonter plein nord jusqu'à Tahiti. Là, nous pourrons nous réapprovisionner, puis repartir nord-nord-est jusqu'à l'archipel indonésien, à cheval entre le Pacifique et l'océan Indien, à la hauteur de l'équateur. Puisque ses îles sont inscrites sur nos cartes, il y sera enfin possible d'y corriger notre position, ce qui nous permettra d'atteindre Batavia.

Visiblement impressionné, Hans Michielszoon serra longuement la main de William.

— *L'Espérance* a beaucoup de chance de vous avoir à son bord, monsieur.

Lorsque enfin il quitta la cabine, je bouillais de colère.

— William ! Qu'avez-vous promis à Jacob ? De ne jamais retrouver Tahiti !

— Depuis, j'y ai réfléchi. Nous serions fous de placer notre destin entre les seules mains des géographes, ces savants qui effectuent des calculs depuis leur bureau sans jamais voyager ni écouter les récits des marins. Je préfère me fier à ce que nous en disent les cartographes, ces gens discrets qui effectuent un travail de fourmi pour dessiner la Terre. Or, pour l'instant, leur seule certitude concernant le Pacifique Sud, c'est qu'il leur est totalement inconnu. Si cet océan est beaucoup plus grand que les géographes ne l'imaginent, nous pourrions y errer sans fin à la recherche de la Cornélie...

— Et le destin des Tahitiens ? Votre conscience s'en décharge comme ça, sans remords ?

Il fit le tour de la table et me serra amicalement l'épaule.

— Pas du tout, Apollonio ! Je suis tout à fait convaincu que leur île heureuse doit être oubliée le plus longtemps possible. Même si un jour, forcément, ces fous d'Européens que nous sommes finirons par retomber dessus par hasard. Et qui sait si d'ici là nous n'aurons pas inventé un moyen sûr de calculer la longitude ?... Mais bon, si le malheur de Tahiti me semble inéluctable à long terme, je ne veux surtout pas accélérer sa venue ! Donc, comme je l'ai promis à Jacob, je vais brouiller les pistes.

— De quelle manière ?

— Ma longitude de Tahiti ne pourra se rattacher à la longitude de référence que par deux points : la Cornélie lorsque nous la trouverons, et l'Indonésie à la fin de notre voyage. Il me suffira de fausser ces deux chiffres. Tu comprends ?

— Je crois, oui..., dis-je, rassérénée.

*

Averses, embellies, orages, brises légères, vents tournants, le temps ne cessait de changer. Tant mieux car rien d'autre ne variait dans la succession des jours. Aucune terre à l'horizon ne venait jamais interrompre notre avancée vers le sud.

Le seul événement notable me fut annoncé à voix basse par William, un matin où nous observions la mer à la lunette.

— Sais-tu, Apollonio, que nous avons quitté Amsterdam il y a un an exactement ? Nous sommes le 3 août 1629.

— Un an, déjà !... Vous vous souvenez des navires en provenance de Batavia que nous avons croisés en quittant Amsterdam ? Je ne me doutais pas alors que les voyages maritimes étaient si aventureux.

— Tous les voyages ne sont pas aussi périlleux que le nôtre. Les navires réguliers de la VOC suivent des routes bien connues.

— Connues également des pirates, j'imagine.

— C'est vrai ! Au moins, nous échappons à ce danger-là. Aucun pirate ne serait assez fou pour s'aventurer au milieu du Pacifique où il n'aurait aucune proie à guetter...

Personne d'autre sur *L'Espérance* ne fit allusion à cet étrange anniversaire. Après l'euphorie suscitée par l'escale à Tahiti, marins et soldats faisaient triste mine.

Ils ne comprenaient pas que nous filions plein sud, ce qui nous éloignait aussi bien des havres d'Europe ou d'Asie que des délices des tropiques. Par gros temps, la lutte contre les éléments était assez rude pour fatiguer les matelots. Mais à la moindre éclaircie, ceux-ci s'attroupaient pour nous maudire à voix basse. Le capitaine les dispersait en les envoyant nettoyer le pont, retendre les drisses, recoudre certaines voiles, calfeutrer la coque. Douze mois de navigation avaient donné un vrai coup de vieux à notre flûte.

Chez les officiers, l'ambiance était nettement meilleure. Encouragée par Paul, Saskia avait décidé de poursuivre son régime malgré la réapparition sur notre table de mets savoureux. Elle s'amincissait de jour en jour, accaparant le jeune adolescent français qui ne cessait de rétrécir ses nombreuses robes. Une fois ses joues dégonflées, nous découvrions qu'elle tenait beaucoup de son père avec ses petits yeux et son menton volontaire – en plus gracieuse.

Sans se lasser, Cornelis imaginait à voix haute comment il raconterait aux directeurs de la VOC notre découverte de la Cornélie, avant – cerise sur le gâteau – de décrire les délices de Tahiti. Le négociant respirait l'optimisme. Il avait même accepté une décision provocatrice du capitaine : ayant besoin d'un officier supplémentaire pour remplacer Jacob, il avait récompensé l'ardeur avec laquelle Kimbo avait appris la manœuvre des voiles.

Tandis qu'au milieu des hommes d'équipage, l'ancien esclave avait eu affaire à un salmigondis de langues européennes, il progressait en flamand à notre contact. Il était heureux de notre compagnie et le montrait, ce qui le rendait très sympathique.

Le répertoire d'Alonso était nettement plus enjoué qu'avant notre escale.

Vasco était moins agressif que d'habitude.

Hans Michielszoon paraissait serein.

Seul William semblait rongé par l'inquiétude. Il parvenait assez bien à donner le change. Mais pour moi qui étais attentive, il était évident qu'il essuyait son pince-nez beaucoup plus souvent que nécessaire.

*

— Bonjour, monsieur Bertrand.

Malgré l'aide de deux marmitons, le cuisinier français était l'un des hommes les plus occupés du navire – sauf quand nous étions tous au régime de biscuits de mer. Il ne quittait ses fourneaux que pour s'installer dans son hamac où il s'endormait aussitôt. Je mis plusieurs jours à repérer un moment favorable pour lui parler, celui où, juste après le coup de feu des repas, il se laissait tomber sur un banc et sirotait son verre de vin rouge, s'accordant quelques minutes avant d'aller nettoyer les plats.

— Je suis désolé de vous déranger...

— De quoi avez-vous besoin ?

— De sang de chien, monsieur Bertrand.

— Ah ouais ? Et pour faire quoi ?

— Dans les ateliers des peintres, on utilise du sang de bœuf. Mais comme nous n'avons pas de bœuf à notre disposition, et que nous avons mangé du chien à midi, j'ai pensé que...

Il m'interrompit :

— J'ai pas l'habitude de saigner les chiens comme les cochons.

— Vous voulez dire que... vous auriez du sang de cochon ?

— Dans la jatte là-bas. Si j'avais pu, j'aurais fait du boudin, mais je manque et de place et de temps !

— Je peux vous en prendre un pichet ?

— Ouais.

— Merci beaucoup, monsieur Bertrand !

Le menuisier de *L'Espérance* était un peu moins occupé que le cuisinier, mais pour le rejoindre, je dus descendre dans l'entrepont avec les hamacs accrochés en désordre, les coffres personnels des matelots en travers du chemin, et partout une odeur infâme d'urine et de vomi. A mon entrée, l'un des marins me tourna le dos avec précipitation. Je tressaillis : sa silhouette grande et mince ressemblait à celle de Francis, le traître anglais qui avait voulu la perte de frère Paolo.

Mais notre ancien compagnon avait achevé son voyage dans le ventre d'un requin. Je n'allais pas commencer à voir son fantôme partout !

— Bonjour, Pedro, dis-je en m'approchant du menuisier.

Une main posée à plat sur une planche, l'autre actionnant la scie, il me salua sans relever la tête. A force de se pencher sur son établi, il avait le teint pâle et paraissait légèrement bossu.

— Puis-je vous emprunter un marteau, une tenaille et une lime ?

Il cessa son va-et-vient et me fixa d'un regard soupçonneux.

— Pour faire quoi ?

Je lui montrai la noix offerte par Vaiata et la racine de William.

— J'ai besoin de les râper, et aussi de casser la noix.

Il se remit à scier.

— Non.

J'eus un haut-le-corps.

— Mais pourquoi ?

— Je ne veux pas être complice.

— Complice ?

— D'un vol de nourriture.

— Non, non, vous vous trompez. Cette racine et cette noix ne sont pas comestibles. Elles permettent juste d'obtenir des pigments jaune et bleu.

Il s'esclaffa. Puis me regardant mieux, il se rappela que j'étais peintre. Ce qu'il avait d'abord pris pour une grosse blague était finalement plausible. Plusieurs minutes passèrent. Il scia la planche jusqu'au bout et je n'osai pas l'interrompre. Enfin, il essuya ses mains transpirantes à son tablier

— Je vais me rincer la gorge. Avec toute cette sciure, ce ne sera pas du luxe. Pendant ce temps, vous pouvez prendre ma place. Mais faut pas traîner, hein ? Quand je reviens, fini ou pas, c'est moi qui travaille.

— Merci beaucoup, Pedro !

Bien que mes doigts rigides ne me facilitassent pas la vie, la racine ne fut pas trop compliquée à réduire en poudre. En revanche, j'eus le plus grand mal à casser la noix, aucune tenaille n'étant assez large pour la maintenir en place. Je finis par la coincer au centre d'un rouleau de cordes bien serré, posé à l'intérieur d'une bassine. Là, je pus frotter l'écorce avec la lime. Des fibres noires s'en détachèrent, que je recueillis avec soin en grand nombre. Ensuite, un coup de marteau bien ajusté brisa le fruit et un liquide blanchâtre vint s'écouler dans la bassine.

En sortant par l'écoutille, je croisai Pedro qui, heureusement pour moi, s'était « rincé la gorge » beaucoup plus longuement qu'il ne l'avait annoncé. Dans ma cabine, assise sur ma couchette, je remuai délicatement le liquide avec quelques fibres. Il se colora de bleu pâle. J'augmentai le nombre de fibres, jusqu'à l'obtention d'un bleu un peu sombre mais profond, que j'éclaircis avec une pincée de craie. Quelle satisfaction de voir apparaître un outremer magnifique !

Je jetai la poudre de la racine dans du jaune d'œuf. Ce liant, plus guère utilisé dans les ateliers de peintres européens, était le seul à ma disposition. La poudre et l'œuf mélangés se transformèrent en une belle pâte d'un jaune vif, légèrement orangé.

Dans d'autres jaunes d'œuf, je versai peu à peu le sang de cochon. Le rouge obtenu était un peu plus clair qu'avec du sang de bœuf, mais je pus le foncer avec quelques gouttes de bleu.

Je n'en revenais pas : je possédais maintenant les trois couleurs primaires, que j'allais pouvoir mélanger à ma guise afin d'obtenir toutes les autres !

*

Se teintant tour à tour dans toutes les nuances de bleu, de vert, de gris et parfois de noir sous l'orage, l'océan Pacifique nous entourait toujours à perte de vue. Mes règles se manifestèrent à nouveau ; je m'enfermai dans ma cabine, inquiète à l'idée qu'un autre qu'Alonso pût remarquer la périodicité de mes maladies.

Très excitée de posséder enfin des pigments, j'avais planté un clou face à ma couchette, clou auquel je suspendais l'un après l'autre les tableaux de Johanna Van Vliet. En les contemplant, j'interrogeais les peintres. Pourquoi ce contraste accentué, ou au contraire atténué, entre l'ombre et la lumière ? Pourquoi précisément ce cadrage ? Par quel miracle ce regard fait de quelques coups de pinceau semblait-il refléter l'intérieur d'une âme ?... J'avais hâte de mettre en pratique les leçons que je pensais en tirer ! Mais vu l'exiguïté de mon espace privé, il me fallait attendre de pouvoir m'installer dans la cabine du capitaine.

Quand je ne réfléchissais pas à mon art, je pensais à Jacob. J'espérais que Tahiti était bien la terre de paix dont il avait rêvé. Aurait-il l'occasion de nous raconter sa vie parmi les indigènes ? Pour cela, que nous découvrions ou non la Cornélie, il faudrait que William réussisse à nous ramener jusqu'à Tahiti, sur cet océan immense aux îles surprenantes mais rares... Rien ne me paraissait moins évident !

Lorsque je pus sortir de mon isolement, l'humeur des hommes d'équipage était massacrante, celle des officiers s'était détériorée ; seule la mienne était au beau fixe. Dans la cabine du capitaine, à partir du rouge, du jaune et du bleu, je fabriquai du brun, du vert, de l'ocre, que je mis de côté dans des gobelets d'étain. Dans cet espace restreint, je ne pouvais conserver toutes les nuances que nécessitait la peinture à l'huile.

J'allais donc me mettre à l'aquarelle. Sans atteindre la même beauté, cette technique me permettrait de présenter nos découvertes en couleur.

Un pinceau fin coincé dans mon attelle, tous les gobelets placés autour de moi ainsi que de l'eau et un chiffon, je feuilletai mon calepin. A l'aide de mes croquis, je dessinai sur du papier épais une scène de Tahiti avec les chaloupes doubles aux voiles blanches, les indigènes bruns, la plage blonde, la mer turquoise, et en arrière-plan les montagnes vert sombre.

Concentrée, je ne prêtai pas grande attention à l'entrée de William, qui ouvrit notre routier, pour y noter comme chaque jour : que nous filions plein sud, que les vents étaient instables et l'eau vierge de tous débris. Ensuite il reporta sur la carte notre position. En théorie, la longitude ne variait pas, tandis que la latitude augmentait régulièrement.

Nous travaillâmes un long moment sans échanger une parole. A un moment, relevant la tête, je m'aperçus que le jeune scientifique me contemplait d'un air mélancolique qui ne lui était pas du tout habituel. Sachant qu'il ne voyait en moi qu'un camarade masculin, je ne rougis pas, mais fus surprise. Avant que je n'aie le temps de l'interroger, il s'était refermé comme une huître et paraissait ne plus s'intéresser qu'à son routier. Ma découverte de l'aquarelle me passionnait tellement que, quelques secondes plus tard, je n'y pensai plus.

*

Au souper, Paul avait les yeux cernés à force de coudre, Saskia luttait contre l'envie de se resservir trois fois du même plat, Alonso n'égrenait sur sa vihuela que des notes mélancoliques, et notre conversation manquait de gaieté.

— Tout à l'heure, racontait Etienne, j'ai demandé à un matelot d'aider au repli du grand cacatois. Il y a mis une mauvaise volonté horripilante !

— Tarder à obéir aux ordres, c'est une journée à fond de cale, lui rappela Vasco.

— Je sais bien ! Mais comment vous faites, vous, pour distinguer la lenteur due à la mauvaise volonté de celle que provoque la fatigue ?

— Ils ne comprennent pas le but de notre voyage, dit Hans Michielszoon. La nuit, quand il m'arrive de traverser l'entrepont, je les entends crier de peur dans leur sommeil.

— Ils se sentiront mieux quand on sera arrivés en Cornélie, assura le négociant. D'ailleurs, on ne pourrait pas ouvrir d'autres voiles pour avancer plus vite ?

— Nous faisons de notre mieux, monsieur Van Vliet, soupira le capitaine.

— D'après vos calculs, William, nous ne pouvons plus être très loin, n'est-ce pas ?

— D'après mes calculs, monsieur, nous devrions déjà être arrivés.

Le négociant sursauta, puis prit le parti d'en rire.

— Ah, ah, ah, voilà bien l'humour anglais !

— Ce n'est que la triste vérité, rectifia William à mon oreille. Et puis, c'est la troisième fois que Cornelis me pose la question depuis ce matin.

— Mais alors ?

Il retira son pince-nez et en essuya les verres à la nappe blanche.

— Alors, Apollonio, la science, que je tiens en grande estime, progresse grâce aux erreurs des scientifiques. Eh bien, je commence à croire que nous allons faire avancer la géographie d'un pas de géant en découvrant... que le continent caché du Pacifique n'existe pas !

— Vraiment ?

— A condition d'avoir l'occasion de présenter notre expérience aux académies des sciences en Europe, et donc de revenir vivants de cette folle aventure...

— Le Pacifique Sud ne serait qu'un immense océan privé de continent ?

— J'ai rejeté cette hypothèse aussi longtemps que possible, car elle contrarie la confiance que j'avais mise en la géographie. Mais à chaque jour qui passe, elle devient plus vraisemblable. Nous traversons le Pacifique en plein centre du nord vers le sud. Et nous ne cherchons pas une île ou une terre de petite taille, mais un continent entier, de la dimension de l'Afrique ! S'il avait existé, nous l'aurions forcément aperçu.

— Pas de continent dans le Pacifique ! Mais alors, William, que devient notre mission ? Et que va en penser Cornelis ?

Il remit son pince-nez à sa place et me regarda dans les yeux.

— Une tâche rude nous attend. Le persuader de n'avoir plus qu'un objectif : sauver notre peau...

*

Quels que soient les caprices de la météo, la température ne cessait de fléchir. Nous ressortîmes les manteaux. Au lever du jour, les cordes de chanvre étaient gelées et il leur fallait toute la matinée pour se détendre. Sous ces latitudes australes, c'était pourtant le printemps.

Le 25 octobre dans la matinée, par une journée claire, la vigie se mit à crier :

— Terre ! Terre à bâbord !

Vérification faite, il ne s'agissait que d'une montagne de glace, la première depuis le cap Horn. Le visage ravagé par l'angoisse, William attendit midi pour noter notre latitude. Tout de suite après, il demanda à ce que nous nous réunissions en urgence dans la salle à manger. Pendant que tous s'installaient autour de la table en échangeant des regards surpris, il posa devant lui notre mappemonde, essuya longuement son pince-nez et, dans le silence, se racla la gorge.

— Monsieur Van Vliet, capitaine, chers amis, j'ai deux nouvelles à vous annoncer, une mauvaise et une bonne. Je commencerai par la mauvaise : le Pacifique n'abrite aucun continent.

Hans Michielszoon tiqua à peine – son instinct de marin l'avait sans doute averti depuis quelque temps de cette conclusion. Cornelis au contraire, dont le teint avait bruni au grand air, sembla soudain redevenir aussi pâle qu'à Amsterdam.

— Comment ça : aucun continent ? Et la Cornélie ?

— Il n'y a pas de Cornélie, monsieur.

— Mais ce n'est pas possible ! Les géographes...

— ... se sont trompés.

— Trompés ?

— Trompés.

Le négociant nous regarda tous l'air incrédule, s'attendant peut-être que l'un de nous éclate de rire en lui disant qu'il s'agissait d'une blague.

— Mais ce n'est pas possible ! La VOC, la plus puissante des compagnies commerciales au monde, a monté cette expédition pour la découvrir.

— Eh bien, la VOC s'est fourvoyée.

— Fourvoyée ?

— C'est ça.

Il secoua la tête.

— Non.

— Si, monsieur, je vous assure.

— Non.

— Je comprends que cette information soit difficile à digérer, monsieur Van Vliet. Mais voici la bonne nouvelle maintenant. Chacun de nous va être invité dans les académies les plus prestigieuses de La Haye, de Londres, de Paris, de Madrid, de Venise, etc., pour avoir prouvé que le Pacifique était un océan sans continent. *L'Espérance* va devenir célèbre.

La voix claire et timide de Paul s'éleva :

— L'avons-nous vraiment prouvé ?

William saisit la mappemonde, soulagé de pouvoir s'expliquer en détail.

— Nous sommes entrés dans le Pacifique par le sud de l'Amérique : le cap Horn. Nous avons mis le cap nord-nord-est. Quelque part par là, à une latitude approximative de 27°, nous avons découvert une île isolée, que ses habitants nomment Rapa Nui. Poursuivant notre route, nous avons ensuite atteint un archipel, contenant l'île de Tahiti, d'une latitude de 17°30 environ, au-dessus du tropique du Capricorne dont la latitude, comme chacun sait, est de 23°26. Là, estimant que nous étions à mi-chemin des deux bordures du Pacifique, nous avons obliqué plein sud. Or nous venons d'atteindre la latitude de 46° ! La Cornélie ne peut se trouver plus bas. Si une terre occupe le pôle Sud, elle est gelée en permanence et n'offre aucun intérêt pour nous.

Etienne balançait sa chaise d'avant en arrière ; Kimbo lançait des regards affolés ; Vasco jura plusieurs fois ; Alonso fit sangloter sa vihuela. Avec le sentiment d'avoir accompli le plus difficile, William s'efforça de prendre un ton enjoué.

— Nous sommes contraints de faire demi-tour. Mais grâce à la longitude de Tahiti que nous allons suivre en sens inverse, nous réussirons à retrouver cette île de délices. Nous pourrons nous y réapprovisionner avant de nous diriger vers Batavia.

— Non, répéta Cornelis.

De très pâle, il était devenu rouge. Avec sa main droite, il agrippait son épaule gauche, et son visage semblait figé dans un rictus de douleur. Inquiète, Pouteh s'approcha de lui.

— Vous ne vous sentez pas bien, monsieur Van Vliet ?

— N... non...

Avec beaucoup de douceur, elle réussit à décramponner ses doigts et à reposer son bras sur la table.

— Où avez-vous mal exactement ? M'autorisez-vous à dégager votre épaule ?

— La... Corn... é...

De ses petites mains fines, elle retira la dentelle transparente, déboutonna le haut du pourpoint et le fit glisser sur le haut du bras. Du bout des doigts, elle parcourut la crête de l'épaule. Mais c'était trop tard. Un léger râle s'échappa des lèvres du négociant. Tout d'un coup, il s'effondra en avant.

10

Aux frontières de la mort

Pouteh tenta de redresser son maître, en vain. William fit le tour de la table et posa ses doigts sur le cou du négociant.

— Il est mort, dit-il avec stupéfaction.

Saskia fronça les sourcils.

A cet instant, on frappa à la porte et, sans attendre la réponse, on ouvrit. Les deux marins et les deux soldats qui avaient forcé le passage n'osèrent pourtant pas franchir le seuil de la salle à manger. Ce curieux mélange d'audace et de crainte était fréquent chez les hommes d'équipage.

Vasco se leva dans un mouvement de colère, mais Hans Michielszoon lui fit signe de se rasseoir et demanda au petit groupe :

— Que se passe-t-il ?

Ils hésitèrent, puis se mirent à parler en même temps. Il finit par en ressortir que l'équipage entier voulait savoir s'il y avait une chance qu'on arrive un jour quelque part.

— Je viens leur parler.

Hans Michielszoon lança un regard en direction de Cornelis effondré sur la table, que William et Pouteh avaient eu le réflexe de cacher à la vue des nouveaux arrivants.

— Ne vous inquiétez pas, monsieur, dit le scientifique en lui lançant un clin d'œil. Nous prenons en charge la fin du repas.

— Rejoignez-moi dès que vous aurez terminé, lui répondit le capitaine.

Lorsqu'ils furent sortis, Alonso se mit à jouer une marche funèbre.

— Cesse ça tout de suite, le nain ! se mit à hurler Vasco.

— Qu'allons-nous faire de monsieur Van Vliet ? demanda Etienne.

— L'emporter discrètement dans sa cabine, dit William. Nous dirons qu'il est malade.

Il souleva le haut du corps, tandis que Vasco et Kimbo attrapaient ses jambes. La tête du négociant se renversa contre la poitrine de William. Il n'avait pas du tout le visage détendu qu'ont certains cadavres. Il semblait au contraire avoir emporté dans l'au-delà l'intégralité de ses soucis. Avec les mouvements de ceux qui le portaient, je crus même le voir encore récriminer contre ceux qui renonçaient à trouver la Cornélie.

A l'exception de Pouteh qui s'installa au chevet de son maître pour le veiller, nous nous retrouvâmes tous sur le pont, derrière les soldats et matelots rassemblés. Dans la nuit polaire, plusieurs torches éclairaient le capitaine qui s'était perché sur un coffre.

Un poing posé sur la hanche, l'autre main tenant son chapeau, les jambes légèrement écartées pour assurer son assise, ses longs cheveux d'un noir de jais flottant derrière lui, il avait fière allure. Surtout, il en imposait par le calme et la détermination qui émanaient de lui.

— Vous tous de *L'Espérance*, je vous tire mon chapeau !

Sa voix était profonde et ferme, mais joyeuse. La petite centaine d'hommes fit silence et l'on n'entendit plus que la bise qui gonflait les voiles et les drisses gelées qui s'entrechoquaient.

— Bientôt, où que vous soyez, à Batavia, à Amsterdam, ou de retour dans votre village natal, vous pourrez dire : la Terre ne possède que quatre continents, l'Europe, l'Asie, l'Afrique et l'Amérique, et moi, en naviguant sur *L'Espérance*, j'ai aidé à le prouver !

— Bravo ! cria Etienne, mais aucune voix ne lui fit écho parmi les hommes d'équipage.

— Vous raconterez : j'ai voyagé à travers le Pacifique d'est en ouest puis du nord au sud, depuis le tropique jusqu'aux premières glaces du pôle Sud. J'ai eu faim, j'ai perdu des dents, mais j'ai tenu bon pendant les tempêtes, j'ai survécu aux grands froids et aux chaleurs extrêmes, j'ai franchi avec succès le cap Horn, j'ai découvert le paradis de Tahiti.

— Ouais, et alors ? grommela quelqu'un près de moi.

— Alors vous êtes des héros, poursuivit Hans Michielszoon avec beaucoup de respect.

— A quoi ça nous sert, si on ne revient jamais ? cria un marin.

Hans Michielszoon sourit et prit son temps pour répondre.

— Nous repartons chez nous aujourd'hui même ! Je m'apprêtais à en donner l'ordre au timonier. Mais avant de manœuvrer les voiles, je veux fêter la réussite de notre voyage. Avec vous tous, sans exception. Bertrand ?

— Oui, capitaine ?

— Fais distribuer une double ration de rhum !

Le maître coq et ses marmitons circulèrent parmi nous, remplissant les gobelets. Je lapai avec plaisir le liquide glacé qui brûlait le fond de la gorge.

— Et maintenant, trinquons ! reprit le capitaine. Trinquons à notre prochain retour au pays !

Plusieurs hourras s'élevèrent.

— Trinquons à cette vie aventureuse dont nous pouvons être fiers !

— Bien dit !

— Trinquons aux plus belles femmes du monde, celles qui nous attendent au port !

Il y eut des rires et toutes sortes d'exclamations : « Oui ! », « La mienne surtout ! », « Dans quel port exactement ? »

— Dorénavant, chaque samedi soir jusqu'à notre arrivée, nous trinquerons de la même manière.

Les derniers grognements furent recouverts par de nombreux applaudissements et cris d'approbation. Enhardie par l'alcool, je m'approchai du tonneau.

— Capitaine, j'ai quelque chose à ajouter.

Un peu inquiet, Hans Michielszoon décida pourtant de me faire confiance. Il me tendit la main et me tira à lui sur le tonneau. A la lueur des torches, je voyais, tournées vers moi, les dizaines de tronches durcies par les éléments, usées par la fatigue, souvent impénétrables. Aucune ne m'encourageait à démarrer un discours, mais je ne me laissai pas démonter. Je m'éclaircis la voix.

— Matelots, soldats et officiers de *L'Espérance...* Pour quelle raison au fond voyageons-nous ainsi au bout du monde ? Est-ce pour les beaux paysages que nous admirons ?

Certains répondirent « ouais », « un peu », le plus grand nombre secoua la tête.

— Est-ce pour les peuplades étranges que nous rencontrons ?

Il y eut quelques sourires en coin et beaucoup de haussements d'épaules.

— Eh bien, moi, je crois que c'est pour le plaisir qu'on aura à raconter nos aventures. Chez nous, à ceux qu'on aime, notre femme, nos enfants, nos parents, nos amis, nos voisins. Qui nous écouteront avec admiration.

Cette fois, tous m'approuvèrent.

— Comme vous le savez, je suis peintre. Alors, avec votre permission, je voudrais dessiner chacun de vous en plein travail. Pedro devant son atelier, les mousses dans les agrès, le timonier à la barre, les soldats devant leurs canons... Ces dessins illustreront le récit de notre voyage, qui un jour sera publié. Vous imaginez un peu ? Un livre racontera notre victoire contre le Pacifique ! A votre femme, à vos enfants, à vos parents, amis, voisins, vous pourrez montrer que vous n'êtes pas des fanfarons, mais de vrais explorateurs !

Certains acquiescèrent, d'autres restaient médusés. Enfin, dans le fond, plusieurs personnes applaudirent.

— J'ai pas de sous pour acheter un livre ! cria quelqu'un.

— Tout à fait, répondis-je aussitôt. Pour chacun de vous, je vais préparer un bon qui vous permettra d'aller chercher gratuitement un exemplaire de notre récit chez notre imprimeur à Amsterdam. Il sera payé à l'avance pour ça. L'avantage des illustrations, c'est qu'elles sont intéressantes même pour ceux qui ne savent pas lire.

C'était sans doute l'écrasante majorité de l'équipage. Soudain, j'eus l'impression que cette idée, qui leur avait paru d'abord étrange, les avait convaincus. Ils redressèrent le torse, échangèrent des regards satisfaits.

— Tu te rends compte, dit un homme au premier rang en donnant un coup de coude à son voisin, on va être dans un livre !

— Ouais. Et même quand tu seras mort, le gamin de ton gamin, il saura à quoi ressemblait son grand-père !

Hans Michielszoon me demanda de lui laisser la parole. De sa voix puissante, il interpella le timonier. Debout à la barre sur le château arrière, le petit homme se pencha vers nous.

— Oui, capitaine ?

— Nous allons virer de bord. Mets le cap plein nord.

Cet ordre fut ponctué par une salve d'applaudissements.

— On fait demi-tour ? insista le timonier qui n'en croyait pas ses oreilles.

— Un demi-tour complet. Vas-y doucement.

Les hommes de quart reprirent leur service interrompu. On amena plusieurs voiles pour simplifier la manœuvre. Enfin, la flûte entama son long virage, facilité par une mer calme et un vent d'ouest constant.

Le capitaine ayant sauté au sol pour contrôler ce délicat changement de cap, je me retrouvai seule sur le tonneau. William s'avança pour m'aider à en descendre.

— Apollonio, je suis un peu inquiet que tu aies parlé de notre projet.

— Ah bon ? Pourquoi ?

— J'aurais préféré qu'il reste secret. On ne sait jamais. Notre routier pourrait susciter les convoitises.

Sa remarque me vexa.

— J'ai cru augmenter nos chances de revenir sains et saufs quelque part.

— Ton idée est bonne, dit une voix derrière moi.

Je me retournai. J'étais fixée par des yeux bleu-gris assombris par d'épais sourcils noirs. Je tressaillis, tout en remarquant que l'attention bienveillante de Hans Michielszoon ne me troublait plus.

— Merci, capitaine.

— Avant d'atteindre Batavia, un long voyage nous attend encore. Or l'équipage est nerveux, et certains nous sont carrément hostiles. Lorsqu'ils apprendront la mort de monsieur Van Vliet, ils risquent d'y voir un mauvais présage. Tu as parlé dans mon sens, Apollonio. Grâce à toi, ils vont se sentir importants.

Démarre tes dessins dès demain. Et malgré le froid, installe-toi sur le pont, que tout le monde te voie.

— Bien, capitaine.

Il s'éloigna. Nous nous apprêtions à regagner nos couchettes quand j'aperçus la silhouette fluette de Pouteh qui se dirigeait vers nous, un chandelier à la main. Je m'aperçus qu'elle tremblait. Sans vouloir répondre à nos questions, elle nous fit signe de la suivre. Je crus qu'elle souhaitait qu'on prie avec elle pour le salut de son maître.

Nous descendîmes sous la proue, dans les logements des officiers. Bien qu'elle soit la plus vaste de toutes, la cabine individuelle de Cornelis ne mesurait que trois coudées sur cinq. C'était tout juste suffisant pour qu'un petit bureau, recouvert d'un tapis d'Orient, recueille une liasse de papiers, un encrier et une plume. Soutenu par des oreillers, le négociant reposait à demi assis, avec une couverture remontée jusqu'au menton et une pièce de fourrure sur les jambes. Sur la toile fine des taies, son visage paraissait terriblement gris et crispé.

— Il a bougé, dit Pouteh avec inquiétude.

— Bougé ? répéta William, incrédule.

— Il a ouvert la bouche, sans qu'aucun son en sorte.

Le jeune scientifique posa sa main sur la grosse veine bleue qui longeait le cou du négociant. Il poussa une exclamation.

— Son cœur est reparti !

— Alors il n'est pas mort ? bredouilla la servante.

— Eh bien, non... Pourtant, tout à l'heure, je n'ai pas rêvé ! Son pouls avait cessé de battre !

S'asseyant au bord du lit, William retira son pince-nez et le plaça tout près de la bouche du négociant. Après quelques secondes, il le retira et l'examina à la lumière du chandelier.

— Vous voyez cette buée sur le verre ? Il respire !

Il essuya le petit instrument sur un pan de sa chemise avant de le remettre devant ses yeux.

— J'ai entendu parler de cas de ce genre. Mais c'est la première fois que je vois ça en direct !

— Vous vous y connaissez en médecine, monsieur William ? l'interrogea Pouteh.

— Ce n'était pas l'objectif de mes études. Mais j'ai quand même suivi quelques cours sur les plantes médicinales et j'ai assisté à plusieurs dissections de cadavres.

— Vous pensez que ça vous aidera à le soigner ?

— Eh bien, pour être franc, même si monsieur Van Vliet n'a pas trépassé, il n'est pas en grande forme. Ce n'est pas évident qu'il passe la nuit.

— Que faire ?

— Dans un cas comme ça, nos Hippocrate modernes recommanderaient une bonne saignée... Tout à fait entre nous, je crois que cette pratique n'a jamais sauvé personne, même si elle abrège peut-être les souffrances de l'agonie.

La servante écoutait avec patience, le visage marqué par l'anxiété. Comme elle l'aime ! pensai-je. J'étais étonnée qu'on puisse éprouver de l'affection pour Cornelis Van Vliet, dont le caractère était marqué par l'égoïsme le plus absolu. Peut-être aimait-elle surtout la sécurité qu'il lui offrait. Peut-être l'avait-il tirée de la misère et de toutes les souffrances qui l'accompagnaient.

— Je suis sûr, Pouteh, que vos soins sont les meilleurs possibles, poursuivit le jeune scientifique. Donnez-lui à boire de l'eau sucrée. Maintenez-le au chaud. Et massez-le tout doucement si vous le jugez bon.

William et moi sortîmes de la cabine et rejoignîmes chacun notre couchette, trop plongés dans nos pensées et les émotions de la soirée pour nous souhaiter bonne nuit.

*

Inquiet pour notre moral, Hans Michielszoon alla lui-même récupérer dans les réserves la dernière de nos bouteilles de cognac. Avant de remplir nos verres, il nous fit admirer sa belle couleur d'ambre – qui rappela à Etienne et Paul les soirées joyeuses à La Rochelle, où leurs parents recevaient leurs amis autour d'une belle flambée et d'une bouteille semblable, accompagnées de passionnantes histoires du port.

En réalité, notre premier repas sans Cornelis fut plutôt gai, chacun se sentant libre de dire toutes les bêtises qui lui passaient par la tête.

— Levons nos verres à l'introuvable Cornélie !

— Le cinquième continent et le plus beau... de la Lune !

— A son très respectable gouverneur !

— A ses mines de diamant !

— A ses épices nouvelles, plus puissantes que le

poivre, plus aromatiques que le curcuma, plus stimulantes que le gingembre !

— Aux explorateurs Vasco et Etienne !

— A Apollonio, peintre officiel !

— A Alonso, musicien de la Cour australe !

— A Paul, premier tailleur !

— A William, fondateur et unique membre de l'académie des sciences de Cornélie !

Un gloussement nous interrompit. A l'autre bout de la table, Saskia était prise d'un énorme fou rire.

— A Saskia Van Vliet, courtisée par les nobles les plus puissants et les plus ambitieux de la Terre ! Et qui pourtant réservera sa main à un homme sans particule, mais courageux, jeune et beau, à peine défiguré par une blessure à l'oreille !

William se pencha avec courtoisie vers son voisin :

— Vasco, cher ami, n'auriez-vous pas abusé de ce cognac certes délicieux mais qui fait tourner la tête ?

Saskia hoquetait en essuyant des flots de larmes. Je lançai un regard vers Hans Michielszoon. Il souriait comme les autres, sûr que Vasco blaguait.

*

Une semaine plus tard, en pleine journée, le ciel se teinta d'un noir violacé, plus bas et plus lourd que la nuit, brièvement traversé d'éclairs éblouissants. L'océan se creusa de vallées profondes et se hérissa de montagnes, portant *L'Espérance* aux nues avant de l'écraser sous les paquets de mer. La tempête arriva si soudainement que deux marins furent emportés par les flots avant les premiers ordres du capitaine.

Pour donner le moins de prise possible au vent, Hans Michielszoon ordonna le repli de toutes les voiles. La barre fut fixée par une corde et les éléments ne purent jouer avec elle. Néanmoins, dans une succession de fracas, les vagues emportaient notre malheureux navire à bâbord avant de le rejeter à tribord, le penchaient jusqu'à effleurer l'océan, le faisaient virevolter sur les crêtes liquides ; il était comme un dé qu'un géant aurait secoué dans un gobelet, lancé sur une table et ramassé pour être secoué encore.

Plus personne ne pouvait se risquer sur le pont. Tous les officiers s'étaient réfugiés dans la salle à manger, dont la porte avait été verrouillée de peur qu'elle ne cède à la pression des paquets de mer. Les chandeliers, dansant la valse, avaient été éteints, de même que tous les autres feux du navire. Assis dans la pénombre, nous nous cramponnions à la table fixée au sol. Faute d'autres distractions, nous contemplions les vitres giflées, lessivées, englouties. Paul s'était serré contre son frère qui lui-même n'en menait pas large. Assise près d'eux, Saskia respirait bruyamment, les yeux agrandis par la peur. Sans lâcher sa vihuela, Alonso s'était calé dans le seul fauteuil de la pièce, celui de Cornelis. Toujours entre la vie et la mort, le négociant était resté dans sa cabine sous la protection de Pouteh.

Le vent mugissait au-dehors, les vagues claquaient sur les parois. La flûte entière craquait et gémissait de manière intense, assourdissante, très angoissante, nous interrogeant à chaque instant sur la fiabilité de cette construction humaine minuscule au milieu des éléments déchaînés. A notre grande surprise, Vasco tomba à genoux sur le plancher qui montait et descendait et se mit à réciter toutes les prières qu'il connaissait. Entendre la voix tremblante de ce gaillard endurci terrorisa Kimbo qui évoqua ses propres dieux dans une langue que nous ne comprenions pas. Pour ma part, je pensais à ma chère maman décédée quand j'étais enfant, et je me demandais si je n'allais pas la revoir plus tôt que prévu.

Hans Michielszoon avait tous ses sens aux aguets. En permanence, il évaluait les chances pour notre flûte de tenir bon ou de sombrer.

— Vous avez entendu ce long craquement ?... Juste au-dessus de nos têtes, n'est-ce pas ? Ce pourrait être le mât d'artimon...

Il y eut une accalmie de quelques minutes, notre navire étant soulevé sur la crête d'une houle longue et puissante. La voix de William s'éleva dans un silence relatif :

— J'ai calculé que dans trois mois au plus, nous serons à Batavia...

— Si nous y arrivons, compléta Alonso.

Tout à coup un choc plus violent que les autres nous plongea dans le noir complet ; plus aucune lumière ne filtrait par les vitres. Je fus projetée sur le sol. Quand je voulus me redresser, je ne compris plus où j'étais. Le sol était uniformément nu, tandis que de curieuses poutres s'élevaient à mi-hauteur, m'empêchant de m'approcher de mes compagnons. Plusieurs d'entre eux gémissaient, sans doute blessés. Vasco reprit ses prières en portugais, aussitôt imité par Paul en français et Saskia en hollandais.

— Je vais tenter d'atteindre la porte et voir ce qui se passe, dit Hans Michielszoon.

Quelques minutes plus tard, nous l'entendîmes jurer pour la première fois depuis que nous le connaissions.

— La porte est bloquée de l'extérieur. Probablement par de l'eau...

Vasco interrompit ses prières.

— Nous sommes en train de couler ! Seul un miracle peut nous sauver.

— Apollonio, où es-tu ? dit William quelque part à l'autre bout de la pièce.

— Je ne sais pas, dis-je pitoyablement.

— Je veux mourir près de toi. Essayons de nous rapprocher l'un de l'autre.

— Je ne veux pas mourir, dis-je. J'ai notre routier à finir. Je veux peindre à nouveau des tableaux.

— Personne ne veut jamais mourir. Mais peut-être que notre dernière heure est arrivée.

— Ce n'est pas possible ! s'énerva Etienne. Je n'ai même pas fait le tour du monde.

— Peu de jeunes gens en ont vu autant que nous, tenta de le consoler Paul.

— Mais je veux devenir capitaine !

— Et moi, je voulais créer une boutique d'étoffes comme celle que tenaient nos parents. Quelque part, dans une ville avec un port...

— Apollonio, où es-tu ? répéta William.

— Je ne sais pas.

— Parle-moi. Je vais me guider à ta voix.

— Je suis par là, William.

— Encore.

— Je ne veux pas mourir. Je veux peindre. Je veux...

Je me retins de justesse. J'avais faillis dire : « Je veux aimer. »

— Moi, je veux bien en finir là, annonça Alonso. Au moins, ma vie aura été dramatique de ma naissance à ma mort. Dommage qu'aucun poète ne puisse la raconter.

— Ma vie, c'est rien du tout, dit tristement Saskia. Je n'ai jamais rien décidé, rien voulu, rien choisi. Même cette mort ne correspond à rien. Papa m'a embarquée dans votre histoire exactement comme il m'avait fiancée à Piet le jeune : sans me demander mon avis...

— Combien de temps faudra-t-il pour mourir si nous coulons ? demanda Etienne.

— Nous avons assez d'air dans cette pièce pour respirer pendant plusieurs heures, répondit le capitaine. Mais d'ici là la flûte se sera brisée sous la pression de l'eau.

— Et si on cassait tout de suite les vitres pour s'échapper ?

— A supposer qu'on réussisse à rejoindre la surface, que deviendrions-nous, perdus au milieu d'un océan glacial ?

Une main saisit mon épaule.

— Apollonio ?

— Oui, William, c'est moi.

— Prends-moi dans tes bras, mon ami. J'ai peur de mourir.

J'eus une dernière hésitation. Et puis, je le serrai contre moi. Je sentis d'abord la soie de ses cheveux contre mon visage. Un filet de sang qui coulait de sa tempe. Son dos ferme sous mes mains. Ses mains à lui tenant mes épaules. Ensuite, son ventre contre le mien. Sa poitrine contre la mienne.

Il eut un sursaut de surprise.

Puis me serra encore plus fort contre lui.

— Quel bonheur ! murmura-t-il à mon oreille. Je commençais à me demander si je n'avais pas été fabriqué dans la même pâte humaine que notre capitaine et son second.

Il m'écarta un tout petit peu de lui, glissa ses mains sous ma chemise et les posa sur mes seins.

— Mon Dieu ! suffoqua-t-il.

Comment décrire l'intensité de mon émotion ? Au fil de notre voyage, la compagnie de William était devenue ce que j'avais de plus précieux au monde – à égalité avec la peinture. C'était en grande partie pour lui que je n'étais pas restée à Tahiti. Or il venait de comprendre que j'étais une femme et cette découverte le remplissait de joie.

Aucun bonheur n'est plus intense qu'un amour partagé.

Il est vrai que nous n'avions plus que quelques heures à vivre mais cette certitude ne faisait qu'affoler notre besoin l'un de l'autre. Je passai mes mains à l'intérieur de son pourpoint et les remontai le long de son dos, sentant tout son corps vibrer sous mes caresses. Je remontai mon nez le long de son cou et humai le doux parfum de sa peau. Je poursuivis ma route et rencontrai ses lèvres, que j'embrassai avidement.

Pendant ce terrible et merveilleux baiser d'amour, nous entendîmes les craquements s'intensifier comme si le navire allait se rompre. Et d'un seul coup, celui-ci se redressa : le sol nu reprit sa place de paroi, les poutres à mi-hauteur redevinrent des bancs. La violence du choc nous sépara William et moi. Ce ne fut peut-être pas plus mal, car les vitres ressortirent de l'eau, une lumière grise illumina la pièce, et le destin de *L'Espérance* ne s'arrêta pas ce jour-là.

11

A feu et à sang

La tempête dura jusqu'au milieu de l'après-midi. Avoir frôlé la mort de très près nous laissa d'abord hagards, inquiets que la flûte ne basculât à nouveau dans une vague, puis une fois sûrs que le danger s'éloignait, complètement exubérants. Vasco promit à Etienne qu'il serait un jour capitaine, Etienne promit à Paul qu'il posséderait un jour une boutique de tissus, Kimbo se promit à lui-même de revoir un jour l'Afrique.

— Cette mort spectaculaire m'aurait convenu, dit Alonso. Je me console en pensant à cette belle île de Tahiti que nous allons retrouver bientôt.

— A condition que les vents et les vagues ne nous aient pas emportés trop loin de notre longitude, murmura William près de moi.

Nous nous étions assis sur le même banc, nos épaules et nos hanches se touchant, nos doigts s'entremêlant sous la table. Nous ne pouvions rien nous permettre de plus sans attirer l'attention de nos compagnons. Par amour, William respectait mon secret, malgré son cœur qui devait battre la chamade tout autant que le mien.

Dès que les éléments se furent calmés, toutes les personnes valides furent réquisitionnées pour vider la partie de la cale qui avait été inondée, essuyer un à un l'intérieur des canons, vérifier les tonneaux de poudre, plumer et cuisiner les volatiles morts, réparer le mât d'artimon et plusieurs agrès, remettre en marche le gouvernail et recoudre plusieurs voiles.

Paul et moi, nous nous occupâmes des blessés. Parmi les officiers, William avait été atteint à la tempe, Hans Michielszoon à la main et Etienne au pied. Nous nettoyâmes leurs blessures avant de les protéger avec des bandages. Dans leurs hamacs, les hommes d'équipage avaient moins souffert que nous car leur suspension souple s'était adaptée aux mouvements du navire. Mais tous les objets que leur propriétaire n'avait pas retenus s'étaient envolés et plusieurs avaient trouvé sur leur chemin une tête, une épaule ou un genou. Par miracle, aucun œil n'avait été touché.

— Et Pouteh ? Et Cornelis ? interrogea Paul.

Tout le monde les avait oubliés ! Nous courûmes jusqu'à la cabine du négociant. L'encrier s'était renversé sur un oreiller, la liasse de papiers s'était dispersée partout dans la pièce, les plumes s'étaient accrochées aux poils de la fourrure. Cornelis était par terre, enroulé dans ses draps comme une momie, inerte mais toujours vivant. Pouteh dormait, roulée en boule dans un coin. Plus tard, elle nous raconta qu'elle avait passé toute la tempête à retenir le corps de Cornelis pour qu'il ne se cogne pas à chaque rebond de la flûte.

Epuisée, elle avait sombré dans un sommeil de plomb dès que la coque s'était stabilisée.

*

Un puissant vent de face nous obligeait à zigzaguer d'est en ouest et d'ouest en est, tout en remontant vers le nord. Nous croisions de nombreux oiseaux dont certains, avec un bec arrondi, des ailes immenses et des talents de pêcheur supérieurs aux nôtres, amusaient beaucoup l'équipage. Tout le monde à bord de *L'Espérance* ayant cru sa dernière heure venue, nous partagions le même soulagement d'être encore vivants. Mais le plus joyeux, le plus actif, le plus fou, c'était William.

— *It's a long way to Tahi-hiti, It's a long way to go, It's a long way to Tahi-hiti, To the sweetest girl I know*, chantait-il du matin au soir.

Il avait appris la ritournelle à Alonso et l'avait persuadé de l'accompagner à la vihuela.

— A Tahiti, m'avait-il confié en aparté, nous serons enfin seuls.

Sur notre flûte, il n'existait aucun espace intime. Même ma cabine individuelle n'était séparée des autres que par des rideaux. A la rigueur, nous aurions pu nous allonger l'un contre l'autre sans bouger ni faire aucun bruit, mais nos compagnons se seraient demandé ce que nous faisions à deux dans un espace aussi étroit. Nous nous retrouvions souvent en tête à tête dans la cabine du capitaine, moi pour dessiner, lui pour écrire dans le routier, sans jamais oser en profiter pour nous embrasser. Notre seule audace consistait à nous effleurer la main sous la table.

— Dans ma tête, murmurait William, il y a pour toi des lettres d'amour enflammé. Mais je n'ose pas les coucher sur le papier. Si quelqu'un d'autre les lisait ?

Pour que sa langue ne fourche pas, il continuait à m'appeler « Apollonio ». Il ne comprenait pourtant pas ma détermination à passer pour un garçon.

— Ce serait quand même plus pratique que tu révèles ta féminité ! Je pourrais t'épouser à la mode catholique, réformée ou, si tu préfères, tahitienne. Comme ça, tu pourrais partager ma cabine en toute légalité.

— Je le sais bien, William. Mais jamais je ne reprendrai l'identité d'une femme.

— Jamais ?

— Jamais. J'ai pris goût à la vie masculine. Je suis libre, tu comprends. Je peux mener l'existence que j'aime... J'ai payé cette liberté au prix fort, et je ne veux pas la perdre.

— Et nous ? Et ton amour pour moi ?

— Je t'aime, William. Si tu m'aimes aussi, mets-toi un peu à ma place.

Il bougonnait.

— C'est mieux pour toi, d'accord. Mais pour nous ? Qu'allons-nous devenir ?

Par chance, nos compagnons ne semblèrent pas remarquer le changement de notre relation. Depuis des mois, nous travaillions côte à côte dans la cabine du capitaine, regardions l'un après l'autre dans la lunette, échangions de longs conciliabules. Il est possible que Hans Michielszoon ou Vasco aient compris que nous étions amoureux, mais du moment que cela ne perturbait pas les relevés de William et mes dessins, ils n'avaient aucune raison de s'en offusquer. La seule raison valable aurait été d'apprendre que j'étais une femme. Comme le disait parfois le capitaine, il n'y a pas pire source de zizanie sur un navire qu'une personne du sexe faible dénuée de protection.

Chaque matin, selon ses ordres, je m'installais sur le pont avec du papier et du fusain, prenant un matelot ou un soldat pour sujet. J'exécutais une série de croquis qui le montraient dans diverses situations et avec plusieurs expressions. Ensuite, dans la salle à manger, mes gobelets d'étain autour de moi, je choisissais l'attitude qui me plaisait le plus ou qui correspondait le mieux à son rôle. Sur du papier épais, je traçais alors mon dessin à l'encre noire, avant de le colorier à l'aquarelle.

Je devais immortaliser quarante-sept matelots et trente soldats. Je commençai par les volontaires : Bertrand au milieu de ses fourneaux, la vigie en haut du grand-mât, un soldat pêchant au mousquet.

Certains hommes d'équipage fuyaient quand j'arrivais – je l'avais bien remarqué. Je mettais leur attitude sur le compte de leur timidité, ou bien de leur honte à n'être qu'un matelot de base. Parmi ceux-là, se trouvait un jeune homme svelte et de haute taille, à la barbe blonde. Aussi souple et discret qu'un chat, il me tournait le dos chaque fois que j'approchais, puis se faufilait à l'autre bout du pont. Ce manège m'intriguait sans pourtant m'inquiéter. J'avais beaucoup d'autres choses en tête !

Il suffisait que William me lance un clin d'œil en passant pour que je me trouble délicieusement, feignant d'esquisser quelques traits de fusain pour dissimuler mon émoi. S'il attendait avec tellement de fièvre notre arrivée à Tahiti, c'était bien sûr pour me prendre dans ses bras. Mon désir était aussi fort que le sien mais les conséquences possibles me réveillaient en sursaut la nuit. Et si quelqu'un nous surprenait ? Et si nos caresses enflammaient encore plus notre besoin l'un de l'autre, au point de nous trahir ? Et si mon ventre se mettait à fabriquer un enfant ? La question de William me trottait dans la tête : qu'allions-nous devenir ?

Pour tout le monde à bord, il devenait urgent d'atteindre Tahiti. Pendant que le climat s'adoucissait, atteignant une température constante d'une vingtaine de degrés, nos provisions se tarissaient. Le scorbut avait fait sa réapparition, rendant malade la moitié de l'équipage. Nous avions ressorti les biscuits de mer que la tempête avait imbibés d'eau ; ils n'étaient plus durs comme du bois, mais couverts de moisissures. Tous, nous préférions manger du rat, à la chasse desquels les soldats se consacraient entre deux pêches aux poissons volants.

Dans sa cabine, Cornelis avalait sans rechigner tout ce qu'on lui offrait. Il ouvrait les yeux et se laissait materner par Pouteh. Mais son regard était flou et il ne parlait pas.

Lorsque nous approchâmes la latitude de Tahiti, William ne quitta plus le pont, sauf pour remplacer la vigie à son poste d'observation. Quel soulagement lorsqu'une terre apparut à l'horizon ! Un massif de corail délimitait son eau turquoise et la verdure recouvrait ses sommets. Mais de plus près, il nous fut impossible d'apercevoir une chaloupe double, une cascade ou un pré fleuri. Les hommes qui s'étaient regroupés sur une plage au passage de notre navire étaient beaucoup plus petits, trapus et bruns que ceux de Tahiti. Surtout, au lieu de nous offrir des fruits et leurs femmes, ils brandissaient des arcs et des javelots en poussant des hurlements.

William ne cessait d'essuyer son pince-nez.

— Trop à l'est ? Trop à l'ouest ?

Malgré le caractère menaçant des indigènes, nous ne pouvions pas nous permettre de passer notre chemin. Nous avions impérativement besoin de nourriture fraîche. Hans Michielszoon conduisit *L'Espérance* autour de l'île jusqu'à trouver une faille assez large dans le massif corallien. Lentement, la flûte se faufila jusqu'à une baie au fond marécageux. Elle fit un quart de tour, de manière à pointer ses canons vers la rive. Armés de leurs mousquets et de poudre, vingt soldats dirigés par Vasco descendirent dans les chaloupes.

Les trois sabliers nécessaires pour effectuer la manœuvre permirent aux indigènes de se rassembler encore plus nombreux face à nous ainsi que sur les deux bandes de sable qui fermaient en partie la baie. Ils faisaient résonner leurs tambours dans une musique sans fin qu'ils ponctuaient de cris guerriers. L'uniforme dépenaillé des soldats, aux couleurs affadies par le soleil, leur fit pourtant grande impression ; lorsque les nôtres débarquèrent sur la rive, ils détalèrent comme des lapins.

William qui suivait les mouvements des indigènes à la lunette depuis le pont avait pour mission de faire tirer un coup de canon si la situation devenait trop dangereuse. Bertrand le cuisinier et une dizaine d'hommes entrèrent avec précaution dans la forêt, tentant de repérer les aliments qu'ils connaissaient : bananes, ignames, fruits de l'arbre à pain. Ceux-ci étaient moins beaux et moins variés qu'à Tahiti, la terre étant moins riche, ou le climat moins favorable. Les chaloupes furent cependant remplies plusieurs fois.

Enhardis de voir qu'on ne s'en prenait pas à eux, les indigènes revinrent un peu partout sur les berges. Bertrand reprit espoir d'échanger quelques outils et perles de verre contre du gibier et de l'eau douce. Il s'adressa à eux avec amabilité :

— Tayo ! Tayo !

Hélas, ces hommes-là ne semblaient pas parler le tahitien. D'un seul coup, une pluie de bois acéré tomba sur les hommes de *L'Espérance* !

Nos soldats ripostèrent aussitôt avec leurs mousquets, tuant plusieurs indigènes. La pagaille suscitée permit aux matelots de porter les blessés jusqu'aux chaloupes. Mais plusieurs allers et retours étaient nécessaires pour ramener tout le monde à bord de la flûte. Dès que nos hommes furent sortis de la forêt, Hans Michielszoon fit parler le canon afin de dissuader les sauvages de les approcher. Les lourds boulets frappèrent de plein fouet les premiers palmiers et en déracinèrent deux.

Cet exploit terrorisa les guerriers de la rive qui tous s'enfuirent, mais pas ceux qui se trouvaient sur les bandes de sable. Grimpant dans des pirogues sommaires, ils se dirigèrent vers la proue et la poupe de *L'Espérance*, hors de portée de nos canons !

— Ils vont nous manger ! s'écria Saskia, dont l'indifférence avait été définitivement engloutie par la tempête.

A bord, tous ceux qui ne s'occupaient pas des canons s'armèrent de mousquets ou de rapières. Pour ma part, j'enfilai la lame qui ne quittait plus mon côté et dont la garde se plaçait parfaitement autour de mes doigts blessés. Nous formâmes une chaîne le long du bastingage, avec ordre de tirer sur ceux qui escaladeraient le navire, et si une main s'accrochait au rebord, de la transpercer. Mais nous étions cinquante, nos ennemis plusieurs centaines.

La peur au ventre, je me remémorai les leçons de Vasco, qui ne m'avait pourtant jamais expliqué comment lutter à l'épée contre des flèches tombées du ciel.

Les premières pirogues abordèrent et certains sauvages tentèrent d'escalader la coque. Tandis que nous plongions dans la bataille, frappant tout indigène qui s'approchait, faisant tournoyer nos rapières pour dévier les javelots et les flèches, la vigie à qui William avait confié sa lunette nous tenait au courant du rapatriement de nos hommes côté rive.

— La première chaloupe est au milieu de la baie ! criait le mousse. Un soldat est touché dans le dos par une flèche. Il tombe à l'eau ! La chaloupe... continue sa route ! Elle atteint l'échelle de corde... Bertrand grimpe, un blessé sur l'épaule...

Une pirogue se plaça à la proue, juste sous moi. Un homme se fit porter par ses compagnons et je découvris soudain à trois pas de moi son visage au nez épaté, aux lèvres épaisses, à la chevelure crépue, dont le regard semblait pourtant tout à fait humain, exprimant la même haine et la même peur que celles que je ressentais.

— C'est ma peau ou la sienne ! me dis-je alors pour surmonter mon dégoût de frapper dans sa chair.

Grièvement blessé au front, il lâcha prise, aussitôt remplacé par un autre, que je touchai à la poitrine et qui s'effondra à son tour.

— La chaloupe s'est vidée de nos hommes ! criait la vigie. Elle repart vers la rive...

Sur ma droite, William était attaqué par deux sauvages à la fois, alors que son pansement à la tête gênait sa vision. Je volai à son secours. Une douleur me transperça le bras gauche : une flèche s'y était plantée ! Je chancelai avant de lancer ma lame en avant dans le ventre d'un homme pendant que William faisait basculer le deuxième par-dessus bord et qu'un troisième râlait à ses pieds.

Il y eut un flottement parmi nos ennemis, que je mis à profit pour arracher la flèche de mon bras gauche. Une brume rouge m'embua les yeux et je glissai sur le sol, sans cesser d'entendre la vigie.

— Nos derniers soldats sont dans la chaloupe. Elle est trop lourde et elle n'avance pas vite... Les indigènes renoncent à aborder *L'Espérance*... Leurs pirogues se dirigent vers la chaloupe ! Elles l'entourent ! Les nôtres se défendent farouchement...

La voix de la vigie s'effaça. Je crus pourtant reconnaître plusieurs coups de canon dans la brume rouge qui s'épaississait. Et qui me submergea.

*

Je sortis de mon évanouissement sur ma couchette, seule, trop faible pour me lever. Un pansement me couvrait le haut du bras. Puisque j'avais été soignée, cela signifiait que mes compagnons n'avaient pas tous terminé leur voyage dans l'estomac des sauvages. Le tangage puissant m'indiquait que nous nous étions dégagés de la baie et que nous avions repris la mer.

Je me sentais honteuse de ne pas avoir résisté à une simple blessure au bras. Il est vrai qu'à force de manger des biscuits avariés et des rats, nous n'étions pas au mieux de notre forme.

Ce fut Paul qui le premier passa prendre de mes nouvelles. Il me raconta la fin de la bataille. Notre capitaine avait tenté une manœuvre désespérée pour sauver la douzaine de soldats de la dernière chaloupe : il avait fait tirer tout près d'eux, au milieu des pirogues. Puis il avait voulu lancer une expédition de secours dans une autre chaloupe qu'il aurait dirigée. Mais nos hommes avaient déjà été submergés par le nombre ; la rage au cœur, Hans Michielszoon avait battu en retraite, choisissant de les sacrifier pour sauver la flûte.

Les fruits cueillis sur cette île guerrière allaient nous paraître bien amers puisque nous les avions payés de la vie de douze soldats, auxquels il fallait ajouter une trentaine de blessés. Vasco avait été gravement atteint à la poitrine et le bras d'Etienne avait été cassé. La blessure de William à la tête s'était rouverte et il avait perdu beaucoup de sang ; pour l'instant, il dormait.

— Qui m'a soigné ?

— Saskia et moi, répondit Paul.

— Et Cornelis ? Que devient-il ?

— Il ne s'est rendu compte de rien.

Plus tard, après avoir dormi, je reconnus la voix de Hans Michielszoon. Il discutait avec William dans sa cabine.

— Vous me dites que Tahiti ne peut être loin ?

— Tout à fait, capitaine. Mais le problème, c'est que je ne sais pas si l'île se trouve à l'est d'ici, ou bien à l'ouest.

— Votre longitude de Tahiti...

— ... a été perdue pendant la tempête. Avons-nous été déportés trop à l'est, ou trop à l'ouest ? Comment le savoir ?

Le capitaine poussa un profond soupir.

— Avec le grand nombre de blessés et le peu de nourriture que nous avons récupérée, je ne peux me permettre de prendre aucun risque. Alors tant pis pour Tahiti. Nous allons mettre le cap au nord-ouest pour atteindre directement l'archipel indonésien.

— C'est le plus sage, capitaine. Nous pourrons nous y approvisionner, repérer notre position grâce aux cartes de la VOC, et trouver notre chemin vers Batavia.

Je pensai : adieu, Jacob, jamais je ne reverrai ta barbe rousse, ta haute stature et ton regard loyal... Jamais je ne saurai comment tu vis, seul Blanc à Tahiti... Ni si cette île paradisiaque ne cache pas des coutumes barbares...

Le lendemain matin, j'entendis Pouteh et Cornelis passer devant ma cabine.

— Appuyez-vous sur vos jambes, monsieur Cornelis !... Mieux que ça, voyons !... Oh, là, là... Bon, nous recommencerons demain... Il faudra bien que vous retrouviez des forces...

Paul m'apporta un rat bouilli, agrémenté d'eau douce et propre, grâce à une grosse averse qui avait rempli nos citernes. Le soir, j'avais retrouvé assez d'énergie pour rejoindre la salle à manger, où se trouvaient Hans Michielszoon, Paul, Saskia, Etienne avec son bras cassé, Kimbo et Alonso. Notre guitariste put jouer toute la musique qui lui convenait, chacun étant plongé dans de sombres pensées, trop profondément pour penser à l'interrompre.

*

Les semaines suivantes furent lugubres. Les rats qui avaient proliféré après la tempête ne réussissaient plus à se reproduire assez vite avant que nous ne les mangions. Les caisses de biscuits de mer étaient vides. Et surtout, pénurie d'une gravité extrême pour le moral de l'équipage, il ne restait plus une seule goutte d'alcool à bord. Les matelots effectuaient les manœuvres des voiles avec une maladresse inhabituelle ; heureusement que des vents réguliers nous portaient sans difficulté vers le nord-ouest.

La blessure d'Etienne empêchait le jeune officier de grimper dans les agrès ou de tenir le gouvernail ; mais il pouvait tenir le compas, l'arbalestrille ou la lunette. Avec un enthousiasme qui semblait inépuisable, il aidait William à calculer la latitude et à tenir le routier, ce qui nous privait de nos tête-à-tête habituels, au jeune scientifique et moi.

Paul tomba malade, épuisé par son dévouement constant, la nourriture malsaine, ainsi que par cette succession de drames. Un soldat ayant capturé une mouette, le capitaine ordonna qu'elle soit cuisinée pour le plus jeune de ses officiers, à qui elle apporta un léger mieux.

Seule Saskia resplendissait, chaque jour plus mince et plus gracieuse.

Quant à moi, les privations n'empêchèrent pas mon corps d'obéir à la nouvelle lune, déclenchant mon flux menstruel. Confinée dans ma couchette, je contemplais encore une fois les tableaux de Johanna Van Vliet. Le hareng en rondelles et la tourte à la confiture me faisaient saliver. La joyeuse scène de banquet dans un village hollandais me paraissait aussi irréelle que si elle s'était déroulée sur la Lune.

Dès que je pus ressortir sur le pont, je repris mes portraits de marins et de soldats. Le jeune homme à la queue-de-cheval blonde fuyait toujours mes coups de crayon mais, après la mort de leurs camarades, les autres semblaient au contraire anxieux de laisser une trace d'eux dans notre routier. Il ne semblait pas leur traverser l'esprit que l'existence de ces feuilles de papier n'était guère moins éphémère que la leur ; nous avions encore tout le temps de faire naufrage avec elles avant d'arriver à Batavia.

Je n'étais pas plus raisonnable. Souvent, je prenais le routier entre mes mains, caressant sous mes doigts sa couverture en cuir. Je le soupesais, heureuse de le sentir plus lourd de jour en jour. Entre les pages remplies par William – le récit de nos aventures, des descriptions minutieuses des terres que nous avions visitées et un grand nombre de relevés –, j'avais glissé mes dessins du Brésil, du cap Horn, de Rapa Nui, de Tahiti et de l'île guerrière, ainsi que de nos longues traversées maritimes dans l'Atlantique et le Pacifique. Mes portraits des hommes d'équipage étaient dispersés dans tout le volume ; j'aimais la manière dont ils rappelaient au lecteur que cet exploit – sillonner un immense océan inconnu – avait été réalisé par des hommes frustes et affaiblis, mais tous ensemble, et sous la conduite d'un capitaine hors pair.

— Que d'aventures, Apollonio ! disait William en tapotant à son tour le routier pour se donner du courage. Avec ça, nous allons passionner tous ceux qui savent lire. J'imagine très bien ma vieille tante Agatha épuiser en une nuit ses réserves de chandelles... A côté de notre récit, l'*Odyssée* d'Ulysse ne sera plus qu'un pensum pour étudiants !

— Il faudra lui trouver un titre. Un bon.

— Tu as raison. Voyons... *La Traversée du Pacifique* ?

— Pas mal pour ceux qui s'y connaissent un peu en géographie, pas très spectaculaire pour les autres.

— Attends... *L'Incroyable et périlleuse traversée d'un océan inconnu par des jeunes gens en quête de gloire et de fortune*...

— Un peu long, tu ne crois pas ?

— *La Cornélie n'existe pas* ! proposa Etienne.

— Cornelis va être content...

— A condition qu'il recouvre ses esprits !

— Allons, soupira William. Nous avons le temps de trouver un bon titre, d'ici Batavia. Si nous ne sommes pas tous morts de faim avant...

Dans ses yeux soudain pleins de mélancolie, je lus qu'il se demandait si, avant de mourir de faim, il trouverait l'occasion de me prendre dans ses bras...

Enfin, le 7 janvier 1630, par une journée pluvieuse, retentit de nouveau le cri que nous espérions et appréhendions à la fois :

— Terre ! Terre droit devant ! Terre !

12

Le roi d'un tout petit peuple

Derrière un épais rideau de pluie, surgissait à l'horizon un long rivage aux côtes abruptes. Aucune barrière de corail ne semblait en interdire l'accès, mais aucune baie non plus n'en permettait l'approche. Nous en commençâmes le tour par l'ouest. A la première éclaircie, une pirogue à balancier se détacha de la côte et s'approcha de nous. Elle transportait cinq hommes grands et noirs, aux cheveux crépus, vêtus à la manière d'Adam d'une seule feuille judicieusement placée.

Ils firent le tour de notre navire, sans brandir ni armes ni présents, se contentant de nous observer. Nous leur lançâmes l'échelle de corde, mais aucun d'eux ne s'y risqua. Depuis le bastingage, Hans Michielszoon tenta de leur faire comprendre que nous souhaitions des fruits et du gibier, et qu'en échange ils pourraient recevoir des tissus, des miroirs, des haches... Ils ne semblèrent pas réagir et finirent par s'éloigner.

Quand le soir tomba, inquiet, le capitaine fit doubler la surveillance. Nous étions maintenant environnés d'îlots. Notre avancée, très lente, allait être stoppée pendant la nuit et nous ne voulions pas que les indigènes mettent cette pause à profit pour monter à bord en catimini.

La nuit, très humide, fut calme. A l'aube, alors que la pluie cessait, nous fûmes soudain entourés de pirogues identiques à celle de la veille. Les hommes noirs avaient poudré leurs cheveux de blanc, ils avaient peint leur corps de rouge et enfilé toutes sortes de bijoux faits de plumes et de coquillages.

— Est-ce que ce sont des parures de fête ? demanda Paul. Ou des tenues de guerre ?

Une pierre lancée par une fronde, suivie de centaines d'autres, lui donna la réponse. Renonçant à traiter avec cet autre peuple guerrier, le capitaine fit remettre les voiles.

Cet archipel contenait plusieurs grandes îles éloignées les unes des autres et qui ne se ressemblaient pas. Le 11 janvier, une baie accueillante s'ouvrit à nous. Elle était surmontée de reliefs rocheux austères mais nous n'y vîmes aucun homme ni aucun village, seulement d'innombrables cocotiers, des palmiers, des bananiers et d'autres arbres avec des fruits inconnus. Quelle hâte nous avions de les savourer ! Et en même temps, quelle crainte de voir surgir d'autres guerriers féroces...

Cette baie-là n'était pas prolongée comme l'autre par deux bras resserrés et nous ne risquions pas de nous retrouver dans un piège. Par précaution, Hans Michielszoon envoya quand même à terre une dizaine de soldats sous la direction de Kimbo, chargés d'explorer les alentours.

Ils revinrent quelques heures plus tard, assurant qu'ils n'avaient relevé aucune trace de présence humaine. Rassuré, le capitaine mouilla le plus près possible du rivage, devant une magnifique plage de sable blanc. Ne laissant sur la flûte que quelques hommes valides, il organisa le transport à terre de tous les autres. Notre santé à tous s'était en effet dégradée. Nos gencives gonflées saignaient à cause du scorbut. Nous manquions de force pour les actions les plus élémentaires du quotidien. Ceux qui avaient été blessés ne guérissaient pas.

Face à ces maux connus des marins, les manuels recommandaient un séjour à terre tout autant qu'une nourriture plus saine. Nous commençâmes par dévorer bananes et noix de coco, à portée de main. Le torrent qui se jetait dans la baie nous offrit son eau délicieusement pure. Puis rassemblant nos forces, nous abattîmes des arbres et construisîmes au-dessus du torrent un fortin de petite taille avec un pont-levis ; les malades pourraient y dormir, protégés par des soldats en armes.

Moins extraordinaire que Tahiti, cette île déserte et riche en fruits allait pourtant nous sauver. En quelques jours, nous nous sentîmes mieux. Nos gencives cessèrent de saigner. Paul reprit des couleurs et put se lever. Etienne retrouva l'usage de son bras, et moi de mon épaule. La blessure de William à la tête cicatrisa. Vasco réussit à se mettre debout. Même Cornelis put faire quelques pas sur le sable, appuyé sur Pouteh.

— Une petite promenade, Apollonio ? me lança William après une semaine de repos.

J'acceptai avec fébrilité. Je savais ce qu'il attendait – et que j'attendais également, tout en le redoutant...

Par sécurité, il prit son mousquet et moi ma rapière. Nous emportâmes également une outre d'eau et un régime de bananes. Nous pénétrâmes dans la forêt, dont les hauts feuillages frémissaient, jouant avec la lumière. Des oiseaux nombreux et colorés lançaient leurs trilles et nous les repérions au-dessus de nous, perchés à mi-hauteur d'un tronc immense, avec leurs longues queues fines comme des traînes. Les fleurs mauves, orangées, blanches formaient un tapis épais que nous avions des scrupules à piétiner. Je n'avais jamais vu de corolles aussi gracieuses, certaines pareilles à des cornettes de religieuses, d'autres à des jupons suspendus le temps d'une révérence.

— Ce matelas de fleurs est bien tentant, dis-je.

— Dommage qu'il grouille de bestioles, répondit William en me désignant plusieurs grosses araignées et un scorpion noir à la queue levée. Sortons de la forêt.

Il saisit une branche d'arbre à la hauteur de ses yeux et la cassa.

— Appliquons la méthode des Indiens Tupi. Comme ça, nous ne nous perdrons pas.

Il prit ma main, m'entraînant vers une crête derrière laquelle il pensait nous cacher. Hélas, de l'autre côté, se trouvait un lac de couleur marron, enserré dans une roche accidentée et nue.

— Quel endroit sinistre !

— On dirait un cratère de petite taille.

Il se baissa pour ramasser une pierre, qu'il fit sauter dans sa main.

— Oui, cette roche est volcanique. Sens comme elle est légère, Apollonia.

Contournant le cratère, nous escaladâmes une succession de plis rocheux qui cachaient deux autres petits lacs, l'un noir bleuté, l'autre rouge sang.

— Quelle île passionnante ! s'exclama William. Quel dommage qu'il faille risquer plusieurs fois de mourir pour l'atteindre... Je ne suis pas certain d'avoir le courage d'y revenir un jour pour l'étudier en détail.

De mon côté, j'engrangeais les images surprenantes, me demandant quelle quantité de sang de cochon, de bleu de noix et de poudre de racine j'allais devoir mélanger pour obtenir ces couleurs étranges.

Après les lacs s'ouvrait une lande, couverte par des pans entiers de plantes sèches et dorées.

— Nous sommes sur une coulée de lave, m'expliqua William. Elle est récente, voilà pourquoi la végétation ne l'a pas encore complètement colonisée... Hum... J'en déduis que certains volcans de cette île ne sont qu'endormis... Bon. Ils ne vont quand même pas se réveiller juste à notre passage !

Sur ce plateau nu, la chaleur était écrasante. Sans la protection des arbres et malgré nos chapeaux à large bord, nos yeux étaient éblouis par la lumière. Tandis que nous cherchions un abri, une fente dans la roche attira mon attention. L'entrée, haute d'une seule coudée, donnait sur une grotte qui semblait plus large.

— On essaie, William ?

— On essaie !

Nous nous allongeâmes sur le sol et rampâmes, épaule après épaule, la tête de côté, après avoir posé nos chapeaux. A l'intérieur, il faisait bon, ni trop frais, ni trop chaud. Quand nos yeux se furent habitués à la pénombre, nous découvrîmes un espace arrondi aussi vaste que la salle à manger de *L'Espérance*. Une sorte de cheminée naturelle étroite et anguleuse – d'origine volcanique, selon William – apportait une douce lumière indirecte. Le sol était jonché de branchages, de feuilles et d'herbes fraîches, qui avaient pu être poussés là par des rafales de vent, ou bien apportés par des humains – s'il en existait sur l'île.

— Cet endroit est merveilleux, dis-je. On dirait un nid, qui aurait été conçu exprès pour nous.

— J'espère que ce n'est pas le nid de quelque créature extravagante !

Mais William ne blaguait que pour tenter de maîtriser le trouble qui faisait trembler sa voix. Agenouillé, il prit mes deux mains et les posa sur ses joues.

— Apollonia, pardonne-moi à l'avance si je ne suis pas un bon amant. J'attends ce moment depuis si longtemps... Je meurs d'envie de me jeter sur toi !

En un éclair, je revis les doigts épais et sales de Marco. Il me semblait impossible d'en chasser le souvenir sur ma peau.

— William, je t'en prie... Sois très doux avec moi. J'ai peur... et je n'ai jamais fait l'amour.

— Moi, je n'ai jamais fait l'amour avec quelqu'un que j'aime aussi follement, aussi totalement que toi. Alors, guide-moi, apprends-moi la lenteur... C'est toi qui décides de tout, Apollonia.

Il ne bougeait plus, attendant que je sois prête. Je l'embrassai d'abord timidement, puis je l'étreignis. Il gémissait et soupirait mais ses mains sur moi étaient aussi légères que si j'avais été en cristal. Peu à peu, grâce à sa tendresse, mon corps se mit à renaître, mon corps d'avant l'agression de Marco, un corps confiant et serein qui, tout naturellement, fit la connaissance du sien...

*

Un mouvement de William me réveilla.

— Chut, me dit-il à voix basse. Ne bouge pas, Apollonia.

Je crus à un nouveau jeu amoureux et lui souris gaiement. Son visage anxieux me fit comprendre que je me trompais. Je suivis son regard en direction de l'entrée et retins de justesse un cri d'horreur.

Deux pattes géantes couvertes d'écailles et prolongées par des griffes acérées s'agitaient sur le rebord, encadrant une tête de monstre défiant toute imagination, même celle d'habitude sans limites des cartographes. Deux narines énormes soufflaient au rythme des coups de boutoir de la bête, qui tentait de se faufiler dans l'étroit passage. Déjà à l'intérieur de la grotte, une gueule gigantesque s'ouvrait et se refermait, entrechoquant des dizaines de dents aussi pointues que des poignards. Alors que la bête tournait ses épaules pour les abaisser, son œil globuleux nous fixa de manière terrifiante et quelque chose jaillit de sa gueule.

— Elle crache du venin..., murmurai-je.

— Non, c'est juste sa langue.

— Tire-lui dessus avec ton mousquet !

— Tu as raison. Je n'osais pas l'attraper car certains

félins n'attaquent que si leur proie bouge. Mais cette bête n'est visiblement pas un félin.

— On dirait plutôt un lézard monstrueux. Avec sa peau couverte d'écailles, il ressemble même aux dragons des contes !

Le jeune scientifique installa la petite fourche qui soutenait le canon de son arme. Il pressa la pierre du mousquet. Une étincelle jaillit, la poudre s'enflamma et le coup partit.

Le plomb ricocha contre la carapace épaisse du monstre, qui ne tressaillit pas plus qu'un homme sous la piqûre d'un moustique.

— Je vais tirer dans sa gueule, murmura William en rechargeant son arme.

C'est ce qu'il fit. Cette fois, le monstre marqua le coup, secouant sa tête comme s'il avait avalé quelque chose de travers. Mais après une courte pause, il redoubla d'efforts, réussissant à passer une épaule et une patte avant. Par réflexe, je saisis ma rapière.

— Je vais viser son œil, dit William.

Mais la bête bougeait trop et il rata son coup deux fois.

— Je n'ai plus de munitions !

— Il va nous dévorer !

— J'en ai bien peur !... Attends, Apollonia, ne paniquons pas... Qu'avons-nous à notre disposition ?

— Ma rapière ?

Il secoua la tête.

— Aucun espoir. Je sais : mon pince-nez !

A toute vitesse, il rassembla un petit tas d'herbes sèches sous la cheminée volcanique. Puis il plaça le verre arrondi dans le rayon de lumière qui provenait du dehors. L'herbe émit un faible bruit de grésillement et se mit à fumer. Enfin, elle s'enflamma.

— N'étouffons pas ce feu naissant, murmura William en le nourrissant de brindilles et de feuilles.

Il mit dedans l'extrémité d'une branche plus épaisse qui se mit à rougeoyer. Pendant ce temps, à force d'efforts soutenus, la bête avait réussi à introduire dans la grotte sa deuxième patte avant. Le tronc avait facilement glissé à la suite et elle tentait d'introduire ses pattes de derrière. Sa langue fine et mobile fouillait maintenant l'air en ma direction à moins d'une coudée de moi.

— Dépêche-toi ! criai-je.

— Prépare un autre tison !

Je lui obéis. William brandit sa nouvelle arme en direction de la bête. Une narine s'offrait à lui. Sans hésitation, il y plongea le tison ardent. Cette fois, le monstre réagit, toussant et crachant. J'en profitai pour embrocher de ma rapière un tas de feuilles enflammées que je lui fourrai dans la bouche. Le monstre se pétrifia un court instant, que William mit à profit pour atteindre son œil avec le deuxième tison.

C'en était trop pour la bête. Glissant en arrière, elle aplatit de nouveau ses épaules et réussit à s'extirper de la grotte beaucoup plus vite qu'elle n'y était entrée. L'oreille aux aguets, nous écoutâmes ses quintes de toux qui s'éloignaient. Alors nous osâmes risquer un œil à l'extérieur. Le gigantesque lézard filait à une vitesse incroyable dans une direction opposée à celle des lacs.

— Filons d'ici ! On ne sait jamais, il va peut-être revenir. Il était drôlement coriace !

Secoués rétrospectivement par de violents tremblements de peur, nous nous rhabillâmes à toute allure, ramassâmes mousquet, rapière et chapeaux, puis nous faufilâmes dehors et courûmes le plus vite possible vers la forêt.

Quand à travers la végétation nous aperçûmes la plage et le navire, nous nous jetâmes dans les bras l'un de l'autre pour une très longue étreinte pleine de baisers, oubliant la bête pour ne penser qu'à notre merveilleux moment dans la grotte.

— Qu'allons-nous devenir ? répéta William, bouleversé.

Je ramassai une plume d'oiseau rouge, longue, fine et joliment recourbée à son extrémité, que je plantai dans son chapeau. J'avais le cœur trop serré pour parler. Je l'aimais tout autant qu'il m'aimait, et je me demandais comment nous pourrions vivre dorénavant l'un près de l'autre avec un tel désir partagé. Il m'était pourtant impossible de perdre la plus fondamentale des libertés, celle d'aller et venir, qui partout, en Europe comme dans le Nouveau Monde – avec peut-être une exception pour Tahiti –, semblait réservée aux hommes.

*

La vie des personnes est souvent plus fragile que celle des objets. Une semaine nous suffit pour remettre le navire en bon état de marche, le nettoyer de la cale jusqu'au château arrière, vérifier sa coque, en boucher les interstices avec de vieux tissus goudronnés, aérer l'entrepont, asperger de vinaigre les recoins les plus nauséabonds. En revanche, quatre semaines furent nécessaires pour remettre sur pied les malades et les blessés.

William raconta que nous avions été à deux doigts d'être dévorés par un monstre et, avec la permission du capitaine, une expédition fut lancée, qui emportait avec elle l'un des canons de *L'Espérance* et trois boulets. Les roulettes de métal qui ne servaient que pour de courts allers et retours sur du plancher étaient sans aucune utilité dans la forêt encombrée de branchages. Afin d'être porté sur les épaules, le canon fut emmanché sur deux troncs minces, pâles et pourtant très résistants, que nous avions coupés : des tiges de bambous.

Sans révéler notre cachette, le scientifique fit placer le canon sur le plateau volcanique, après les lacs. Le monstre refusa de se manifester. Certains se gaussèrent :

— Alors il est où, ce dragon ?

— Moi, quand le soleil tape trop fort, je vois les cloches d'une église, en pleine mer !

Le soir, après délibération, le petit groupe décida de laisser sur place le canon et les boulets, cachés dans un creux de rocher. Après quelques jours, les guetteurs se lassèrent de grimper sur le plateau pour rien. Sous les quolibets, j'acceptai d'y monter la garde seule avec William.

Dans la forêt, il me prit la main et ne la quitta pas jusqu'au plateau. Là, en séparant le canon de son socle, nous pûmes le glisser à l'intérieur de la grotte. Nous l'installâmes, sa gueule tournée vers l'extérieur, les boulets posés à côté. Ensuite, comme des fous, nous

nous précipitâmes sur le sol jonché de fleurs pour nous embrasser, en riant de joie de nous retrouver.

Notre ruse audacieuse et un peu folle fonctionna chaque jour jusqu'à notre départ. On nous surnomma « les gardiens du dragon » et personne ne sembla soupçonner que nous ne faisions pas que monter la garde, car aucun marin n'osa s'aventurer seul sur le plateau.

Peut-être effrayé par notre premier combat, le monstre ne revint jamais.

*

Chaque matin, installée à l'ombre du fortin, je reprenais mes dessins à l'encre et à l'aquarelle. J'avais représenté notre flûte couchée dans la tempête, prête à sombrer... l'attaque de guerriers armés de javelots et de flèches... et le monstrueux lézard qui avait voulu nous dévorer. Nul doute qu'avec de telles péripéties, impressionnantes mais véridiques, nous allions convaincre un imprimeur d'Amsterdam d'éditer notre routier, qu'il allait vendre comme des petits pains ! D'après William, rien n'était plus à la mode que les récits de voyages, surtout lorsqu'ils comportaient des passages effrayants où le narrateur manquait de perdre la vie !

Sur une table en bambou, le jeune scientifique étudiait de près les cartes – hollandaises et portugaises dans cette partie du monde – qu'il comparait avec les côtes que nous avions aperçues et les latitudes qu'il avait relevées. Il en déduisait que nous nous trouvions sur l'île de Florès que les Portugais avaient surnommée ainsi pour ses variétés extraordinaires de fleurs. Nous avions atteint comme prévu l'archipel indonésien qui reliait le Pacifique à l'océan Indien. Nous n'étions plus qu'à deux jours de navigation de Timor, où se trouvait un comptoir portugais, l'un des rares qui résistaient encore à l'expansion hollandaise. Et à une semaine au plus de Batavia, où siégeait le gouvernement de la Compagnie hollandaise des Indes orientales, la puissante, richissime et impitoyable VOC, qui avait financé notre expédition et à qui nous devrions en présenter les résultats.

Notre voyage arrivait à son terme. Au soulagement d'avoir survécu à des aventures bien plus terribles que celles que nous avions imaginées au départ, se mêlait déjà la tristesse de notre prochain éparpillement. Il m'était difficile de croire que je ne verrais plus chaque jour Paul et Etienne, Hans Michielszoon, Kimbo, Pouteh, Saskia et même Alonso, Vasco et Cornelis...

La veille de notre départ, alors que je dessinais à l'encre notre fortin de bois sommaire, planté au-dessus du torrent, avec son pont-levis jeté vers la rive, je fus tirée par la manche par le nain musicien. Ma plume dérapa et je n'allais pas pouvoir rattraper mon trait.

— Oh non, Alonso ! Débarrasse-toi de cette mauvaise habitude ! Tu n'as pas besoin de perturber mon travail pour que je t'écoute !

Me tournant vers lui, je remarquai qu'outre sa vihuela, il portait un baluchon.

— Que se passe-t-il ?

Il chuchota.

— Suis-moi dans un endroit tranquille, Apollonio. J'ai à te parler.

— Hum... Pas à mon sujet, j'espère ?

— Non, non, pas du tout ! Cela ne concerne que moi.

Intriguée, je confiai mon matériel à William avant d'accompagner le musicien sur la plage. Nous marchâmes pieds nus dans le sable blanc d'une grande douceur tandis qu'il me racontait une nouvelle histoire, qu'il jurait vraie, mais qui aurait fait rire aux larmes les moins sceptiques...

— J'ai un péché mignon, commença-t-il en battant des cils sur ses grands yeux marron, les huîtres !... Même notre interminable et périlleuse traversée de l'océan ne m'a pas dégoûté de leur subtil goût de mer... Dès le premier jour ici, un couteau à la main, je suis parti à l'exploration, en espérant dénicher l'objet de mes délices. Dans ces rochers là-bas qui ferment la baie, j'ai escaladé un chaos de pierres, puis un autre, et encore un autre. Sans rien trouver sauf des bigorneaux, mais toujours avec l'espoir qu'un peu plus loin, le trou d'eau suivant me serait favorable...

« De temps en temps, je sursautais. J'avais l'impression qu'on m'observait. C'était absurde ! Côté océan, ne se trouvait aucun navire, et côté terre, je n'aurais pu être visible que du sommet des cocotiers !

« Je fis d'ailleurs une pause à l'ombre d'un arbre, ramassant deux noix de coco dont je bus le jus rafraîchissant et nourrissant. Puis comme j'étais bien, qu'il faisait bon, que la mer était belle – vue depuis la terre ! –, j'accordai les cordes de ma vihuela et je me mis à jouer, pour moi seul, les ballades les plus joyeuses...

« Soudain, je vis deux pieds nus danser devant moi. Bruns, assez petits, mais agiles et bien en rythme.

J'aurais pu m'enfuir en courant mais je jugeai qu'un individu aimant ma musique ne pouvait être foncièrement dangereux. Des pieds, mon regard remonta aux jambes, au sexe masculin recouvert d'un petit tuyau de plantes tissées, au ventre un peu rond, aux épaules anguleuses, à la barbe nettement plus hirsute que la mienne, à l'épaisse arcade sourcilière...

« J'en restai bouche bée. Il ne s'agissait pas d'un enfant, et pourtant l'indigène avait la même taille que moi ! Je ne suis pas le seul nain de la Terre, je le sais bien. Mais mes compagnons d'infortune sont très minoritaires et je n'en ai jamais croisé ailleurs qu'à la Cour du roi d'Espagne. Par le plus étonnant des hasards, le premier homme de cette île que nous rencontrions était un nain ! Et c'était moi qui faisais sa connaissance !

« Puisque ma musique plaisait à ce petit être que j'imaginais par ailleurs aussi malheureux que moi, je ne me privai pas de lui jouer le meilleur de mon répertoire. Il semblait enchanté, frappant des mains, des pieds, se trémoussant d'une manière qui aurait bien égayé nos bals d'Europe.

« Je fis une pause pour boire du jus de noix de coco. Il me fit signe de le suivre. Qu'avais-je à craindre d'un tel gringalet ? J'acceptai bien volontiers, d'autant que son sens du rythme m'avait mis en confiance. Je le suivis à travers une sorte de savane pleine d'herbes hautes, dans laquelle il se repérait je me demande bien comment. Nous arrivâmes devant une grotte assez large. Une vingtaine d'hommes, de femmes et d'enfants étaient assis autour d'un feu et ils se partageaient de la nourriture... Du chevreuil, à en croire le fumet.

« A mon approche, ils se levèrent, m'entourant pour mieux m'examiner, apparemment sans intention malveillante mais avec beaucoup de curiosité. J'eus tout juste la présence d'esprit de protéger ma vihuela. J'étais comme foudroyé. Rends-toi compte, Apollonio : c'était tous des nains, j'étais arrivé dans une tribu de nains !

Le soleil nous cuisant la peau, Alonso et moi trouvâmes refuge à l'ombre d'un rocher. Assise près de lui, je contemplai le musicien, sans savoir quoi penser de son histoire, une fois de plus.

— Tu te demandes si j'ai trop d'imagination, c'est ça, Apollonio ?

— En effet.

— Tu as raison, j'en ai beaucoup. Dans le passé, je dois reconnaître que je n'ai pas hésité à enjoliver certains événements... Mais aujourd'hui, je te le jure, ce n'est pas le cas. Je me suis vraiment retrouvé au milieu de cette tribu de nains.

— Et ensuite ? Que s'est-il passé ?

— J'ai partagé leur repas. Délicieux, soit dit en passant. J'ai goûté à des tendresses qu'une charmante jeune femme a bien voulu m'offrir... A la fin de l'après-midi, je les ai quittés, en leur promettant de revenir le lendemain.

— C'est ce que tu as fait ?

— Oui. J'ai commencé à observer leur manière de vivre. Les hommes vont tous les jours à la chasse et les femmes rapportent des fruits. J'ai appris quelques mots de leur langue, assez ardue pour moi, je dois l'avouer : très gutturale, avec des sortes de cris. Mais ils ne sont pas aussi frustes qu'ils en ont l'air car ils adorent ma musique !

— C'est un signe en effet.

— Ne te moque pas, Apollonio. Montre-toi ouvert et généreux, comme tu peux l'être parfois.

— Tu n'as pas toujours été ouvert et généreux envers moi, Alonso.

— C'est vrai. Je te présente mes excuses.

Il mit un genou à terre et effleura les cordes de sa vihuela, faisant naître quelques notes mélancoliques.

— Tu me plaisais. Mais en amour, je suis maladroit...

— C'est le moins qu'on puisse dire ! D'ailleurs, pourquoi est-ce à moi que tu racontes cette histoire de tribu de nains ?

— Parce que je vais m'installer chez eux. Maintenant. J'ai bon espoir de devenir leur roi. Et je voudrais que tu mettes dans ton routier un dessin de moi au milieu d'eux.

— Je n'ai pas mon matériel.

— Tu n'en as pas besoin, d'habitude, pour fixer une scène dans ta mémoire.

— Eh bien, d'accord, je t'accompagne.

Il sauta joyeusement sur ses pieds.

— Formidable ! Mais tu devras rester à distance, dissimulé derrière des buissons. J'ai bien compris qu'ils se cachent de notre flûte, parce qu'ils ont peur des géants que vous êtes, vous les prétendus normaux.

13

La bible et le routier

Debout sous l'auvent qui nous protégeait d'une pluie battante, William et moi regardions s'éloigner cette île de Florès – si c'était bien elle – où nous avions connu quatre semaines de bonheur. La présence du timonier tenant le gouvernail à proximité nous obligeait à murmurer.

— Apollonia, tu es hors du commun et, puisque j'ai eu la chance de te rencontrer, je ne veux pas te perdre. As-tu l'intention de t'installer à Batavia ?

Comme chaque fois qu'il m'exprimait ses sentiments, une grosse boule de souffrance se coinçait dans ma gorge.

— Je ne sais pas encore, William.

— Je t'en prie, dis-moi à quoi tu penses.

— Je... C'est si difficile... Je ne le sais pas moi-même...

Les images de notre voyage se bousculaient dans mon esprit. Malgré la nourriture parfois infecte, la mort qui avait plusieurs fois tenté de nous happer, la peur qu'on découvrît ma féminité, jamais de ma vie je n'avais été aussi libre que sur ce navire. J'avais embarqué en pensant trouver à l'autre bout du monde un lieu où être moi-même, peintre et femme à la fois. Seule Tahiti aurait pu correspondre à cette description – du moins, c'était l'impression que nous en avions eu. Mais lorsque l'occasion s'était présentée d'y rester, j'en avais été incapable, contrairement à Jacob. Aucun indigène n'aurait jamais compris mon histoire ni l'œuvre que je voulais réaliser, tandis que j'étais irrésistiblement attirée vers *L'Espérance* par la présence de William, avec qui je pouvais tout partager...

— Tu veux continuer à peindre ?

— Oui.

Il se racla la gorge.

— Et, euh... As-tu envie de continuer à m'aimer ?

Je sentis les larmes me monter aux yeux et je ne pus qu'acquiescer. Il eut un large sourire et essuya son pince-nez.

— Eh bien, Apollonia, tous les espoirs sont permis ! Alors, voilà ce que je te propose : installons-nous ensemble dans une ville, Batavia, Amsterdam, Londres, Venise... Un endroit où tu pourras peindre sous un costume d'homme. Moi j'y chercherai un emploi. A force d'étudier les cartes et de repérer leurs imprécisions, j'ai quelques idées sur la manière d'aider les voyageurs maritimes... Bref, je me verrais bien cartographe !

— Crois-tu que nous réussirons à cacher ma véritable identité ?

— Fais-moi confiance. Ce n'est qu'une question de réflexion, pour régler certains aspects pratiques...

Je ne savais s'il avait raison mais son optimisme me touchait beaucoup. Sa vie aurait été tellement plus simple sans moi ! S'il était prêt à nous organiser une vie semi-clandestine, c'était qu'il tenait vraiment à moi. A cet instant, sous l'auvent exposé à la vue de tous, il m'était impossible de lui prendre la main ; j'espérais que mon regard lui transmettait tout l'amour qu'il m'inspirait.

— Merci, William.

— Oh, dans cette histoire, je me montre d'un égoïsme total ! Les jeunes filles qu'on m'avait proposé d'épouser avaient si peu de science que leur intelligence en était comme éteinte... J'étais touché par leur grâce mais leur vacuité m'aurait lourdement pesé. Jamais je n'aurais osé imaginer partager ma vie avec quelqu'un que je pourrais aimer et admirer à la fois !

Cette discussion m'emplit d'espérance et d'énergie. Puisque nous approchions de Batavia, il me fallait terminer les illustrations de notre routier, et je n'avais plus que quelques jours pour ça ! Mon matériel sous le bras, je descendis dans la salle à manger où tous les officiers s'étaient regroupés. Cornelis avait bien meilleure mine et il marchait sans appui, mais il ne parlait toujours pas, fixant n'importe quel horizon d'un regard mélancolique. Dans l'espoir d'éveiller son intérêt, Pouteh avait proposé de préparer du thé. Quand j'entrai, elle était occupée à remplir les tasses de porcelaine chinoise d'un liquide noir.

Vasco prit un air dégoûté.

— C'est bien parce qu'il ne reste plus de vin d'Espagne !

Kimbo avala ce breuvage avec ni plus ni moins de réaction qu'en découvrant le rat bouilli et les biscuits de mer moisis.

Aussi mince que son père désormais, Saskia savoura le sien adouci d'un seul sucre.

Etienne refusa la tasse que lui tendait Pouteh, et que Paul s'empressa d'accepter.

Hans Michielszoon but son thé distraitement.

Pour ma part, je laissai ma tasse refroidir, par étourderie. Dans notre routier, il manquait ce qui était le plus important à mes yeux : un portrait de chacun de mes compagnons. Pour l'instant, je ne possédais que celui d'Alonso au milieu de ses nouveaux sujets.

Je commençai par Paul. Tout en sirotant son thé, il finissait de couper de grands pans dans la plus belle robe de Saskia, celle en velours rouge avec un chapeau assorti, une galette ornée d'une plume blanche. Je soulignai la délicatesse de ses doigts fins travaillant le tissu, la mèche blonde de son front tombant sur son visage fin, son air grave, doux et fatigué.

Respectant son désir de n'être jamais séparé de son frère, j'ajoutai en arrière-plan, marchant d'un pas pressé, Etienne, un peu moins blond désormais, nettement plus grand et plus fort qu'à notre départ, et l'expression plus dure.

Le lendemain, je profitai d'un instant paisible et ensoleillé pour capter l'ardeur avec laquelle Kimbo manœuvrait une voile. Avec les couleurs que j'avais, je fis de mon mieux pour reproduire la fascinante beauté de sa peau noire.

Je croquai Vasco houspillant un malheureux mousse qui n'avait pas assez bien nettoyé le pont après l'averse de la veille. J'attendis un coup de vent qui dévoila l'entaille de son oreille, souvenir de son séjour chez les Indiens Tupi.

Puis ce fut le tour de Saskia, en plein essayage de robes avant notre arrivée à Batavia, ses petits yeux pétillant d'une vie nouvelle ; de Cornelis assoupi dans son fauteuil sous l'auvent ; de Pouteh agenouillée près de lui, massant doucement ses pieds ; et bien sûr de William, appuyé sur le bastingage, tendant sa lunette vers les îles qui se relayaient maintenant sous nos yeux.

De mémoire, j'ajoutai un portrait de Jacob nous faisant de grands signes d'adieu depuis la baie de Tahiti, les pieds dans l'eau, ses hauts-de-chausses retroussés, le pourpoint de velours noir relevé aux manches, la fraise de dentelles à demi décrochée relevant la pointe de sa barbe rousse.

Le soir, dans la cabine du capitaine, j'intégrai mes nouveaux dessins au routier. De même que William, j'espérais que nous pourrions en tirer un prix correct auprès d'un imprimeur, assez pour démarrer quelque part une nouvelle existence. Mais ce n'était pas cette perspective qui donnait autant de valeur à ce recueil lourd et large d'une coudée, que je tenais dans mes mains. Même si le récit du jeune scientifique de Cambridge comportait moins de sentiments que de spéculations sur la longitude, à moi toujours il me rappellerait notre demi-tour du monde, ma vie sous un costume masculin et mon amour pour William.

Il me vint à l'esprit qu'un seul des acteurs de cette aventure maritime n'y trouvait pas sa place : le svelte jeune homme à la queue-de-cheval blonde qui semblait fuir mon coup de crayon. Eh bien, j'allais le retrouver ! Pour respecter son goût du secret – peut-être avait-il fui un père despotique ou un mariage arrangé ? –, je le peindrai de dos.

Je remontai sur le pont. La perspective de voir surgir Batavia avait rassemblé tout le monde, officiers et hommes d'équipage, du côté de la proue, face à un superbe soleil couchant mauve et orangé. Je mis du temps à repérer le jeune homme. M'approchant, je lui tapotai l'épaule pour lui expliquer mon idée. Il se retourna.

Chacun de nous se figea sur place, un très court instant. C'était la première fois que j'apercevais de près son nez au-dessus de sa barbe, ses yeux sous les cheveux que retenait son foulard. La plupart des gens ne retiennent de la physionomie des autres qu'un ou deux éléments qui les frappent ; mon apprentissage de la peinture m'avait habituée au contraire à regarder en détail ce que je voyais. Le croire mort depuis des mois ne m'empêcha pas de reconnaître instantanément les traits fins de Francis.

Il fut le premier à réagir – il s'était sans doute préparé à ce genre de surprise, contrairement à moi. Brandissant d'une main son poignard, de l'autre sa bible au cuir délavé, il se mit à crier :

— A moi les gars ! Pensez aux diamants qui vous attendent !

A ce signal, chacun des officiers fut cerné, mis en joue par les soldats, dépouillé de ses armes et entraîné sous la poupe. Lorsque nous fûmes tous là : Cornelis réveillé en sursaut, Pouteh, Saskia, Paul, Etienne, Kimbo, Vasco, Hans Michielszoon, William et moi, la lourde porte en bois qui menait à nos cabines fut fermée à clef.

Tirant les rideaux qui nous séparaient les uns des autres, nous échangeâmes des regards ébahis et des exclamations de rage.

— Francis était là sans qu'on le sache !

— Pendant si longtemps !

— Il a fomenté une mutinerie !

— Bien préparée. L'équipage était mûr...

— Je ne comprends pas... Si près du but !

— Que leur a-t-il promis ?

— Vous n'avez pas entendu ? Des diamants !

— Certains ne reculent devant aucune promesse exagérée.

— Il en a peut-être sur lui, dit William. N'oubliez pas que Francis est le fils de George Villiers de Buckingham, l'homme le plus important d'Angleterre après le roi. Buckingham avait tout à fait les moyens de confier quelques diamants à son fils pour l'aider à remplir sa mission d'espionnage. L'enjeu était assez important pour ça : les richesses du continent caché du Pacifique...

Debout sur sa couchette, Paul avait passé la tête par la petite ouverture dans la coque et il se tortillait en essayant de sortir. Hélas, il avait beau être fluet, ses épaules étaient trop larges.

— Quel est le plan de ce traître ? demanda Vasco.

— L'idéal pour lui, dis-je, aurait été d'atteindre Batavia pour y récolter d'autres informations. Mais puisque je l'ai reconnu, il a changé ses plans... Quand je pense que j'avais remarqué ce jeune homme qui me fuyait... Pourquoi est-ce que je ne me suis pas posé plus de questions ?

William me serra fraternellement l'épaule.

— Ne te fais pas de reproche. Nous étions persuadés de la mort de Francis !

— Est-ce que tous les hommes d'équipage sont de son côté ? s'étonna Kimbo.

— Certains semblaient gênés de ce qui se passait. Mais aucun n'est intervenu en notre faveur...

— Le mot « diamant » a un effet diabolique sur les gens les plus fidèles, fit remarquer Hans Michielszoon avec amertume.

— Donc, s'écria Etienne, si l'un de nous s'échappe et lui prend ses diamants, l'équipage nous redeviendra favorable !

— Aussi sûr que les voiles se tendent sous le vent.

— Mais comment s'échapper ? s'interrogea Paul.

— A moins de creuser la coque avec nos dents..., grinça Vasco.

— Je crains que nous n'ayons guère de temps devant nous..., réfléchit William à voix haute. Puisque Francis ne peut rejoindre Batavia à la tête d'un équipage de mutins, il va chercher un port qui ne soit pas tenu par les Hollandais... Les comptoirs anglais sont trop loin d'ici, sur la côte des Indes... A sa place, j'appliquerais la maxime bien connue : « Les ennemis de nos ennemis sont nos ennemis »... et je me dirigerais...

Tandis qu'il se remémorait les cartes sur lesquelles il s'était si souvent penché, ses yeux s'illuminèrent.

— ... vers le fort portugais de Kupang, sur l'île de Timor, le seul du coin qui ne soit pas encore hollandais !

Effectivement, la flûte vira de bord et prit la direction opposée à celle de Batavia. Après avoir cherché une idée de génie qui ne vint pas, et tenté de nous réconforter mutuellement, nous finîmes par nous allonger sur nos couchettes en refermant les rideaux, espérant que la nuit porterait conseil.

*

— Je m'étais installé à l'intérieur de la brigantine, raconta plus tard Alonso, et je méditais. J'avais cru trouver une position sociale à ma hauteur en devenant le souverain du petit peuple de Florès. Mais une fois assis sur mon trône de bambou, j'avais reçu la visite d'un vieillard très enthousiaste à m'expliquer qu'il allait devenir moi, ou que j'allais devenir lui, je n'ai pas très bien compris, car il allait dévorer le contenu de ma tête. Je n'ai fait ni une ni deux et, renonçant à une confirmation de la traduction, je me suis enfui vers la mer. J'ai emprunté l'une de leurs pirogues – d'une taille parfaite – et j'ai ramé aussi vite que j'ai pu vers *L'Espérance* qui venait à ma rencontre en quittant la baie. Monté à bord sans être vu, j'ai directement escaladé le mât d'artimon pour me lover dans la brigantine. Ce n'était pas que j'avais honte de mon ambition déçue, mais je ne savais pas encore comment présenter ce retournement de mon destin.

« Je fus tiré de mes amères réflexions par un cri : “Pensez aux diamants qui vous attendent, les gars !”

« Je sortis la tête de la voile et découvris sur le pont une surprenante agitation. Matelots et soldats entouraient les officiers, leur prenaient leurs armes et les poussaient sous le château arrière, où ils les enfermèrent à clef. Incroyable : l'équipage se mutinait ! Juste avant d'atteindre Batavia !

« Et le meneur était Francis, le traître anglais que nous pensions tous dévoré par des requins !

« Mon premier réflexe fut de m'enfouir plus profondément à l'intérieur de la voile. Unique officier encore libre, je portais sur mes épaules une lourde responsabilité. Mais que pouvais-je faire, seul contre soixante et sans arme ? Je n'avais même pas la possibilité de me déguiser en marin. Tout le monde m'aurait immédiatement reconnu à ma petite taille !

« Maîtrisant peu à peu ma peur, je compris que j'avais deux atouts. D'abord, personne ne soupçonnait ma présence. Si je m'y prenais bien, je pouvais bénéficier d'un effet de surprise. Ensuite, il y avait mon talent pour les mots qui m'avait sauvé de beaucoup d'autres situations dramatiques.

« Faisons le point, me suis-je dit. Il y a ce gros costaud, là-bas, posté devant la porte qui mène aux cabines. A supposer que je réussisse à récupérer la clef, je n'ai aucune chance de me débarrasser de lui... Cette piste-là ne mène à rien.

« Suis-je capable de retourner les hommes d'équipage en notre faveur, grâce à une bonne fable sur Francis ? Hum... Malgré mon génie, il restera toujours un sourd ou un faux cul que je ne pourrai convaincre... Je risque d'être jeté à la mer sans autre forme de procès.

« Mais puisque c'étaient les diamants qui avaient ébloui l'équipage, je pouvais essayer de les récupérer...

J'aurais mis ma main au feu que Francis les cachait sur lui... Oh, là, là ! Quelle tâche de Titan pour un nain !

« Je pouvais aussi ne rien faire et m'éclipser discrètement à la prochaine escale. Il me faudrait trouver de quoi assurer ma subsistance. Mais dans tous les lieux du monde, existent des hommes riches qui ne demandent qu'à être flattés et distraits de leurs soucis.

« L'idée me vint quand je vis le cuisinier et ses aides installer sur le pont un grand nombre de tables et autant de flambeaux. A la nuit tombée, les hommes y prirent place ; le chef des mutins avait décidé d'un grand banquet pour sceller l'alliance entre l'équipage et lui.

« La nourriture était bonne mais, depuis longtemps, il n'y avait plus de rhum à bord, ce qui ne facilitait pas l'ambiance. Et puis, Francis n'est pas vraiment un boute-en-train... Pour bien montrer que j'étais de leur côté, j'ai commencé à jouer en sourdine sur ma vihuela, puis de moins en moins doucement, jusqu'à ce que quelqu'un m'entende.

« On me retrouva avec un certain plaisir. Pour éviter la petite hésitation de Francis qui aurait pu me conduire au pire, je me mis aussitôt à raconter, debout sur la table, comment j'avais failli être mangé avec tous les honneurs dus à un roi. Ma petite taille ne lui inspirant guère de crainte, les rires le persuadèrent de me laisser en liberté.

« Insensiblement, je me mis à vanter les charmes des grands ministres, ceux qui sont prompts à la décision, laissant entendre que lui, Francis, pourrait bien devenir l'équivalent anglais du seigneur Olivares en

Espagne, que j'avais bien connu parce qu'il avait été mon maître.

« Son tempérament critique sembla s'adoucir, son visage crispé se détendit, sa main gauche libéra la bible posée à côté de son assiette.

« C'était ce que j'attendais ! Au péril de ma vie, je me suis jeté sur le livre saint et, de toutes mes forces, je l'ai lancé dans l'océan !

« Francis devint comme fou. Sans même penser à se venger sur moi, il ordonna la mise à l'eau d'une chaloupe tandis qu'il plongeait lui-même depuis le bastingage dans l'océan d'ébène.

« Eberlués, les hommes d'équipage se penchèrent pour suivre des yeux le mince sillage d'écume qui l'entourait. Longtemps, tandis que la chaloupe dérivait de son côté, Francis nagea à la recherche du livre, que son poids avait entraîné en profondeur.

« Sur un navire comme à terre, un groupe d'hommes ne peut rester longtemps sans chef. Personne n'eut l'idée de ralentir la course de *L'Espérance*. En revanche, le gros costaud qui montait la garde sous le château arrière ne voulut pas rater le spectacle qui passionnait ses compagnons. Il s'éloigna de la porte, sur laquelle se trouvait encore la clef... que je m'empressai de tourner !

« Et voilà, mes amis, comment j'ai réussi à vous délivrer ! Vous ne trouvez pas que je mérite des applaudissements ?

*

Dès qu'Alonso nous eut ouvert la porte, je me précipitai dans la cabine du capitaine, prise d'un terrible pressentiment. Le routier avait disparu !

L'angoisse me mordant le cœur, je courus jusqu'à la salle à manger, où il ne se trouvait pas. Puis sur le pont. Je voulais fouiller toute la cale quand j'eus l'idée d'interroger des matelots. Hans Michielszoon n'avait pas tardé à les reprendre en main en leur expliquant que les diamants promis par Francis avaient été cachés dans sa bible et qu'ils se trouvaient maintenant à plusieurs centaines de pieds de profondeur, dans les replis mystérieux et inaccessibles de l'océan. L'Anglais étant l'inspirateur de la mutinerie, les autres seraient pardonnés s'ils se replaçaient aussitôt sous les ordres du capitaine.

Les matelots me racontèrent qu'avant le banquet, Francis leur avait ordonné de préparer une chaloupe, en plaçant à l'intérieur : un mousquet, des cartouches de poudre, des fruits de Florès, un tonnelet d'eau fraîche, quelques cartes et le routier. Incertain de son emprise sur l'équipage, le chef des mutins avait préparé sa fuite éventuelle.

Je fonçai expliquer la situation à Hans Michielszoon, qui avait remis les hommes de quart au travail et envoyé les autres au repos dans l'entrepont.

— Le routier contient tous les relevés de William et tous mes dessins ! C'est la seule preuve que nous ayons de notre incroyable traversée du Pacifique ! Il faut faire demi-tour et le reprendre à Francis !

Au-dessus de nous, les nuages qui avaient embelli le soleil couchant s'effilochaient et la lumière des astres éclairait en partie de mer. William en profitait pour suivre les nouvelles péripéties à la lunette.

— Francis a renoncé à sa bible ! Il remonte dans la chaloupe.

— Tout seul à ramer, il n'ira pas bien vite. *L'Espérance* pourra facilement le rattraper !

Hans Michielszoon emprunta l'appareil optique et observa les mouvements du fuyard avec attention.

— Hélas, non ! En se mettant dans la peau d'un marin pendant un an, Francis a compris le fonctionnement de notre flûte. Il s'enfuit dans la direction opposée à celle des vents.

— C'est-à-dire ?

— Que nous ne pouvons pas prendre le même cap que lui. Nous ne pouvons pas nous lancer à sa poursuite.

— Je ne comprends pas !

— Ne t'énerve pas, Apollonio. Je ne sais si un jour un ingénieur inventera un système plus souple, mais aujourd'hui, aucun navire au monde ne sait naviguer contre le vent.

— Mais ce n'est pas possible ! Nous ne pouvons pas laisser Francis s'échapper avec notre routier !

— Capitaine, suggéra William, immobilisez *L'Espérance*. Pendant ce temps, Apollonio et moi allons monter dans la deuxième chaloupe avec six hommes. Francis a de l'avance sur nous mais, si la mer reste calme, nous devrions le rattraper.

Le jeune scientifique avait repris son mousquet et moi ma rapière. Nous nous installâmes à l'avant, nos armes à la main. Grâce à nos six rameurs, la chaloupe progressa rapidement en direction du fuyard qui, lui, était seul. Lorsque celui-ci fut à portée de voix, William l'interpella :

— Rends-toi maintenant, Francis, et il ne te sera fait aucun mal ! Je te promets personnellement qu'on te déposera à Batavia libre, et sain et sauf. Alors que dans ta coquille de noix, tu risques d'arriver chez des sauvages !... D'être emporté par un courant !... D'être capturé par des pirates !

— C'est ce qu'on verra ! hurla Francis.

— Non ! Car de toute façon, nous allons te rejoindre. Et comme tu auras fait preuve de mauvaise volonté, c'est à fond de cale que tu arriveras à Batavia, avant d'y être pendu comme traître !

Posant ses rames, Francis se dressa dans sa chaloupe, prit notre routier et le suspendit à bout de bras au-dessus de l'eau.

— Prends garde à toi, William ! Si tu t'approches encore, je jette ton précieux ouvrage à la mer !

Je ne pus m'empêcher de crier :

— Ne faites pas ça, Francis !

— Et pourquoi pas ?

— Il s'agit d'un document unique, plein de données nouvelles sur le Pacifique.

— Et alors ? En quoi suis-je concerné ?

— Tu seras considéré comme l'un des découvreurs, dit William. Je te laisserai présenter notre voyage à Cambridge, Oxford, Londres et Edimbourg.

— Et toi ?

— Je me contenterai de Batavia, d'Amsterdam et de La Haye.

— Tu es un traître à ta patrie, William !

— C'est toi le traître ! Tu as été embauché par monsieur Van Vliet pour servir la VOC.

— Ce vieux croulant a pris un risque stupide en faisant appel à des étrangers.

— Il t'a fait confiance, Francis !

— Eh bien, il a eu tort. Il ne faut jamais faire confiance à personne, et surtout pas à un étranger. Que cela te serve de leçon. Et maintenant, faites marche arrière, sinon c'est la fin du routier !

Ouvrant le livre, Francis en tira l'un de mes dessins et le rapprocha de l'océan. Je me mis à hurler :

— On s'en va !

William me lança un regard désespéré. Croisées sur son mousquet, ses mains tremblaient.

— Je pourrais tirer dans ses jambes. Avec un peu de chance, le routier tomberait au fond de la chaloupe.

— C'est trop risqué, chuchotai-je. Tant que notre document n'est pas détruit, on a une chance de le récupérer un jour.

Il acquiesça et nous fîmes demi-tour, la mort dans l'âme. Comme je regrettais qu'après le duel, Francis ne soit pas mort de ses blessures ! La colère bouillonnait tellement fort en moi qu'il me fallait toute la maîtrise de moi-même pour ne pas attraper le mousquet et tirer sur ce traître. Ce qui, au moins, m'aurait soulagée de ma haine.

14

D'incroyables retrouvailles

Entre les innombrables îles et îlots de l'archipel indonésien, *L'Espérance* reprit sa route interrompue par la mutinerie. Dès l'aube, Hans Michielszoon réunit les officiers dans la salle à manger. Cornelis y apparut soutenu par Pouteh mais le regard toujours dans le vague et sans avoir recouvré l'usage de la parole. Bien malin celui qui aurait pu dire s'il avait ou non gardé sa raison !

— Messieurs, dit le capitaine, dans deux jours nous serons en vue de Batavia.

Son beau visage restait aussi impassible qu'à l'accoutumée mais sa voix troublée trahissait son émotion.

— Comme vous le savez, notre voyage a été organisé par la VOC qui espérait découvrir le continent caché du Pacifique. Même si cette espérance a été déçue, elle attend de nous un rapport fidèle et détaillé de notre expédition.

— Hélas, gémit William, tous mes relevés se trouvent dans le routier emporté par Francis.

— Ainsi que mes illustrations, ajoutai-je, le cœur serré.

— Je ne sais comment les représentants de la VOC prendront cette dernière péripétie, qui les prive d'un grand nombre de données nouvelles sur le Pacifique, dit Hans Michielszoon. Il me semble indispensable d'apporter au moins un rapport écrit, même succinct, à partir des éléments que nous réussirons à tirer ensemble de notre mémoire.

Son air grave fit frissonner l'assemblée.

— Notre tâche va être compliquée par la faiblesse de monsieur Van Vliet. Cet intrépide négociant qui a servi si longtemps les intérêts de la VOC aurait su mieux que quiconque les convaincre de notre bonne foi...

Nous nous tournâmes vers Cornelis ; d'un air absent il fixait le thé que lui avait servi Pouteh.

— Nous parlerons à sa place ! s'écria Etienne.

— Si vous le désirez, proposa Alonso, je peux enrober le rapport écrit d'un récit picaresque de notre voyage, qui tiendra les administrateurs de la VOC en haleine. Et fera de nous des héros, dignes des plus grands hommages !

Hans Michielszoon secoua la tête.

— Seuls William et moi prendrons la parole. Nous resterons le plus factuel possible.

Le visage de Saskia se durcit. Paul se rapprocha d'Etienne comme pour se rassurer. Mécontent, Alonso fit grincer sa vihuela. Pour ma part, j'étais très inquiète pour le jeune homme que j'aimais. Ancien camarade de celui qui nous avait trahis, n'allait-il pas être accusé de complicité ? Sans l'insistance de William, Cornelis n'aurait pas embauché Francis !

— Avant d'arriver à Batavia, poursuivit le capitaine, je dois également vous avertir que cette place forte, au cœur du commerce hollandais en Asie, est dirigée d'une main de fer. Ses geôles sont les plus épouvantables du monde, si insalubres qu'il est impossible d'y survivre plus d'une semaine. Les tortures de ses bourreaux sont réputées pour leur cruauté. Quant à ses lois, elles sont encore plus sévères que celles qui encadrent l'équipage d'un navire. Par exemple, tout homme surpris à aimer un autre homme est condamné à la torture et à la mort.

En disant ces paroles, Hans Michielszoon se tourna vers William et moi, assis l'un contre l'autre sur un banc, et il plongea son regard dans le nôtre. Je compris qu'il avait deviné ce qui nous liait dorénavant, le jeune scientifique et moi. C'était par amitié qu'il nous effrayait. Et il savait de quoi il parlait ; cette loi l'intéressait à titre personnel à cause de sa liaison secrète avec Vasco.

Je soutins son regard. Il sentit que j'avais perçu le message et détourna la tête pour ne pas attirer l'attention des autres officiers.

Sans perdre de temps, mes compagnons s'attelèrent à la rédaction d'un nouveau rapport. Sous la direction de William qui leur avait réparti le travail, ils résumèrent l'arrivée au Brésil, le ravitaillement manqué dans une modeste exploitation de cannes à sucre, l'échange avec les Indiens Tupi, le passage du cap Horn qui venait confirmer les affirmations de Le Maire et Schouten, la découverte de Rapa Nui et de

Tahiti, l'interminable traversée du Pacifique d'est en ouest, puis du sud au nord, et enfin du nord au sud, sans trouver le moindre continent.

— Les dirigeants de la VOC ne vont pas aimer qu'on revienne sans nouvelle de la Cornélie, prédisait Etienne en sautant nerveusement d'un pied sur l'autre.

— Ils ne vont pas aimer non plus que ce rapport ne contienne aucune latitude ni longitude, fit remarquer Vasco avant de remonter sur le pont.

William releva le nez des cartes qu'il avait accumulées sur la table, et fit rageusement tournoyer notre mappemonde.

— Qu'est-ce que vous croyez que je suis en train de faire ? Je tente d'inventer les données les plus crédibles possibles ! Mais vous vous souvenez de ce que j'ai à ma disposition ? Sur le Pacifique, même les cartes les plus secrètes du monde n'ont rien à nous apprendre ! Je n'ai jamais été certain d'aucune longitude, et mes souvenirs des latitudes les plus frappantes s'arrêtent à la virgule ! Environ 27° pour Rapa Nui, mais les cartographes ne s'en contenteront pas. Alors, qu'est-ce que je mets : 27,2 ? 27,9 ?

Je posai ma main sur son épaule pour le réconforter.

— Ne t'inquiète pas, William. Personne n'ira vérifier tes chiffres sur place. En tout cas, pas avant longtemps !

De mon côté, je me hâtai d'exécuter cinq tableaux à l'encre, que je colorai grâce à mes pigments exotiques. Ne pouvant tout représenter, j'avais choisi ce qui m'avait le plus frappé : la réception chez les Indiens

Tupi, les statues monumentales de Rapa Nui, la vision paradisiaque de Tahiti, l'attaque des guerriers en pirogue, le paysage volcanique de l'île de Florès. De même que les latitudes de William, ces nouveaux dessins étaient beaucoup moins précis que les premiers. Tant pis. L'essentiel était qu'ils captivent les fonctionnaires de la VOC.

*

Le 28 février 1630, un an et demi après notre départ d'Amsterdam, nous vîmes surgir dans la lunette de William une dizaine de flûtes aux drapeaux de Hollande, puis la pointe d'un clocher, et tout de suite après de hauts murs lisses d'où n'émergeait que la gueule noire des canons : la forteresse de Batavia. Les hommes d'équipage qui, pour la plupart, découvraient le comptoir hollandais piaffaient d'impatience, alors que les officiers mieux informés gardaient un silence anxieux.

L'Espérance jeta l'ancre au pied de la forteresse. Avant même que nous ayons envoyé une chaloupe, nous reçûmes la visite de plusieurs fonctionnaires en uniforme qui vinrent transmettre leurs instructions au capitaine. Notre navire devait rester à l'extérieur de Batavia. Toutes les personnes désireuses d'entrer devaient monter sur le petit voilier qui allait se présenter ; tout ce que nous avions à vendre ou à apporter devait y prendre place également ; en plusieurs voyages, le voilier conduirait personnes et biens à la forteresse, où ces derniers seraient comptés, examinés, vérifiés ; pendant ce temps, nous serions reçus par un gouverneur à qui nous expliquerions le motif de notre venue ; avec son accord, nous pourrions nous rendre en ville.

Notre capitaine choisit la poignée d'hommes qui resteraient monter la garde sur *L'Espérance*, avec pour les encadrer Vasco et Kimbo – à Batavia comme dans beaucoup d'endroits du monde, la couleur de sa peau était celle d'un esclave et il était préférable qu'il n'y mette pas les pieds. Fébrilement, William rangea dans leurs étuis de métal les grandes cartes en vélin confiées par la VOC, auxquelles il ajouta les copies que nous avions effectuées dans les archives anglaises et espagnoles, ainsi que le bref récit de notre voyage. Alonso accorda sa vihuela ; Hans Michielszoon enfila sa veste impeccablement brossée ; Saskia posa sur ses cheveux longuement coiffés son joli chapeau de velours rouge ; Etienne et Paul replacèrent leur tricorne sur leur front ; je secouai vaguement ma blouse de peintre.

Tous ensemble, nous prîmes place à bord du petit voilier. Celui-ci longea les murailles impressionnantes de la forteresse, remontant le cours d'une rivière si rectiligne qu'on aurait dit un canal : la Kali Besar. Avec fierté, un brigadier nous fit remarquer que le « château » – comme il l'appelait – était construit sur pilotis malgré le poids de ses belles pierres blanches.

Nous entrâmes par un escalier creusé dans le rempart. Devant nous, une grille fut levée, qui fut aussitôt abaissée derrière nous. Dans la première salle, un fonctionnaire nota sur un registre le nom et le pays d'origine de chaque matelot et de soldat, avant de les emmener dans des baraquements où ils pourraient loger le temps de leur séjour à Batavia. Hans Michielszoon, Cornelis, Saskia, Alonso, Etienne, Paul, William et moi fûmes conduits de notre côté dans un premier bureau, puis une antichambre où un secrétaire nous fit patienter : nous allions être reçus par un gouverneur, l'un des plus éminents de la VOC.

Par une fenêtre donnant sur la ville, nous admirâmes ce que nous en apercevions. Après un si long périple au milieu de l'océan, avec pour seuls ports des baies sauvages, seules habitations visitées des huttes ou des grottes, seuls poteaux indicateurs des branches brisées, et seuls interlocuteurs des indigènes nus parés de plumes et de coquillages, comme il était curieux – et réconfortant – de contempler un impeccable réseau de canaux, des bâtiments de pierre blanche, des rues d'une propreté exemplaire ombragées d'arbres alignés, et même des humains vêtus des pieds à la tête dans la tenue noire des Hollandais !

Enfin, un secrétaire vint nous chercher. Après de longs couloirs nus, il nous ouvrit la porte d'une vaste pièce. Sur ses murs recouverts de tapis orientaux, avaient été accrochées des gravures de facture européenne montrant différents ports d'Asie. Sur une grande table en bois de teck, étaient posés des chandeliers d'or finement ciselés. Plusieurs serviteurs vêtus de sarongs – des pantalons larges aux motifs bariolés – nous proposèrent du thé ou du vin d'Espagne. Je dois dire qu'entre un breuvage étrange fait d'eau teintée et un alcool qui nous avait manqué depuis des mois, aucun de nous n'hésita.

Lorsque nous fûmes assis dans des fauteuils garnis de coussins couverts de soie, un homme entra. Nous

nous levâmes. Il était petit, corpulent ; il souriait de toutes ses dents gâtées par trop de sucreries. Il ouvrit grands ses bras et pressa Cornelis contre son cœur. Nous vîmes Saskia se raidir.

— Mon cher ami ! Quelle joie inattendue de te revoir ici, à Batavia, deux ans après notre dernière rencontre ! Beaucoup ne t'espéraient plus, pensant *L'Espérance* naufragée sur quelque île déserte du Pacifique. Mais moi, je connais ton obstination, Cornelis, et je n'ai pas oublié avec quel panache tu as relevé le défi de la VOC !

Le négociant ne broncha pas, se laissant embrasser sans répondre. Etonné, le grassouillet gouverneur s'écarta de lui pour croiser son regard.

— Tu n'es pas souffrant, au moins ?

Hans Michielszoon intervint :

— Excusez-le, monsieur. Notre voyage a été très éprouvant et monsieur Van Vliet a été à l'article de la mort. Il a commencé à se remettre, sans pourtant recouvrer l'usage de la parole.

— Quel malheur ! s'exclama l'homme avec de grands gestes dignes d'un acteur de théâtre. Mais vous allez tout me raconter à sa place, n'est-ce pas ? Ne me faites pas languir ! Avez-vous trouvé le continent du Pacifique Sud ?

— Eh bien, nous avons fait une découverte inattendue mais importante : ce continent caché n'existe pas.

— En êtes-vous sûr ?

Le gouverneur semblait beaucoup plus étonné que déçu. Et même sa surprise sonnait faux.

— Tout à fait, monsieur. Nous pouvons vous le prouver en vous racontant en détail notre voyage.

William étala plusieurs cartes sur la table. L'homme tressaillit.

— D'où viennent ces documents portugais et espagnols ?

— Nous les avons recopiés à Madrid, monsieur, après les avoir empruntés à Sa Majesté Philippe IV.

Le gouverneur se frotta les mains.

— Excellent ! Avez-vous effectué... d'autres emprunts... à d'autres couronnes ?

— Nous avons également récupéré ce relevé de la côte ouest de l'Amérique effectué par Francis Drake.

— Vraiment ! Montrez-moi ça !

William s'exécuta et l'homme s'extasia, avec une sincérité cette fois indubitable. Le capitaine et le jeune scientifique se relayèrent pour lui décrire notre trajet et notre traversée du Pacifique. Nous avions abordé plusieurs îles, mais aucun continent.

— Ayant voyagé du cinquantième parallèle au tropique du Capricorne, de l'est vers l'ouest et du nord au sud, nous vous apportons la certitude que le Pacifique Sud est un océan, et non un continent.

— C'est bien dommage, dit le gouverneur d'un ton mielleux. Mes pairs vont être cruellement déçus. Mais au moins nous en avons le cœur net. Et le routier de votre voyage, est-il resté sur *L'Espérance* ?

William me lança un bref regard inquiet.

— Hélas, juste avant notre arrivée à Batavia, un mutin s'en est emparé. Il a réussi à s'enfuir...

Le visage rond de l'homme s'empourpra.

— Avec le routier ? Qu'il va remettre aux mains de nos ennemis ?

— Non, non..., paniqua William.

Je l'interrompis.

— Nous avons poursuivi le mutin dans une chaloupe et nous lui avons tiré dessus. Malheureusement, le routier est tombé dans l'océan !

— C'est vraiment contrariant, soupira le gouverneur. Enfin, ces explorations maritimes ne sont jamais de tout repos.

William reprit son sang-froid.

— Mais nous en avons reconstitué le principal, grâce à ma très bonne mémoire des chiffres, ainsi qu'à l'étonnante mémoire visuelle de notre peintre Apollonio.

Feuilletant le mince résumé de nos aventures, le jeune scientifique en tira mon croquis de Rapa Nui, auquel l'homme n'accorda qu'une attention discrète.

— Bien, bien... Je vais organiser très vite une rencontre avec le Gouverneur général de Batavia, monsieur Jacques Specx en personne. Je pense qu'il sera intéressé d'évaluer lui-même la pertinence de votre découverte.

— En attendant, monsieur, que dois-je faire de ma flûte et de mon équipage ? interrogea Hans Michielszoon.

Tranquillement, le gouverneur roula les cartes et les rangea lui-même dans leurs étuis métalliques.

— Quelques hommes et deux officiers suffiront à garder votre navire, qui est sous la protection de nos canons. Les autres de vos officiers, de vos matelots et de vos soldats peuvent loger dans la forteresse. Ils laisseront leurs armes dans la pièce réservée pour ça et ils pourront se promener en liberté dans notre belle ville, en pleine reconstruction. Après avoir été rasée en 1619, elle a subi l'année dernière une nouvelle attaque du sultan Agung, roi de Mataram. Aussi notre nouveau Gouverneur général a-t-il décidé de porter tous ses efforts sur sa rénovation et sa protection. Vous verrez : le résultat est magnifique. Les remparts sont achevés, ainsi que l'école, l'orphelinat, l'hôpital et bien sûr l'hôtel de ville. Une nouvelle église est en chantier et des milliers d'arbres ont été plantés...

Soudain, il sembla remarquer la présence de Saskia.

— Ma chère, pardonnez-moi ! Avec toutes ces émotions, j'oubliais de vous saluer. Comment vous portez-vous ?

— Bien, répondit celle-ci du bout des lèvres.

— J'imagine que vous êtes inquiète pour votre père. Quel homme audacieux pour son âge ! Soyez assuré de mon admiration.

Elle lui lança le regard le plus noir que j'aie jamais vu dans des yeux aussi clairs.

— Eh bien, puisque la ville de Batavia a l'honneur de recevoir la visite d'une charmante jeune fille, je vais m'empresser d'organiser un bal. Nos officiers vont se disputer le privilège de danser avec vous !

Il nous salua, prit sous son bras l'ensemble des rouleaux métalliques, mit dans sa poche notre rapport, et quitta la pièce, presque aussi vite que s'il s'était trouvé sur un navire en feu. Dès qu'il fut sorti, nous interrogeâmes Saskia du regard.

— Pieter Van Haarlem, nous répondit-elle en serrant les poings. Je hais cet homme et toute sa famille !

— Le responsable de la cartographie ! s'exclama William. Voilà pourquoi il est parti avec nos documents ! Les cartes qui appartiennent à la VOC, bien sûr, mais aussi nos copies des archives espagnoles, portugaises et anglaises... Et même notre rapport !

Cette rencontre surprenante nous laissait en proie à un malaise et suscitait de nombreuses questions. Mais l'endroit n'était guère propice aux confidences et, d'un commun accord, nous décidâmes de suivre le conseil du gouverneur : découvrir les charmes de Batavia.

— Nous y trouverons bien une auberge tranquille où discuter, dit le capitaine en se frottant le front, l'air soucieux.

*

La fraîcheur de la forteresse ne nous avait pas préparés à la chaleur moite qui nous tomba sur les épaules dès que nous quittâmes ses murs épais. En quelques instants, nous ruisselions de sueur, et nos vêtements nous collaient à la peau.

— Vous disiez, capitaine... une taverne ? demanda Alonso.

— J'espère qu'ils servent de l'eau, murmura Paul.

Des canaux d'Amsterdam, l'été, montait une humidité légère et agréable. Ici, ils semblaient ne contrebalancer en rien la température élevée ; au contraire, ils la rendaient encore moins supportable. Dans l'air, flottait une épouvantable odeur de charogne. Nos narines habituées aux embruns en restaient comme étourdies. Quant aux nombreux cocotiers, ils étaient encore trop jeunes pour offrir aux rues une ombre substantielle.

Pourtant, partout autour de nous, des ouvriers au teint brun, presque nus, plantaient des poteaux de bois, montaient des murs de pierre blanche, creusaient des canaux secondaires pour compléter le drainage de la terre marécageuse. Comment pouvaient-ils travailler sous ce soleil de plomb ? Etait-ce par crainte de maîtres hollandais encore plus impitoyables que le soleil ?

Depuis les fenêtres de la forteresse, nous avions admiré le tableau parfait d'une ville hollandaise, avec l'agrément supplémentaire de beaux cocotiers ; une fois dans ses rues, tout était gâché par l'odeur pestilentielle, la chaleur et l'humidité... Mon esprit se mit à vagabonder, se demandant comment un tableau pourrait traduire une telle atmosphère... Sinon par la représentation d'humains en train de transpirer, de tituber, de souffrir, comme ces pauvres esclaves... J'étais prête à parier que les autorités de la VOC ne supportaient de contempler sur leurs murs que des fonctionnaires frais et dispos... Les représentations de Batavia qui arrivaient à Amsterdam devaient donc en donner la plus fausse des impressions...

La voix d'Etienne me fit sursauter :

— Qu'en penses-tu, Apollonio ?

— Euh... Quoi ? Pardon, je rêvais...

— Cette bête est bien un éléphant ?

L'adolescent me désignait de l'autre côté d'un pont un énorme animal couvert de boue, doté d'un nez incroyablement long et mobile, avec lequel il soulevait une poutre.

— Un éléphant !

Je fis de mon mieux pour mémoriser cette monstrueuse silhouette, qui bizarrement suscitait la sympathie. Peut-être parce qu'il n'avait pas la dentition du monstre de Florès... Mais plutôt comme le dauphin un grand sourire d'une oreille à l'autre...

— Nous pensons qu'Alonso devrait aller lui dire bonjour, dit William en me lançant un clin d'œil.

Le nain musicien avait redressé sa toute petite taille. D'un coup, il se décida, plaçant entre mes mains sa vihuela.

— Tiens, Apollonio. Cet éléphant-là pourrait maltraiter mon instrument parce qu'il ne connaît pas l'espagnol. Et ça, je ne pourrais pas le supporter. Mais puisque vous doutez de ma parole, je prends le risque qu'il me maltraite, moi.

Roulant ses minuscules épaules, il nous planta là, traversa le pont et se dirigea d'un pas ferme vers l'éléphant. Sous les ordres d'un jeune homme en sarong, celui-ci posait une poutre sur une pile, avant d'en saisir une autre sur un petit bateau plat rempli de bois. Alonso s'arrêta à une distance de l'éléphant au moins égale à deux fois la longueur de la poutre et il fit quelques grands gestes lents. Le jeune homme s'approcha et lui fit signe de s'éloigner. Une brève conversation eut lieu, si on peut appeler conversation l'échange entre deux personnes n'ayant aucune langue en commun. Le message de chacun était pourtant clair : Alonso voulait caresser la peau de l'éléphant, et le jeune homme voulait que le nain s'éloigne.

Finalement, notre compagnon revint vers nous, l'air déçu.

— L'homme ne comprend pas plus l'espagnol que son animal. J'ai eu beau expliquer que je m'y connaissais en éléphant parce que j'en avais apprivoisé un, il a catégoriquement refusé que je m'approche. Quel dommage !

Je me mis à rire :

— Je ne suis pas sûre que tu saches vraiment parler aux éléphants, Alonso. Mais ce qui est certain, c'est que tu es bien meilleur acteur que Pieter Van Haarlem !

— Quel faux jeton, celui-là ! approuva William. Je suis persuadé qu'il nous croyait au fond de l'océan. Il a dû être très irrité d'apprendre notre arrivée !

— A propos, demanda Etienne, que fait-il à Batavia ? Est-ce que les gouverneurs de Hollande n'ont pas deux réunions par semaine à Amsterdam ? J'avais cru comprendre qu'ils avaient beaucoup de pouvoirs et que leur position était très jalousée... Mais le voyage direct entre Amsterdam et Batavia dure huit ou neuf mois. Cela veut dire que cet homme a décidé de s'absenter de son siège à Amsterdam pour au moins un an et demi ! Il devait avoir une très bonne raison...

William acquiesça.

— Bien raisonné, fiston.

En quelques instants, le ciel s'était couvert d'épais nuages violacés. Soudain, des trombes d'eau nous tombèrent sur la tête ! Mais alors qu'en Europe, une averse pousse tout le monde à s'abriter, à Batavia, c'est l'inverse : de partout, des entrepôts, des petits bateaux en stationnement, des commerces, des habitations, de l'hôtel de ville, de l'église en construction, des gens se précipitaient au-dehors, penchaient la tête en arrière, ouvraient la bouche et buvaient de longues gorgées de pluie, se frottaient le visage, les cheveux, agitaient les jambes, ouvraient les bras, dansaient.

Dans notre petit groupe, seul Alonso courut se réfugier sous un porche de peur que l'eau n'abîme sa vihuela. William, Etienne, Paul, Hans Michielszoon et moi nous mîmes à imiter les indigènes. Saskia et Pouteh hésitèrent et finirent par se joindre à nous, entraînant Cornelis dont le visage se détendit vaguement sous la douche céleste.

Celle-ci cessa aussi brusquement qu'elle avait commencé. De fines colonnes de vapeur d'eau s'échappèrent de nos vêtements détrempés. Bientôt nous fûmes aussi secs qu'avant l'averse, avec cependant l'esprit un peu plus clair.

— Pieter Van Haarlem serait venu à Batavia juste pour s'assurer de notre échec ? dis-je. Soit que *L'Espérance* ait coulé corps et biens, soit que nous n'ayons pas trouvé le continent du Pacifique...

— Il semblait beaucoup plus rassuré que déçu que cette grande terre n'existe pas, confirma Paul.

— Je le crois aussi, dit Hans Michielszoon. Je me demande ce que cet homme mijote...

— Et s'il cherchait à se débarrasser de nous ? demanda Alonso.

La voix de Saskia que nous connaissions si peu, aussi rauque que si elle avait fumé la pipe, s'éleva soudain :

— Il veut seulement se débarrasser de mon père. Et de moi.

Je lançai un regard vers Cornelis qui ne broncha pas.

— Et pourquoi ça ? demanda Etienne. Qu'est-ce que vous lui avez fait ?

Le changement d'attitude de la jeune fille nous surprenait tellement qu'à part Etienne, aucun de nous ne pensait à l'interroger. Son regard grave se promena sur nos visages étonnés.

— Je vais vous expliquer. Trouvons donc une auberge !

15

Le secret du cartographe

— Lorsque toute petite je grimpais sur les genoux de mon père, il raidissait le dos, laissait pendre ses bras et me regardait d'un air perplexe. L'orphelin qui avait grandi dans une taverne misérable ne devait pas savoir comment s'adresser à une petite fille gaie et spontanée ; jamais il n'avait l'idée de la serrer dans ses bras. A cinq ans, j'avais appris à garder mes distances, observant de loin cet homme important, seigneur absolu de la maisonnée, que ma présence dérangeait si fort.

« Par chance pour moi, il était très peu là. La matinée, ma mère acceptait que je la passe avec la cuisinière et les servantes. Je ramassais dans mon chiffon un peu de cire que je faisais lentement pénétrer dans le bois des meubles. J'allais remplir une petite cruche à la fontaine de la cour, le temps que Marieke rapporte à la cuisine plusieurs seaux d'eau. Armée d'un petit couteau qui m'était réservé, je grattais la surface d'un navet ou d'une carotte, à côté de Griet chérie qui préparait le souper entier.

« Pendant ce temps, mon frère Dirk se trouvait à l'école. Il y apprenait le latin, alors que tous nos amis parlaient hollandais. Comme il détestait ça, je trouvais que j'avais bien de la chance d'être une fille. D'ailleurs, n'étais-je pas plus rapide que lui en calcul mental, à force d'entendre ma mère et Griet négocier les prix au marché ? Mon père aimait ramener à la maison des gens importants afin qu'ils admirent sa jolie femme, ses tapis orientaux, ses chandeliers d'argent ; il voulait que tout ce monde soit nourri de plats raffinés ; il aimait moins à cet effet délier les cordons de sa bourse.

« L'après-midi, ma mère effectuait des visites et je l'accompagnais. Le plus souvent, elle se rendait chez de pauvres gens. Saisie par la laideur de leurs cahutes sans fenêtres et sans cheminée, je restais sur le seuil. Elle caressait les joues sales d'un bambin, s'apitoyait sur la souffrance d'un malade, priait de concert avec une femme sans ressources, et ne quittait jamais la pièce sans leur avoir tendu un ou deux florins. Mais de temps en temps, au lieu de me conduire dans ces lieux qui se ressemblaient tous dans le malheur, elle poussait la porte d'un monde unique, l'atelier d'un peintre qu'on lui avait indiqué.

« Là, pas de pleurs, de plaintes ni de prières. Pas de paillasse remplie de vermine, pas de toit percé ni de bébé torché à l'aide d'un chiffon puant. Mais une pièce silencieuse, un plancher balayé, un grand chevalet tourné vers la lumière du jour. Sur les étagères, se trouvaient toutes sortes de merveilles que je pouvais toucher du bout des doigts pendant que ma mère s'entretenait avec le peintre : une plume chatoyante, un coquillage nacré, un petit guerrier nu en bronze, un renard empaillé, un bouquet de chardons, un glaive, un crâne humain...

« Ces objets m'intéressaient beaucoup plus que leur reproduction. Ce n'était pas le cas de ma mère qui timidement interrogeait le peintre sur son travail puis buvait ses paroles en ouvrant tout grands ses yeux doux. Lorsqu'elle repartait avec une toile soigneusement empaquetée sous le bras gauche, je sentais dans sa main droite, qui serrait fort la mienne, son bonheur et son excitation.

« En grandissant, j'appris moi aussi à prier avec des inconnus, caresser des joues qui me répugnaient, tendre quelques florins à des malheureux. A la maison, les tâches ménagères furent remplacées par des travaux d'aiguille. Je dominais toujours mon frère Dirk en calcul mental mais dans tous les autres domaines ses connaissances surpassaient les miennes. Je ne l'enviais pas. Imitant ma mère sans réfléchir, je le plaignais même qu'il doive assister à une autopsie, rester enfermé une journée entière à la Bourse, ou se rendre avant l'aube sur le port d'Amsterdam pour l'arrivée d'un convoi maritime.

« L'été de mes dix-huit ans, je fus déchargée de mes visites aux pauvres. Chaque après-midi, le jeune Piet Van Haarlem, fils aîné de Pieter Van Haarlem dont on m'avait vanté la richesse et les pouvoirs, venait me chercher pour une promenade dans les environs d'Amsterdam, en barque si le soleil brillait, en carriole s'il pleuvait. Nous préférions la carriole qui abritait nos baisers... Le cours tranquille de la rivière Amstel, les lentes ailes des moulins, les frêles esquifs surmontés d'une voile, le lierre lancé à l'assaut d'un vieil orme, tout semblait répondre à mon âme enthousiaste.

« De Piet, j'aimais la moustache blonde ciselée, les yeux brillants qui ne quittaient pas les miens, la respiration qui s'accélérait quand je me serrais contre lui, et même son incessant bavardage.

« Lorsque mon père m'annonça qu'il s'était entendu avec son père pour notre futur mariage, je n'eus pas à donner mon accord, qui allait de soi, mais mon cœur bondit de joie. Seule ombre au tableau : l'insupportable délai qui nous était imposé : deux ans ! Nous devions attendre le retour de Dirk, envoyé comme marchand junior découvrir Batavia et le commerce asiatique. Mon père comptait sur les bénéfices de ce voyage pour me constituer une dot à la hauteur de mon prétendant.

« De Piet, j'appris tous les détails que l'on m'avait cachés. Mon père avait investi la plus grande part de sa fortune dans l'achat de lingots d'argent en provenance des mines du Pérou. Il les avait négociés lui-même auprès des Espagnols lors d'un bref voyage à Cadix.

« Deux coffres remplis de tous les lingots avaient été placés dans la cabine de Dirk sur le *Vliegend Hart*, le *Cœur Volant*, le navire de tête du convoi qui était parti pour Batavia. Ils avaient été accrochés par une chaîne à un anneau scellé dans le plancher. Pour ouvrir le cadenas qui retenait la chaîne, il fallait deux clefs différentes : l'une était portée au cou par mon frère, l'autre par Adriaen Van Delft, le marchand senior qui lui apprenait le métier de négociant.

« L'argent est un métal aussi rare et précieux en Asie

qu'il est abondant en Amérique. Grâce à cette monnaie d'échange hors pair, mon frère Dirk et Adriaen Van Delft allaient acheter à Batavia une quantité considérable de poivre et d'épices. Au retour, ceux-ci seraient vendus partout en Europe avec un énorme bénéfice.

« Pour cette opération, il était indispensable que mon père reçoive une autorisation de la VOC, qui contrôlait tout le commerce avec l'Asie. La Compagnie évitait d'habitude les arrivages massifs d'épices qui faisaient chuter les cours, ou bien elle mobilisait plusieurs entrepôts pour étaler les ventes. Si mon père avait fini par obtenir son accord, c'était grâce à l'appui de Pieter Van Haarlem.

« Par un bel après-midi de janvier, j'allai patiner sur l'Astel avec Piet. Le froid vif brûlait mes oreilles sous mon bonnet de fourrure. Quand mon fiancé me ramena chez moi, il m'embrassa longuement sur le perron en me disant que j'étais plus belle que jamais avec mes joues roses et qu'il n'en pouvait plus d'attendre notre mariage. Je poussai la porte et fus surprise d'entendre la voix de mon père. Jamais il ne rentrait si tôt !

« Tout en retirant mes bottines dans l'entrée, je l'entendis se lamenter sans comprendre de quoi il s'agissait. Je fis un pas dans la salle à manger. Assise près de la cheminée, ma mère semblait paralysée par la stupeur. Elle ouvrait la bouche sans pouvoir proférer une parole, ce que ne semblait pas remarquer mon père qui, très agité, faisait les demandes et les réponses.

« – Ils ne sont jamais parvenus à Batavia, Cornelis... Les cinq navires, Pieter ?... Tous les cinq !... Même pas le *Cœur Volant* ?... Même pas. Et aucun survivant...

Où a eu lieu le naufrage exactement ?... Comment savoir ? Quelque part dans l'océan Indien, entre le cap de Bonne-Espérance et l'Indonésie... Si seulement ils avaient suivi l'ancienne route, à l'ouest de Madagascar !... Tu sais comme moi que la nouvelle est bien meilleure, Cornelis. Voilà pourquoi la VOC l'a imposée à tous ses navires... Bien meilleure, c'est à voir ! Plus rapide, d'accord. Mais beaucoup plus aléatoire, tu ne me diras pas le contraire, Pieter ! On file plein est, jusqu'à ce qu'on mette le cap au nord, quand on estime être à la bonne longitude. Sans instrument sûr, ni aucune île pour se repérer au milieu d'un océan sans fin !... La plupart des capitaines s'en tirent très bien, Cornelis... Je m'en fous, Pieter ! Là, il s'agit de toute ma fortune et de mon unique fils... J'en suis conscient.

« La voix de mon père se brisa. Debout sur le seuil de la pièce, n'osant plus bouger, j'attendais je ne sais quelle condamnation définitive. Il y eut un silence, puis il reprit en s'adressant à ma mère :

« – Avec quel ton glacial Pieter a prononcé ces paroles : "j'en suis conscient" ! A cet instant, j'ai compris qu'il n'était plus mon allié, le futur beau-père de notre fille, mais un requin comme les autres qui allait se jeter sur nos dépouilles. J'ai vu juste. Il n'a pas tardé à me le signifier... Hélas, notre accord ne peut plus tenir, Cornelis. Je ne peux marier Piet avec une jeune fille sans dot, ce serait lui rendre un mauvais service. Je ne m'inquiète pas pour Saskia. Avec son bon sens et son goût du calcul, elle tiendra à la perfection le ménage d'un secrétaire de la VOC. J'en connais un qui justement cherche une épouse. Bien sûr, ton avenir à toi est plus délicat à assurer. Mais au nom de notre vieille amitié, je vais voir ce que je peux faire, Cornelis. Ton expérience pourrait intéresser la VOC...

« Cette fois, j'entrai dans la salle à manger. Je me précipitai vers mon père et dans un élan inspiré par les circonstances me mis à genoux devant lui. Je lui pris les mains :

« – Papa, je vous en prie, ayez confiance en Piet ! Il nous aidera, lui. Il m'aime, il me l'a dit encore aujourd'hui.

« – Petite sotte, m'a-t-il simplement répondu en repoussant mes mains.

« A cet instant, dans mon cœur encore tout chaud du bonheur de l'après-midi, quelque chose s'est brisé. Je me suis relevée sans oser croiser le regard de ma mère. D'un pas automatique, je me suis rendue à la cuisine d'où s'échappaient les parfums d'un pot-au-feu. Là, hagarde, j'ai cherché Griet chérie, morte depuis un mois et remplacée par une inconnue. Muette, je l'ai regardée éplucher les légumes et découper la viande. A ma demande, elle accepta de sortir du garde-manger des pommes, du pain et de l'édam. A la première bouchée, il me sembla qu'il restait une infime part de vie en moi, celle qui percevait encore le goût du fromage.

« Tout le reste de ma personne était devenu insensible. Jamais je ne revis mon fiancé, qui ne prit même pas la peine de m'écrire pour m'exprimer ses regrets ; je le remarquai sans m'en émouvoir. Quand ma mère fut emportée par le chagrin, je contemplai sa tombe avec froideur. Lorsque mon père m'apprit notre voyage périlleux à l'autre bout du monde, je ne ressentis rien, de même lorsque je fis votre connaissance et embarquai sur *L'Espérance.*

« Je ne sais ce qui a dégelé mon cœur. Le courage de Paul, peut-être, et sa patience à mon égard. La bonté de Hans Michielszoon. Et puis la peur soudaine de mourir pour de bon, la révélation que j'avais encore envie de vivre.

« Jusqu'à présent, ma vie n'a eu aucun sens. Aujourd'hui, j'ai enfin l'occasion de me rendre utile ! Grâce aux bavardages de Piet, je connais très bien Pieter Van Haarlem. Je suis persuadée qu'il ne se trouve pas ici par hasard. Mon père n'a plus la force de l'affronter, mais il garde sur lui un document très précieux : l'autorisation de recopier toutes les cartes de Batavia, signée de la main même du gouverneur.

« Voici ce que je vous propose : je vais me faire passer pour mon père et visiter le service de cartographie.

*

Hans Michielszoon, Cornelis, Saskia, Pouteh, Alonso, Etienne, Paul, William et moi étions attablés dans la cour d'une auberge, à l'ombre bienfaisante des bananiers. Des jeunes gens s'empressaient autour de nous avec de grands sourires. Leur front était enroulé plusieurs fois dans une écharpe et ils portaient à la ceinture un long poignard recourbé. Nous avions demandé des plats locaux ; ils nous servirent du riz rouge, une corbeille de fruits et une sorte de poudre à mâcher fabriquée avec de la noix d'arec.

— Attention, nous prévint Hans Michielszoon. On appelle ça du bétel et ça enivre aussi sûrement que du rhum.

La cruche d'eau exhalant une odeur de vase, nous préférâmes tous tester la bière, bien qu'elle eût un goût assez différent de la bière d'Europe.

A la table voisine, cinq soldats de la VOC jouaient aux dés. Ils se racontaient des histoires extraordinaires mettant en scène des serpents géants, des empoisonneurs chinois et des amoureuses malaises. Avec une telle concurrence, nous écoutâmes d'abord Saskia d'une oreille un peu distraite. Mais peu à peu son récit nous captiva. Frappés par son idée, nous nous penchâmes au-dessus de la table pour en discuter à voix basse.

— C'est beaucoup trop dangereux, protestait Alonso. Vous qui êtes jeune et charmante, mademoiselle Saskia, on vous distinguera tout de suite de votre père !

Pour toute réponse, Saskia attrapa le chapeau noir de Cornelis et s'en coiffa, rabattant sur ses yeux le large bord, courbant le dos comme le ferait un homme épuisé. La ressemblance était frappante.

— Ma voix est trop aiguë, mais je ne dirai pas un mot. De toute façon, le bruit va rapidement courir que Cornelis Van Vliet, malade, a perdu l'usage de la parole. Puisque Apollonio m'accompagnera pour recopier les cartes, il parlera à ma place.

J'acquiesçai. Malgré le danger de l'entreprise, il n'était pas pour me déplaire de pénétrer dans le cœur le plus secret de la forteresse de Batavia : le service de cartographie.

— Et si vous croisez Pieter Van Haarlem ? demanda William. Lui ne se laissera pas abuser ! Il rend sûrement de fréquentes visites aux cartographes puisqu'il est leur responsable !

— Profitons de la rencontre qu'il va organiser avec le Gouverneur général de la VOC ! s'écria Etienne. Il y sera forcément, tandis que nous serons représentés par monsieur Van Vliet, notre capitaine et William. L'absence de Saskia et d'Apollonio n'étonnera personne, et ils ne risqueront pas de croiser Pieter au milieu des cartographes.

— Parfait ! dit la jeune fille. D'autant plus que l'autorisation ne concerne que mon père. La vigilance de Pieter sera relâchée par sa présence à son côté. Il n'imaginera jamais que nous en profiterons pour visiter ses services.

— Le ciel vous entende ! chantonna Alonso accompagné de sa vihuela.

— Mais qu'est-ce que vous espérez trouver ? interrogea Paul.

Une longue gorgée de bière nous aida à réfléchir.

— Le pourquoi de notre folle aventure, finit par dire Saskia. Le secret des cartographes de la VOC.

Ses yeux étincelaient, sans plus aucune trace de mélancolie.

*

De retour dans la forteresse, nous apprîmes que la rencontre avec le Gouverneur général, monsieur Jacques Specx, avait été organisée pour le lendemain matin.

Notre petit groupe d'officiers fut invité à partager le souper des officiers de la garnison. Puis nous nous installâmes dans une suite de petites chambres sommaires, prévue chacune pour deux personnes, et qui fermaient à clef. Quelle aubaine !

Cette nuit-là, je ne dormis que d'un œil, bouleversée de sentir William si proche, le poids de sa jambe sur la mienne, la douceur de sa peau, son souffle dans mon cou. A ma joie d'être ainsi contre lui se mêlait tant de crainte de le perdre ! Qu'allait décider le Gouverneur général ? Nous laisserait-il repartir à Amsterdam ? Et une fois là-bas, réussirions-nous à gagner notre subsistance et à partager le même domicile, sans que je perde cette liberté masculine de diriger ma vie ?

Le lendemain, après un déjeuner rapide dans la salle des gardes, nous partîmes ensemble dans les longs couloirs de la forteresse. Cornelis, Pouteh, Hans Michielszoon et William se firent introduire dans l'antichambre du Gouverneur général.

Plus loin, Etienne, Paul et Alonso franchirent la porte qui menait à la ville. Saskia et moi poursuivîmes dans les couloirs, jusqu'à trouver une petite salle déserte. Puisqu'elle me prenait pour un garçon, je me tournai vers le mur pour ne pas la gêner. Elle m'avait expliqué comment elle allait procéder. D'abord, retirer la robe de velours et la chemise de lin qui dissimulaient les vêtements de rechange de Cornelis, à enlever également : un pourpoint noir, un haut-de-chausse et noir et un grand col de dentelle transparente. Ensuite, enfiler de nouveau la chemise, la robe, puis le haut-de-chausse et le pourpoint – la robe étant retroussée et enfouie dans la culotte bouffante du haut-de-chausse.

Ainsi, en cas de danger, elle pourrait retrouver son apparence de jeune fille dans n'importe quelle salle déserte, et sans laisser derrière elle de vêtements compromettants.

— C'est bon, Apollonio. Tu peux te retourner.

Soulevant sa galette de velours rouge, Saskia en sortit un large chapeau noir. La galette fut camouflée à son tour à l'intérieur du chapeau.

— Qu'en pense ton œil de peintre ?

J'étais époustouflée. Face à un père qui ne lui manifestait que de l'indifférence teintée de maladresse, elle avait sans doute aiguisé sur lui son sens de l'observation, espérant pendant toute son enfance un signe d'affection. Elle imitait à la perfection ses mains nerveuses, son dos voûté, sa bouche lasse. Avec l'ombre du chapeau qui dissimulait les deux tiers du visage, elle incarnait un Cornelis tout à fait crédible.

Il ne fallait pas s'attarder. Qui aurait pu dire combien de temps durerait la rencontre entre Jacques Specx, Pieter Van Haarlem, et le véritable Van Vliet ? Des soldats en faction nous indiquèrent le chemin de la salle de cartographie, à l'autre bout de la forteresse, dans un mini-fortin intérieur curieusement appelé « Diamant », tandis que les autres se nommaient « Rubis » et « Saphir ».

A l'entrée du fortin, quatre soldats de la VOC montaient la garde. Le faux Cornelis sortit de sa poche l'autorisation signée par Pieter – dont le vrai Cornelis s'était laissé dépouiller sans broncher. Saskia la leur tendit avec cet air méprisant qu'ont parfois les grands de ce monde pour leurs subalternes, ne daignant même pas leur adresser la parole. Je jouai le rôle du secrétaire qui traduit les pensées de son maître.

— Nous bénéficions d'un laissez-passer, écrit de la main de monsieur Van Haarlem.

Leur chef examina le document avec beaucoup d'attention.

— En effet. Je vais vous conduire.

Nous entrâmes dans une grosse tour carrée et montâmes un escalier en colimaçon. Sur le palier supérieur, le soldat attrapa la clef qu'il portait à la ceinture et l'actionna dans la serrure. Nous passâmes une première porte, et fûmes invitées à gratter à la deuxième. Un adolescent ouvrit, de l'âge d'Etienne.

— Que voulez-vous ? demanda-t-il.

— Nous travaillons pour le service cartographique de la VOC à Amsterdam. Nous avons été chargés de dresser un inventaire des cartes disponibles à Batavia.

Il déplia et lut la lettre de Pieter que lui tendait le faux Cornelis. Il semblait très embarrassé.

— Je suis tout seul ce matin, finit-il par nous avouer. Mon maître et ses deux assistants ont été convoqués dans le bureau du Gouverneur général. Ils doivent authentifier le récit d'un capitaine dont la flûte aurait traversé le Pacifique, et récupérer toutes les informations qui pourraient nous être utiles.

Le chef des soldats du fortin suivait cette conversation en fronçant les sourcils. Et s'il allait demander l'avis d'un supérieur hiérarchique ? J'agitai la lettre sous le nez de l'adolescent.

— Nous avons été envoyés exprès ici, à Batavia ! Huit mois de voyage éprouvant ! Nous avons affronté pirates et tornades... Et les mêmes périls nous attendent au retour !

— Je ne voudrais pas faire de bêtises. Je suis tout seul...

— Vous reconnaissez cette signature ?

— Oui, oui.

— C'est bien celle de monsieur Van Haarlem, qui dirige le service cartographique de la VOC ?

— Oui...

— Alors, il n'y a pas de problème.

— C'est vrai, reconnut le garçon, l'air malheureux.

Il fit signe au soldat de nous laisser entrer. La pièce était beaucoup plus petite que nous l'avions imaginé. Quelques étagères permettaient d'entreposer un nombre limité de rouleaux métalliques. Une seule carte en vélin entourée de nombreux croquis était étalée sur la table centrale.

Le garçon désigna une première étagère :

— Ici, nous rangeons toutes les cartes confiées à nos navires en partance d'Amsterdam pour Batavia et qui ensuite restent en Asie. Elles sont plus ou moins anciennes et donc plus ou moins complètes.

— Je peux voir la plus récente ?

Il ouvrit l'un des tubes. Elle ne présentait aucun intérêt pour nous, qui avions eu la même entre les mains à bord de *L'Espérance*.

Je feignis de compter chaque catégorie de documents et de noter le résultat sur mon calepin.

— A côté, qu'est-ce que c'est ?

— Les informations que nous rapportent les navigateurs sur les parties encore mal connues de l'Asie : Malaisie, Chine, Japon...

Le faux Cornelis et moi en examinâmes quelques-unes avec curiosité. Elles représentaient des univers dont nous n'avions aucune idée. Mais notre temps était compté et ces documents n'avaient rien à voir avec nos aventures.

— Et sur cette table ?

Le malheureux garçon rougit jusqu'aux oreilles.

— Il s'agit d'un projet très secret mené par monsieur Van Haarlem lui-même.

Je souris d'un air entendu.

— Très secret... à Batavia. Mais à Amsterdam, nous sommes plusieurs dans la confidence. N'est-ce pas, monsieur Van Vliet ?

Le faux Cornelis acquiesça. Je m'approchai de la table. Les croquis représentaient de petits bouts de côtes rocheuses dessinées à l'encre, certaines à la va-vite, d'autres avec plus de précision, toutes complétées par des notations de latitude et de longitude. Les cartographes étaient en train d'assembler tous ces éléments sur la grande carte en vélin à la manière d'un puzzle plein de défauts où les morceaux ne s'emboîteraient jamais parfaitement les uns dans les autres. Malgré les difficultés, apparaissait clairement le début d'une terre que Pieter Van Haarlem avait surnommée : « Nouvelle-Hollande ».

— Joli travail ! dis-je.

— Seul mon maître et monsieur Van Haarlem ont le droit d'y toucher.

— Il faut en effet beaucoup d'expérience pour tirer des données fiables d'éléments aussi contradictoires...

— C'est ce que dit mon maître.

J'en étais certain : si le secret de Van Haarlem résidait dans cette pièce, il concernait ces croquis approximatifs ! Mais la nervosité de l'adolescent était telle qu'il me serait impossible de copier cette carte ; il en avertirait aussitôt quelqu'un. Je préférai utiliser ma mémoire visuelle, que j'entraînais depuis l'enfance et qui était devenue exceptionnelle. Le dessin des côtes se grava sans peine dans mon esprit ; elles ressemblaient au museau allongé d'un gros chien poilu, dont les oreilles seraient couchées en arrière. Les latitudes et longitudes furent beaucoup plus rebelles à s'inscrire dans ma tête – pourvu que je ne les embrouille pas ! Sur la carte, se trouvait également un autre élément dont la présence me fit tressaillir : un petit cœur tracé d'un léger coup de crayon.

Je dissimulai ma surprise, relevai la tête et souris à l'adolescent d'un air jovial.

— Tout ça semble vraiment passionnant. J'ai hâte que monsieur Van Haarlem nous ramène le résultat de son travail à Amsterdam.

Je me tournai vers le faux Cornelis qui semblait méditer.

— Eh bien, monsieur Van Vliet, nous allons pouvoir rédiger notre rapport, n'est-ce pas ?

Il m'emboîta le pas ; nous prîmes congé de l'adolescent. Nous fûmes raccompagnés par les gardes en dehors du fortin « Diamant » et, sans encombre, nous rejoignîmes les couloirs de la forteresse. Pendant que Saskia intervertissait ses tenues et redevenait elle-même, je m'empressai de noter sur mon calepin tout ce que j'avais retenu.

La signification du petit cœur au crayon me sauta aux yeux. C'était donc ça, le secret de Pieter Van Haarlem !... Et la véritable raison de sa présence à Batavia !

D'un seul coup, l'avenir des officiers de *L'Espérance* me sembla hasardeux à l'extrême. La possibilité d'un avenir sans aucun souci financier s'ouvrait devant nous ; mais aussi celle d'une catastrophe imminente, une condamnation à mort ou, ce qui revenait au même, un emprisonnement immédiat dans les geôles de Batavia.

16

Son Excellence et sa fille

J'attrapai Saskia par le bras.

— Dépêche-toi ! Nos amis sont en grand danger ! Et ce sera encore pire quand Pieter Van Haarlem aura eu vent de notre visite dans la salle de cartographie !

— Que veux-tu dire, Apollonio ?

— L'épave du *Cœur Volant* a été retrouvée ! La flûte s'est échouée sur des côtes désertes et inconnues !

— Pas possible ! Mais c'est... inespéré ! Alors mon père va retrouver sa fortune... ses lingots d'argent !

— Sauf que justement Van Haarlem cherche à les récupérer ! En toute discrétion...

— Nous n'allons pas le laisser faire, n'est-ce pas ?

— Bien sûr que non !

Après un silence, elle m'interrogea de nouveau.

— Crois-tu qu'il y ait eu des survivants ? Et si mon frère en faisait partie ?

Je secouai la tête.

— Je suis désolée, Saskia... Si certains avaient survécu, ils auraient remarqué le navire qui passait au large. Ils auraient signalé leur présence par un feu ou un drapeau. Nous aurions été au courant.

Tout en réfléchissant à voix haute, nous courions dans les couloirs déserts de la forteresse ; dans ceux qui étaient arpentés par des soldats, nous marchions d'un pas pressé mais digne.

— Où est l'épave exactement ? me demanda Saskia.

— Sur une terre inconnue, que Van Haarlem a nommée « Nouvelle-Hollande ».

— Une île ?

— Non, beaucoup plus vaste que ça.

— Vraiment ! Alors, pourquoi nous, nous ne l'avons pas trouvée ?

— Parce que cette terre se trouve à la lisière entre le Pacifique et l'océan Indien. Beaucoup plus au nord et à l'ouest que la zone que nous avons sillonnée.

— Je comprends... Tu te souviens, Apollonio, de cette nouvelle route maritime, dont parlait mon père ? Plus rapide, mais plus hasardeuse ? Auparavant, les navires qui venaient d'Europe passaient entre l'Afrique et Madagascar avant de mettre le cap à l'est vers Batavia. Aujourd'hui, dès qu'ils ont franchi le cap de Bonne-Espérance, ils filent tout de suite à l'est pour bénéficier des vents et des courants favorables. Lorsqu'ils s'estiment à la longitude de Batavia, ils remontent vers le nord. Mais il suffit d'une grosse tempête pour qu'ils se trompent...

— Voilà pourquoi, régulièrement, des navires parviennent dans des zones jamais explorées. Ce sont eux qui ont signalé aux cartographes l'existence de la Nouvelle-Hollande, ainsi que de l'épave du *Cœur Volant*.

— Importante, l'information est remontée jusqu'au service de cartographie d'Amsterdam, dirigé par Pieter Van Haarlem...

— ... Mais seulement un an après le naufrage, le temps qu'un autre convoi atteigne Batavia puis en revienne. Nous étions alors déjà partis depuis plusieurs mois.

— Exactement ! Van Haarlem avait cru se débarrasser de mon père et de moi en nous envoyant explorer une zone inconnue, et voilà qu'en cherchant le continent caché, nous risquions de tomber par hasard sur l'épave du *Cœur Volant* !

— Aussi s'est-il embarqué sur le premier convoi en partance pour Batavia. De là, il s'apprêtait à se rendre en personne sur le lieu de l'échouage, en prétextant une nécessité cartographique. Notre réapparition arrive au plus mauvais moment pour lui !

A l'entrée des appartements privés du Gouverneur général, nous expliquâmes aux gardes en faction puis aux valets et à un secrétaire que nous venions d'apprendre la convocation du capitaine, du négociant et du scientifique de *L'Espérance.*

— Je suis le peintre de ce navire, dis-je. J'ai participé à la réalisation du rapport remis à Son Excellence le Gouverneur général. Je viens me mettre à sa disposition pour le cas où Elle souhaiterait un complément d'informations.

Les gardes, les valets et le secrétaire nous introduisirent dans des antichambres successives, jusqu'à celle qui précédait le bureau de monsieur Jacques Specx, l'actuel Gouverneur général de la VOC pour toute l'Asie. Le secrétaire ouvrit la porte pour signaler notre présence, puis poliment il attendit que Jacques Specx le remarquât. Nous reconnûmes la voix de Pieter Van Haarlem.

— Quel homme d'équipage aurait compris l'intérêt du routier pour nos ennemis ? Le mutin est forcément un officier !

L'inconnu qui répondit avait le ton tranchant d'un homme sans pitié :

— C'est probable. Poursuivez, Van Haarlem.

— Voici la liste des officiers présents sur *L'Espérance* à son départ d'Amsterdam. Un certain Francis Glittery y est mentionné, qui n'est pas descendu chez nous avec les autres. Voyez, Votre Excellence, c'est un Anglais !

Le capitaine intervint :

— Plus exactement, un presbytérien. Qui a fui la persécution organisée par le roi Charles Ier d'Angleterre.

— Et pourtant il s'est enfui en emportant le routier du voyage ! N'est-ce pas, monsieur Michielszoon ?

Il y eut un silence, au cours duquel le capitaine ne put sans doute qu'acquiescer.

— Comment l'expliquez-vous, si ce n'est par traîtrise, afin de communiquer vos découvertes aux Anglais ?

Nouveau silence. Saskia et moi échangeâmes des regards paniqués.

— Autre chose, poursuivit Pieter. Ce Francis a été embauché sur l'insistance de son ami William Greyhound, ici présent.

Mon cœur se mit à battre la chamade.

— Francis m'a trompé... manipulé..., bafouilla William.

— Monsieur ! protesta Hans Michielszoon. S'il s'agit d'une accusation de complicité, elle ne tient pas debout ! Lorsqu'il a découvert sa traîtrise, William Greyhound s'est battu au péril de sa vie contre Francis Glittery !

— En avez-vous la preuve ? demanda le Gouverneur général.

— Nous avons le témoignage d'une dizaine de matelots et de tous les autres officiers. Ainsi que ma parole d'honneur, monsieur.

— Vous venez de reconnaître la traîtrise de Francis Glittery, dit le Gouverneur général. Or, tout à l'heure, vous avez prétendu nous la cacher !

Il y eut un silence encore plus long que les précédents, au cours duquel j'eus tout le loisir d'imaginer les terribles geôles de Batavia. Puis Jacques Specx se tourna vers son secrétaire.

— Oui, qu'y a-t-il ? Vous voyez bien que je suis occupé !

— Je suis désolé de vous déranger, Votre Excellence. Mais le peintre de *L'Espérance* se trouve ici, à votre disposition. J'ai pensé qu'il pouvait être important de vous en avertir.

Le secrétaire devait bien connaître l'homme qu'il servait. Le ton du Gouverneur général s'adoucit d'un seul coup.

— C'est bien celui qui a dessiné les croquis du rapport ?

— Tout à fait, répondit Hans Michielszoon. Il est très jeune, mais il a été formé en Italie et son talent est prometteur.

— Vous me laisserez en juger. Faites entrer ce peintre, monsieur Staarman. Quant à ces officiers, qu'on les mette en sûreté en attendant mon verdict sur leur histoire douteuse.

— Tous les trois, monsieur ?

— Non. Le capitaine et le scientifique. Ce pauvre Cornelis Van Vliet a perdu la raison en même temps que la parole. Qu'on le place à l'hôpital.

Le choc me fit défaillir. Dans quelques minutes, les geôles de Batavia n'allaient plus seulement être une image terrible dans mon esprit, mais la réalité pour ces deux hommes que j'aimais intensément, l'un d'amitié et l'autre d'amour : Hans Michielszoon et William.

Puisque j'avais la chance de parler à mon tour au responsable le plus puissant de la forteresse, comment faire pour qu'il change d'avis ?

Le secrétaire m'ouvrit toute grande la porte du bureau, une vaste pièce d'angle qui d'un côté dominait la ville de Batavia, de l'autre la mer. Derrière une longue table, était assis un homme au teint aussi foncé qu'un Javanais, à la barbe taillée à la mode mongole avec un bout carré et deux minuscules moustaches, aux yeux presque aussi bridés que ceux d'un Chinois, mais avec un grand col de dentelle typique d'un Hollandais. Le Gouverneur général leva les yeux de notre rapport qu'il tenait ouvert devant lui.

— Monsieur Van Haarlem, vous pouvez disposer.

Le responsable de la cartographie s'inclina et sortit, visiblement partagé entre son triomphe actuel et la contrariété de repartir sans notre document. Au même moment, des soldats encadrèrent William et Hans Michielszoon, blêmes mais dignes. Lorsqu'ils passèrent devant moi, je tentai de mettre dans mon regard toute mon affection et mes encouragements. Cornelis sortit également, conduit par le secrétaire, soutenu par Pouteh. La porte se referma derrière eux. Saskia ayant reçu l'ordre de rester dans l'antichambre, je me retrouvai en tête à tête avec l'un des hommes les plus puissants d'Asie.

Le Gouverneur général tapota la table de ses doigts petits et fins.

— Venez près de moi, jeune homme.

Je lui obéis, contournant la table. Il contemplait mon dessin de Rapa Nui.

— Quel coup de crayon formidable ! Quel allant ! Quelle précision dans les détails, sans aucun rajout inutile !

— Je suis ravi que ce dessin vous plaise, monsieur.

— Sur un point au moins, votre capitaine a dit la vérité : votre talent est prometteur.

Je me mordis les lèvres.

— Vous avez été formé à Rome, m'a-t-on dit ?

— Oui, monsieur. Dans l'atelier de Michelangelo Orazeschi.

— Ce peintre au style larmoyant ? On ne le dirait pas. Vous avez un sens de la mesure qu'il n'avait pas du tout. Vous avez complété votre formation ailleurs, peut-être ?

— Pas vraiment. Mais j'ai eu la chance de voyager pendant un an et demi en compagnie de magnifiques tableaux hollandais. En les contemplant chaque jour, je pense avoir beaucoup appris.

Il tourna la tête vers moi, l'air surpris.

— Où sont-ils, ces tableaux ?

— Ils sont restés à bord de *L'Espérance*, monsieur.

— Je veux les voir. Demandez à monsieur Staarman qu'il aille les faire chercher.

Dans l'antichambre, je transmis au secrétaire les nouvelles consignes du Gouverneur général. Saskia s'était éclipsée. Lorsque je revins dans le bureau, Jacques Specx contemplait le port depuis sa fenêtre.

— Le transport des tableaux risque de nous prendre une heure ou deux, mais peu importe. Les dernières flottes de retour vers Amsterdam sont parties la semaine dernière, après l'arrivée des navires en provenance des Moluques. Les prochains convois du Japon ne se manifesteront pas avant juin, ceux du Bengale et de Coromandel avant août. D'ici là, en dehors peut-être d'une ambassade d'un prince javanais, il ne se passera strictement rien à Batavia. J'ai donc tout le temps d'admirer quelques tableaux hollandais... Tenez, jeune homme, demandez qu'on nous serve du thé et que ma fille se joigne à nous.

Il soupira.

— Une charmante jeune personne, un peu impulsive m'a-t-on dit. Je pense plutôt qu'elle me ressemble. Elle n'est pas faite pour ces comptoirs écrasés par l'ennui.

Surprise du tour familier que prenait la conversation, je fis un nouvel aller-retour dans l'antichambre. Quittant son bureau mais conservant notre rapport à la main, le Gouverneur général vint s'asseoir dans un grand fauteuil de velours orné de franges et me fit signe de l'imiter.

— Parlons technique, ça m'intéresse. J'apprécie beaucoup les dessins à l'encre comme les vôtres. Mais en toute franchise, je les trouve un peu gâchés par vos couleurs, trop épaisses...

— J'ai procédé rapidement, monsieur, après le vol de notre routier par le traître anglais.

J'espérais aiguiller notre échange dans un sens utile pour moi. Il balaya mon objection d'un geste de la main, signifiant que, pour l'instant, il ne voulait plus entendre parler de cette histoire. Il poursuivit sur son idée.

— Je ne conteste pas votre choix de l'encre, judicieux pour un voyage maritime où l'on ne peut disposer d'un atelier. Je pense cependant que vous auriez dû vous contenter de quelques couleurs très légères, très diluées, juste pour créer une atmosphère. A la manière japonaise, vous voyez ce que je veux dire ?

— Non, monsieur, j'en suis désolé. Je n'ai jamais eu l'occasion d'admirer un tableau japonais. Mais si je peux me permettre, mes dessins ont un but informatif. Je voulais donner un aperçu de ces lieux étonnants que nous avons découverts dans le Pacifique. D'où ma recherche de couleurs simplifiées mais fidèles.

A cet instant, entra une jeune fille, petite, mince, d'une beauté renversante. Elle portait une robe longue et resserrée à la taille, mais ses cheveux étaient tout aussi noirs que ceux de son père, et ses yeux encore plus bridés que les siens. Sa peau était claire, sans être celle d'une Européenne pour autant.

— Ma fille Saartje.

Je me levai et m'inclinai devant elle.

— Mes hommages, mademoiselle.

Son regard perçant me détailla des pieds à la tête. Un sourire s'esquissa sur son visage et je craignis d'être découverte. Mais elle ne dit rien, se contentant de s'asseoir près de nous et de nous écouter en partageant notre thé.

— Pardonnez ma curiosité, monsieur, dis-je au gouverneur. Vous semblez vous y connaître en peinture.

— Oh... Comme un amateur... passionné. La mère de Saartje était japonaise. Il y avait des peintres dans sa famille.

Japonaise !

— Elle n'était pas mon épouse, précisa Jacques Specx avec un sourire en coin. Juste ma concubine. J'ai vécu quelques années au Japon... J'étais marchand, lorsque la VOC m'a confié cette mission d'entamer des relations commerciales directes avec ce pays... Vraiment fascinant, tout aussi civilisé que le nôtre... Avec un art très différent, qui vous aurait plu si j'en crois vos dessins...

J'ouvrais de grands yeux en l'écoutant. Comme j'aurais aimé voir ces dessins japonais ! Et quelle chance d'avoir affaire à un amateur d'art ! Comment en tirer parti pour sauver William et Hans Michielszoon ?

Plusieurs soldats entrèrent, posant sur la table les œuvres rassemblées par Johanna, soigneusement emballées dans une caisse. Le Gouverneur général s'approcha d'un air gourmand. Il écarta la paille et déballa un premier tableau protégé par un tissu : la vue du port d'Amsterdam. Il le pencha vers la lumière du jour.

— Mon Dieu, quelle ressemblance...

Il était visiblement ému, savourant le moindre détail de la scène.

— Je ne pensais pas qu'un jour ce paysage brumeux me manquerait tant... Tiens, Saartje, dis-moi ce que tu en penses.

La jeune fille contempla la toile.

— Ces gens sont emmitouflés jusqu'aux oreilles : on dirait de gros paquets de linge... Ce ne doit pas être pratique pour eux d'aller et venir ainsi vêtus !

— On s'y habitue, tu sais.

— Rappelez-vous, père, que je n'aurai jamais l'occasion de m'y habituer. Puisque, en tant que métisse, je suis interdite de séjour en Hollande.

— Je le sais bien, sinon je t'aurais emmenée avec moi quand la VOC m'a rappelé là-bas. Enfin... Nous avons déjà de la chance que nos comptoirs étrangers manifestent sur ce point une plus grande ouverture d'esprit que mon pays d'origine...

— Vous voulez dire qu'ici, les personnages importants ne peuvent pas faire les difficiles. On trouve trop peu de femmes élevées à l'européenne.

— Exactement, Saartje. Tu t'en tires bien en épousant Georgius Candidius après le scandale que tu as provoqué. Ne l'oublie jamais, quand tu seras l'épouse d'un des personnages les plus importants de Taïwan.

— Je ne risque pas d'oublier, père. Ces cent coups de fouet ont laissé de nombreuses cicatrices dans mon dos.

— Tu les avais mérités, Saartje. Faire l'amour avec un obscur porte-drapeau, ici même, dans les appartements de mon prédécesseur, le terrible Jan Pieterszoon Coen !

La jeune fille soutint le regard de son père.

— A Batavia, la vie est si brève !

— C'est la vie de ton amoureux qui a été brève. Décapité, à quinze ans !

Jacques Specx haussa les épaules en attrapant un autre tableau. Pour ma part, j'étais terrifiée. Ce que ce dialogue laissait entrevoir des mœurs dans le puissant comptoir hollandais était épouvantable.

— Tiens, fit remarquer le gouverneur, voilà un portrait de la fille de Cornelis Van Vliet, qui tout à l'heure attendait son père dans l'antichambre. Tu devrais t'en faire une amie, Saartje. C'est si rare, de croiser une jeune fille de ton âge venant des Provinces-Unies.

Elle eut une moue de mépris.

— Ces Européennes bien élevées ont des existences tellement monotones, et bien peu de choses à raconter. Enfin, père, pour vous faire plaisir, je veux bien essayer.

Il choisit ensuite la représentation paisible d'une femme en train de balayer son intérieur ; je n'avais jamais réussi à en déchiffrer la signature.

— J'aime la vie qui émane d'un sujet aussi simple... Judith Leyster... C'est amusant. Je l'ai croisée un jour dans l'atelier de Frans Hals à Amsterdam.

— Une femme... peintre ? bégayai-je, trop surprise pour penser à dissimuler mon émotion. A Amsterdam ?

Saartje eut un sourire éclatant qui me fit froid dans le dos. Cette fois, j'en étais sûre, elle avait deviné qui j'étais ! Heureusement, cela ne semblait pas être le cas de son père.

— Un tempérament, cette Judith Leyster, commenta le Gouverneur général. Ce genre-là de jeune fille européenne t'aurait plu, Saartje.

— Et je ne la rencontrerai jamais : c'est bien dommage ! se moqua-t-elle.

Jacques Specx poursuivit son étude approfondie de la collection de Johanna Van Vliet. Soudain, alors que rien ne nous y avait préparées, il se mit en colère.

— Mais que font ces œuvres sur une flûte ? Elles ne méritent pas de terminer leur carrière en nourrissant les poissons !

— Vous avez tout à fait raison, dis-je aussitôt. Elles sont si belles ! Je sais qu'avant de perdre la tête, monsieur Van Vliet avait l'intention de les vendre. Si vous souhaitez les acquérir, sa fille vous donnera sûrement son accord.

— Oh, ces toiles paieront le séjour de Van Vliet à l'hôpital...

J'avais cru trouver un moyen de négocier avec lui la libération de William et Hans Michielszoon. Sa réponse brutale me désespéra. N'ayant plus rien à perdre, je décidai de frapper un grand coup.

— Savez-vous, monsieur, pourquoi nous n'avons pas trouvé le continent caché du Pacifique ?

— Parce qu'il n'existe pas, si j'ai bien compris vos compagnons.

— C'est ce qu'ils croient. Je le pensais moi aussi, mais je viens de visiter votre salle de cartographie. En analysant les relevés de navigateurs hollandais égarés, monsieur Van Haarlem vient de faire une découverte fort intéressante. Cette terre existe, même si elle est moins vaste et, surtout, beaucoup plus au nord et à l'ouest que nous l'imaginions. Elle se situe à la frontière entre l'océan Indien et l'océan Pacifique.

Le Gouverneur général me regarda avec stupéfaction.

— Puisque monsieur Van Haarlem a oublié de vous en parler, ajoutai-je, demandez-lui donc de vous montrer sa carte de la Nouvelle-Hollande. C'est ainsi qu'il a nommé cette nouvelle terre.

Furieux, le Gouverneur général ouvrit lui-même la porte qui séparait son bureau de l'antichambre et aboya après son secrétaire.

— Staarman ! Faites revenir Van Haarlem ! Immédiatement !

Pendant le court instant où il nous laissa seules, Saartje s'approcha de moi et chuchota :

— Je ne sais pas qui tu es, ni pourquoi tu te déguises en homme. Mais ton audace me plaît. Que puis-je faire pour toi ?

— Aide-moi à sauver mes compagnons.

Je n'eus pas le temps d'en dire plus ; Jacques Specx était revenu se plonger dans notre rapport qu'il lisait maintenant en détail.

*

Pieter Van Haarlem réapparut, le costume de travers sur son embonpoint, le col froissé, la joue marquée par la trace d'un pli d'oreiller.

— Pardonnez-moi, Votre Excellence, je faisais la sieste.

— C'est ce que je vois. Eh bien, vous allez courir un peu, ça va vous réveiller ! Ramenez-moi votre carte de Nouvelle-Hollande.

Les genoux du gouverneur d'Amsterdam flanchèrent. Il se rattrapa au dossier d'un fauteuil.

— Que voulez-vous dire ?

— Vous possédez dans vos services une carte d'une terre nouvelle, que vous avez nommée « Nouvelle-Hollande », oui ou non ?

— Euh... Oui...

— Alors, qu'est-ce que vous attendez ? Que j'envoie monsieur Staarman à votre place et que je vous fasse jeter en prison pour dissimulation d'informations capitales ?

Maintenant, c'était sur le visage de Pieter qu'on lisait la terreur des geôles de Batavia. Il se précipita à l'extérieur de la pièce. Jacques Specx se tourna vers son secrétaire et rugit :

— Rangez-moi ces tableaux !

Monsieur Staarman s'exécuta avec placidité, enfermant chaque œuvre dans sa protection de tissu avant de la placer dans la caisse pleine de paille. Pendant les deux secondes où le Gouverneur général s'était tourné vers lui, Saartje m'avait lancé un clin d'œil en posant un doigt sur ses lèvres. Je compris qu'elle attendait un moment favorable. Dans tous ses états, le Gouverneur général se mit à faire les cent pas dans le vaste bureau, cognant les murs de son poing pour évacuer un peu de sa colère.

Pieter Van Haarlem revint enfin. Il déroula sur la table la grande carte en vélin. Jetant un œil par-dessus son épaule, je remarquai tout de suite qu'il avait effacé le léger coup de crayon dessinant un cœur.

— Voici la Nouvelle-Hollande, Votre Excellence. Du moins, ce que nous en savons aujourd'hui. Comme vous le voyez, il s'agit d'une terre dont nous ne connaissons pas encore toutes les limites mais qui s'étend des deux côtés du tropique du Capricorne.

— D'où viennent ces informations ?

— Des relevés de plusieurs navires égarés...

— Je veux des noms. Et vous n'avez pas intérêt à me mentir, je vérifierai !

— Bien sûr, Votre Excellence..., bredouilla le gouverneur. Au départ, j'ai surtout bénéficié du routier d'un de nos plus vaillants navigateurs, Willem Janszoon. Sur le *Duyfken*, il a exploré cette côte avec beaucoup de minutie.

— Le Willem Janszoon qui est devenu gouverneur de Banda ? Qui a contribué à sauver Batavia des attaques javanaises ? Ses voyages comme capitaine datent d'il y a vingt ans !

— J'ai honte pour nos services, Votre Excellence. Ses relevés avaient été mal classés. Ils dormaient à l'intérieur d'un rouleau concernant la Nouvelle-Guinée, parce que Willem Janszoon croyait que cette nouvelle terre en était le prolongement. C'est à mon arrivée à Batavia, en vérifiant les archives de manière systématique, que j'ai retrouvé son routier.

— Pourquoi ne m'en avez-vous pas parlé plus tôt ?

La peur et la marche rapide combinées avaient complètement réveillé le responsable de la cartographie qui avait visiblement réfléchi au raisonnement qu'il exposerait.

— Vous n'auriez pas aimé un document incomplet, Votre Excellence. Or, depuis que la VOC a imposé à ses navires une nouvelle route, à l'est de l'océan Indien, plusieurs capitaines ont aperçu la côte découverte par

Janszoon. Leurs relevés prolongent ses observations. J'attendais que nos cartographes aient fini de les intégrer.

— Vous vous trompez, Van Haarlem. Peu m'importe un document incomplet lorsqu'il s'agit d'une question aussi excitante que la découverte d'une nouvelle terre !

Le gouverneur prit une mine contrite, sans oublier de rouler la carte de la Nouvelle-Hollande et de la maintenir fermée avec un ruban.

— Pardonnez-moi, Votre Excellence. Je dois vous avouer que j'avais une idée derrière la tête en retardant votre information...

Partagé entre la colère et la curiosité, le Gouverneur général se mit à peigner du bout des doigts sa courte barbe carrée.

— Quelle idée derrière la tête ?

— Vous convaincre de lancer une nouvelle expédition d'exploration, que je dirigerais moi-même. Je sais bien que mobiliser une ou deux flûtes avec leurs équipages est horriblement coûteux. Voilà pourquoi je souhaitais vous montrer des documents impeccables.

Très malin, ce Pieter Van Haarlem ! Si le Gouverneur général acceptait sa requête, il pourrait tranquillement aller récupérer les coffres d'argent du *Cœur Volant* ! Comment le contrer ? D'instinct j'intervins, et c'est seulement en parlant que je trouvai un argument.

— Pourquoi Votre Excellence se lancerait-elle dans de nouvelles dépenses... alors que *L'Espérance* se trouve à sa disposition ? Il est clair que cette nouvelle terre est le continent caché promis par les géographes, mais qu'ils ne situaient pas au bon endroit. L'explorer et dresser un inventaire de ses richesses, voilà qui correspond à la mission définie par l'assemblée des gouverneurs de la VOC, à Amsterdam, en février 1628.

— En effet...

— Sauf, répliqua Pieter Van Haarlem, que c'est Cornelis en personne que la VOC a chargé de cette mission. Vous avez vu comme moi, Votre Excellence, à quel point ce pauvre homme a été marqué par sa traversée du Pacifique. Il serait incapable de diriger une nouvelle expédition en des lieux inconnus, de prendre les décisions qui s'imposent et de représenter dignement notre compagnie auprès des indigènes.

Ayant envoyé Cornelis à l'hôpital, le Gouverneur général ne pouvait se dédire ; il approuva le responsable de la cartographie.

— Père, intervint alors Saartje, je ne suis qu'une fille inculte qui ne comprend rien à ces considérations financières. Mais si le seul obstacle à une solution moins coûteuse est la santé de monsieur Van Vliet, pourquoi ne pas envoyer ses amis rencontrer les tisseuses de Bali ? Vous savez comme moi qu'elles ont d'étonnants pouvoirs de guérison.

— Des tisseuses ! éructa Van Haarlem avec le plus grand mépris.

Beaucoup d'Européens auraient réagi comme lui. Mais Jacques Specx vivait depuis vingt ans en Asie. Il avait eu pour ennemis, collaborateurs, serviteurs et amantes des Malais, des Chinois, des Japonais. Son intérêt pour les croyances différentes de la sienne était nourri par la présence de sa fille, élevée à Batavia au carrefour de toutes ces cultures, entre un père qui, malgré son apparence physique, était né en Hollande, une mère à Nagasaki, une nourrice à Bali.

— Pourquoi pas...

Le désespoir sur son visage, Pieter Van Haarlem tomba à genoux devant le Gouverneur général.

— Votre Excellence, je vous en prie... Cette découverte d'une vaste terre est l'événement de ma vie. Même si je ne dirige pas cette expédition, autorisez-moi à y participer !

Le Gouverneur général sourit et, caressant sa barbe, prit son temps pour répondre.

— Pourquoi m'y opposerais-je, monsieur le gouverneur responsable de la cartographie ?

Pieter se redressa et s'essuya le front avant de reprendre contenance. L'atmosphère brutale de Batavia lui avait fait complètement oublier qu'il était l'un des Dix-Sept Messieurs les plus craints et respectés de la puissante VOC, auquel le Gouverneur général aurait lui aussi à rendre des comptes. Il est vrai que ce serait à Amsterdam, à l'autre bout du monde, dans plusieurs années...

Il pâlit cependant, Jacques Specx donnant l'ordre qu'on libérât mes compagnons et qu'on sortît Cornelis de l'hôpital.

— Dans combien de temps aurez-vous fini d'intégrer ces nouveaux relevés ? interrogea le maître de Batavia.

— Oh, une dizaine de jours, pas plus.

— Parfait. Eh bien, dans dix jours exactement, *L'Espérance* appareillera pour un nouveau voyage vers cette terre nouvelle. D'ici là, son capitaine pourra disposer du navire à sa guise. S'il souhaite conduire monsieur Van Vliet à Bali dans l'espoir d'une guérison, cela ne me regarde pas.

« En revanche, je garde dans mes appartements la carte de la Nouvelle-Hollande, que les cartographes viendront achever ici même sous votre responsabilité. Si au moment du départ, Cornelis Van Vliet est guéri, nous le laisserons mener sa mission jusqu'au bout.

« Sinon, monsieur Van Haarlem, vous dirigerez l'expédition à sa place.

17

La tisseuse de Bali

— Nous l'avons échappé belle ! dit William en me serrant dans ses bras dans un grand geste d'amitié virile. Encore quelques heures dans les tréfonds glauques et puants de cette forteresse et je serais mort de désespoir.

— Tu as réalisé un vrai miracle, Apollonio ! renchérit Hans Michielszoon en me tapant sur l'épaule.

— Je n'y suis pas pour grand-chose, dis-je. La fille du gouverneur a retourné son père comme un pizzaiolo une pâte à pizza. Mais nous ne sommes pas encore sauvés.

Etienne, Paul, Alonso et l'équipage de *L'Espérance* étaient revenus de leur promenade en ville. Pouteh et Saskia purent récupérer Cornelis à l'hôpital et le ramener avec nous sur la flûte. Les tremblements nerveux et le visage jauni du négociant montraient que ce bref séjour l'avait éprouvé. Afin d'effacer le souvenir des lits de paille et des râles des miséreux, il fut placé dans sa couchette, installé confortablement sur ses oreillers, prêt à être bercé par le doux clapotis de la houle contre la coque.

Les officiers se réunirent dans la salle à manger pour faire le point. Je racontai que les lingots d'argent de Cornelis avaient échoué sur une terre nouvelle, nommée Nouvelle-Hollande, située entre le Pacifique et l'océan Indien. Pieter Van Haarlem s'apprêtait à les récupérer discrètement sous le prétexte de cartographier la Nouvelle-Hollande. Je n'avais pu recopier la carte qu'il mettait au point, mais je l'avais mémorisée, ainsi que l'emplacement de l'épave...

Les yeux d'Etienne se mirent à briller.

— Un trésor ! Sur une île déserte !

Alonso se mit à jouer une mélodie lente et funèbre.

— Dans l'état où se trouve ce pauvre homme, il ne pourra guère en profiter.

Saskia darda sur lui son regard furieux.

— Je suis sa fille. S'il meurt, ses lingots m'appartiendront.

— Les filles héritent, en Hollande ? s'étonna le musicien. Dans ma région, ce sont seulement les fils ou les époux des filles. Ça nous évite beaucoup de problèmes.

Pouteh protesta :

— Monsieur Cornelis va guérir.

— Ce serait mieux pour nous, dis-je. Sinon, dans dix jours, nous allons nous retrouver sous les ordres de Pieter Van Haarlem. L'homme qui nous a envoyés traverser le Pacifique dans l'espoir que nous ne reviendrions jamais ! Et qui maintenant voudrait récupérer la fortune de son ancien ami !

— Bref, dit William, un voleur et un traître.

Alonso se mit à chuchoter :

— Aussi puissant soit-il, un gouverneur de la VOC n'est pas à l'abri d'une maladie... Aujourd'hui, à l'auberge, j'ai entendu parler d'une femme malaise qui avait empoisonné un soldat. Elle portait son enfant et il refusait de l'épouser. Pendant des semaines, il est resté tout jaune et très faible, incapable de travailler. Quand il a fini par céder, elle lui a donné un remède et il a guéri. Je suis sûr qu'on pourrait retrouver cette femme. Elle semble très célèbre à Batavia !

William secoua la tête.

— Et on se retrouverait devant un tribunal de la VOC pour empoisonnement de gouverneur ? On voit que tu n'as pas tâté des geôles de cette ville, Alonso !

Haussant les épaules, le musicien se mit à accorder sa vihuela comme si plus rien d'autre ne comptait.

— Pouvons-nous guérir monsieur Van Vliet en dix jours ? s'inquiéta Etienne. Pouteh lui apporte tous les soins possibles depuis des mois et il peut à peine marcher !

— La fille du Gouverneur général nous suggère d'aller à Bali, expliquai-je. Là-bas, serait fabriqué un tissu qui aurait un pouvoir de guérison...

Les yeux de Paul s'écarquillèrent.

— J'ai toujours pensé que les beaux tissus avaient le pouvoir d'améliorer l'humeur. Mais jamais qu'ils pourraient guérir des maladies !

Hans Michielszoon se tourna vers Pouteh.

— As-tu entendu parler de ces tissus miraculeux ?

Sans quitter son air grave et réservé, la servante acquiesça.

— Bien sûr. Nous les appelons des *geringsing*, ce qui signifie « à l'abri de la maladie ». Ils sont fabriqués dans les villages du peuple Aga de Bali.

— Comment ça marche ? l'interrogea Paul. Est-ce qu'on les trempe dans du jus de plantes médicinales ?

Pouteh le regarda de haut.

— On utilise des fils teints dans un rouge et un indigo très particuliers, parce que ces couleurs apaisent les démons et attirent les esprits du bien.

Paul en resta bouche bée.

Hans Michielszoon reprit la parole :

— Qu'avons-nous à perdre d'essayer ? Rien. Et tout à gagner si les *geringsing* produisent effectivement des miracles. Je vais donner l'ordre qu'on lève les amarres.

— Donc, conclut William, nous voilà partis pour acheter un tissu magique à ces tisseuses de Bali... Je me demande ce qu'en penseraient mes professeurs de Cambridge !

Pouteh secoua la tête.

— Impossible d'acheter un *geringsing* aux tisseuses de Bali.

Nous la regardâmes avec stupéfaction.

— Pourquoi ?

— Pour confectionner un *geringsing*, il faut dix ans environ.

Surpris, plusieurs d'entre nous jurèrent.

— D'ici là, fit remarquer Alonso, on a mille fois le temps de mourir de son mal, ou de guérir !

— Seul le roi-dieu pourrait nous donner ce dont nous avons besoin, poursuivit Pouteh.

Comme elle ne répondait pas à nos interrogations muettes, Hans Michielszoon expliqua :

— C'est ainsi qu'on appelle le roi de Bali, installé à Gelgel. Son île ne produisant pas d'épices, la VOC ne s'y intéresse pas, ce qui est une chance pour lui. Pourtant leurs relations ne sont pas au beau fixe. Il a sollicité son aide contre son puissant voisin de Java, le sultan Agung de Mataram, mais les Hollandais n'ont pas voulu se mêler de leur rivalité.

— Et tu penses, Pouteh, que le roi nous cédera l'un de ses *geringsing* ? l'interrogea William. En échange de quoi ?

La servante prit le temps de la réflexion, avant de se tourner vers moi.

— Un portrait majestueux.

— Connais-tu personnellement le roi de Bali, Pouteh ? la taquina Alonso.

Sa réponse le figea d'étonnement.

— Oui. Je suis née dans le palais du prince de Blambangang, l'un de ses vassaux. J'ai beaucoup entendu parler du roi. J'ai eu l'occasion de l'apercevoir, lorsqu'il était en visite chez nous.

— Mais comment es-tu arrivée en Hollande ?

— Quand j'avais onze ans, le prince de Blambangang a repoussé l'assaut d'un autre prince. Au cours de la bataille j'ai été capturée et vendue comme esclave. Après plusieurs maîtres, j'ai été rachetée par un marchand hollandais. Lorsque celui-ci est revenu à Amsterdam, je suis devenue la servante de Cornelis.

Nous aurions aimé plus de détails sur cette vie pleine d'exotisme pour nous, mais ni le vin d'Espagne, ni le rhum, ni la bière, ni le thé n'avaient jamais eu le pouvoir de délier la langue de Pouteh. Personne n'insista.

*

Les paysages de Bali avaient-ils des vertus magiques, eux aussi ? Leur beauté nous apaisait autant qu'elle nous ravissait. Depuis *L'Espérance* qui contournait l'île par le nord-est, nous apercevions de superbes plages désertes, et d'autres bordées de jolies maisons de bois. Nous ne trouvâmes pas de ports de pêcheurs où jeter l'ancre, mais une baie tranquille toute proche de Gelgel.

Débarquant dès le lever du soleil, nous marchâmes au milieu de collines dont les pentes avaient été sculptées en une multiplicité de terrasses étroites. Le riz y poussait, noyé sous un pied d'eau, le vert céladon des jeunes pousses se fondant à merveille dans les reflets du ciel. Nous suivîmes le cours d'une rivière, qui nous conduisit dans une forêt d'arbres gigantesques, avec des racines plus hautes que nous et des troncs plus épais que des piliers de cathédrales – des banians, nous apprit Pouteh. La lumière rasante du matin entremêlait leurs ombres immenses, nous faisant sursauter chaque fois qu'un coup de vent agitait leurs lointains feuillages...

Incertain de l'accueil que nous ferait le roi-dieu, Hans Michielszoon avait regroupé autour de nous la moitié des soldats, armés de leur mousquet. Les autres étaient restés à bord ainsi que tous les matelots, sous la direction de Vasco, de Kimbo et d'Etienne. Alonso trouvait qu'il était généreux de distraire de sa musique ceux qui étaient ainsi privés de découvertes.

Au contraire, attiré par ces tissus incroyables, Paul avait souhaité participer à notre expédition, bien qu'il se séparât de son frère pour la première fois depuis le début de notre voyage.

Saskia marchait en tête en compagnie de Hans Michielszoon et de Paul, tandis qu'en queue de peloton, Cornelis avançait d'un pas lent, se raccrochant à Pouteh comme un petit enfant dans un univers inconnu. Entre les deux, William et moi allions côte à côte sans pouvoir nous prendre la main, pourtant heureux d'être l'un près de l'autre au milieu de ce paysage magnifique.

— Qu'est-ce qu'on fera, William, si le *geringsing* ne suffit pas à guérir le négociant ? Pourquoi est-ce qu'on reviendrait à Batavia se soumettre à ce voleur de Pieter Van Haarlem ? Nous pourrions naviguer jusqu'en Nouvelle-Hollande, récupérer les lingots d'argent grâce à la carte que j'ai mémorisée, et filer loin de l'Indonésie...

— Pour aller où ? La VOC nous retrouvera toujours...

— Même si nous évitons ses comptoirs ?

— Tu voudrais te réfugier chez les Anglais, les Espagnols ou les Français ? Passer à l'ennemi ?

— Je ne sais pas...

— Il y aurait une alternative : éviter tous les ports civilisés. Mais c'est comme ça qu'on devient pirate, Apollonio ! Ça te tente ?

— Bien sûr que non.

Après un long silence, William concéda :

— C'est vrai qu'on aurait envie de filer à l'anglaise... De démarrer une nouvelle vie ailleurs, sous une autre identité, grâce à la fortune de Cornelis. Dommage que tu n'aies pu copier la carte de Nouvelle-Hollande...

Je sortis mon calepin de ma poche.

— Tu veux voir ce que j'ai reconstitué de mémoire ? Je pense que le dessin des côtes est fidèle à l'original. Le *Cœur Volant* se trouve là.

Il étudia mon croquis quelques minutes, sourcils froncés.

— Tu es sûr de ces latitudes et de ces longitudes ?

— J'ai fait de mon mieux pour les retenir... Mais je n'ai pas la mémoire des chiffres.

— Je m'en aperçois ! Ceux-là ne sont pas vraisemblables. Tu as dû t'embrouiller... Eh bien, voilà qui met un terme à nos hésitations. Sans des positions fiables, nous serions incapables de retrouver rapidement la Nouvelle-Hollande.

— Sacrebleu ! Je suis vraiment désolé !

— Personne n'est parfait ! Si moi, j'avais tenté de mémoriser cette carte, j'aurais sans doute retenu les positions, mais pas le dessin des côtes, ni l'emplacement du navire...

— Quand je pense que j'ai eu toutes ces données sous les yeux !

— Ne t'inquiète pas, Apollonio. Bientôt, Jacques Specx nous confiera l'original.

Je rangeai mon calepin.

— Mais que ferons-nous si Cornelis ne guérit pas ? Allons-nous vraiment aider Pieter Van Haarlem à récupérer ce trésor qui ne lui appartient pas ?

— Mmm... Cette idée me révolte autant que toi.

Nous n'avions croisé personne jusque-là quand brusquement, au détour d'un sentier, Hans Michielszoon,

Saskia et Paul se retrouvèrent nez à nez avec un éléphant ! Propre comme un sou neuf et vêtu de tissus dorés, celui-ci ne ressemblait guère au malheureux animal enrôlé dans des travaux de force à Batavia. Il était suivi de deux autres de ses semblables encore plus richement ornés. Chacun portait sur son dos trois cavaliers. Un petit bataillon de soldats suivait, composé d'hommes torses nus qui portaient des sarongs et des kriss, de longs poignards au manche ciselé.

Nos deux cortèges se firent face ; sur tous les visages se lisait le même ébahissement.

— Le roi de Gelgel ! souffla Pouteh.

Notre capitaine fit mettre à genoux tous les soldats, lui-même donnant l'exemple. La servante servit d'interprète, expliquant que j'étais un très grand peintre dans mon pays. J'étais venu exprès d'Europe pour exécuter un portrait du très grand dieu-roi dont la renommée avait franchi les océans ! En échange du tableau, nous ne demandions qu'un *geringsing* pour soigner notre compagnon malade.

— Le roi-dieu va à la chasse, expliqua le premier cavalier. Et quand il va à la chasse, il n'aime pas que son élan soit brisé par des visites.

— Mais le roi-dieu est particulièrement majestueux ainsi perché sur son éléphant, ajouta Pouteh. Qu'il envoie un messager au palais pour qu'on nous fournisse un *geringsing.* A son retour de chasse, il trouvera un portrait magnifique.

Pendant qu'elle tentait de l'amadouer, je me dépêchais de dessiner le roi, mince et fluet dans son sarong de soie, avec son kriss à la poignée d'ivoire, ses pendants d'oreilles en or et ses paupières tombantes.

Lorsque je fis le tour de l'éléphant, je notai avec encore plus d'attention les proportions de ses pattes, de son ventre, de ses oreilles, de sa trompe... Ceux qui allaient regarder mon dessin auraient l'œil beaucoup plus exercé que le mien à reconnaître cet animal !

Le roi finit par donner son accord à cet arrangement, sans que l'on sache vraiment s'il avait envie du portrait, peur de nos armes à feu, ou s'il trouvait plus simple de se débarrasser de nous de cette façon. Après quelques échanges de promesses et l'envoi d'un messager vers le palais, nos deux cortèges achevèrent de se croiser.

Quittant la forêt, nous parvînmes dans un gros bourg où se tenait un marché. Notre arrivée fit sensation : les femmes – vêtues comme les hommes d'un simple sarong qui dévoilait leurs seins – posèrent leurs jattes d'osier sur la tête, saisirent la main de leurs enfants et disparurent derrière les maisons de bois. Des soldats par dizaines surgirent et nous entourèrent, nous escortant jusqu'à un bâtiment imposant, dont la pierre semblait partout sculptée, des monstres assis côtoyant des danseuses au visage rond.

— S'ils se jettent sur nous, murmura William, nous ferons un carnage avec nos mousquets. Mais ils finiront quand même par avoir le dessus, ils sont si nombreux...

Bien qu'il ne portât pas de livrée, un homme qui semblait être une sorte de chambellan dévala les marches d'un escalier de pierre. Il s'inclina devant nous. Il avait reçu l'ordre de nous conduire chez une tisseuse qui travaillait exclusivement pour le roi.

Laissant les soldats à l'entrée, nous traversâmes des cours ombragées et grouillantes de vie, puis d'autres immenses et désertes, qui séparaient la partie publique des appartements royaux. Dans une petite cour secondaire, une jeune femme debout se penchait sur un grand métier à tisser fabriqué à l'aide de tiges de bambou. A notre entrée, elle nous dévisagea... et poussa un cri en se précipitant vers moi.

Pouteh traduisit ses paroles affolées :

— Il faut sortir ! Tout de suite !

Je protestai. Elle ne s'en prenait qu'à moi, nullement à mes compagnons.

— Sortir ! Tout de suite ! répétait Pouteh.

Désireuse de ne pas compliquer notre mission, j'obtempérai, tandis que notre traductrice poursuivait sur sa lancée :

— Le *geringsing* est un tissu magique ! Il faut respecter les lois des dieux ! Pas d'esprit guérisseur là où se trouve une femme enceinte !

Maintenant seule à l'extérieur de la cour, je me sentis défaillir. Prenant appui sur le mur, je glissai lentement jusqu'au sol et pris ma tête entre les mains. Que m'arrivait-il ? Etait-il possible que notre amour à William et moi ait porté ses fruits ? A force de me conduire en homme, j'avais fini par imaginer que je n'étais pas tout à fait une femme comme les autres, que ce genre d'événement naturel ne me concernait pas...

Mais non, c'était absurde ! Comment cette tisseuse qui ne m'avait jeté qu'un seul coup d'œil aurait-elle pu voir quelque chose que même moi je ne savais pas ?

... Peut-être pas si absurde que ça. Je n'avais pas eu mes règles depuis notre arrivée sur l'île de Florès, où nous étions restés quatre semaines, et d'où nous étions partis il y a presque deux mois maintenant... Il est vrai que nos aventures s'étaient succédé, et que plusieurs fois j'avais eu très peur. Ces frayeurs pouvaient-elles être aussi efficaces que l'épuisement physique pour casser la régularité du flux menstruel ?...

Au fond de moi, j'en eus soudain la certitude : mes raisonnements n'étaient inspirés que par l'angoisse. Cette femme avait raison. Je portais un enfant.

Oh, mon enfant bientôt à naître, pardonne-moi si le premier sentiment qui m'envahit alors, ce fut la panique. Panique de perdre William s'il n'en supportait pas la nouvelle, panique de mourir en te mettant au monde, panique de revenir à la vie ordinaire et souvent tragique des femmes.

Des paroles incompréhensibles me tirèrent de ma léthargie. Un vieillard était penché vers moi et il me tendait une écuelle de bois remplie d'eau. Il me fit signe qu'il venait de la remplir à une fontaine de pierre, un peu plus loin, dont la vue me fit sourire. Elle représentait une danseuse. L'eau jaillissait de ses seins comme le lait maternel !

Je souris et, la seconde suivante, j'éclatai en sanglots. Je ne voulais pas perdre William ! Je ne voulais pas mourir comme tant de mères en couches ! Je ne voulais pas vivre la vie d'une femme !

La douce musique des paroles inconnues me fit relever la tête. Doucement, le vieillard mettait l'écuelle entre mes mains. Puis il attrapa à sa ceinture une banane juste mûre à point, me l'éplucha et me la tendit. Pour ne pas le vexer, je bus et mangeai, ce qui me fit du bien.

Ensuite il resta accroupi près de moi à me contempler d'un air attendri, ce qui me fit pleurer de plus belle. J'aimais tant notre vie aventureuse ! Que je meure ou que je m'occupe de mon enfant, elle allait forcément prendre fin !

Par-dessus les murs de la cour, j'entendais les psalmodies de la tisseuse. Par l'intermédiaire de Pouteh, la jeune femme posa un certain nombre de questions sur le déclenchement de la maladie et son évolution, auxquelles Hans Michielszoon répondit. Soudain, un cri déchira la douce tranquillité de la cour.

— Quoi ? Pieter Van Haarlem veut commander *L'Espérance* et découvrir le continent caché ? Pour me voler mes lingots d'argent ? C'est *ma* flûte ! C'est *ma* mission ! C'est *ma* fortune !

Je reconnus la voix de Cornelis, qui d'un seul coup avait retrouvé sa pugnacité. La tisseuse et mes compagnons sortirent, entourant le négociant qui portait maintenant sur ses épaules un tissu aux motifs pourpres d'une grande finesse.

J'avais séché mes larmes. La première chose que je remarquai, ce fut le regard fuyant de William. Mon cœur se brisa. Il avait entendu les paroles de la tisseuse à mon sujet. Comme à moi, elles lui avaient fait un choc. Mais, contrairement à moi, il pouvait choisir de refuser sa paternité.

Le chambellan du palais me parla alors, et je compris qu'il voulait mon portrait du roi-dieu. Avec cette révélation qui me bouleversait, j'avais complètement oublié le travail qu'on m'avait confié ! Posant sur mes genoux mon grand calepin, je me concentrai sur les souvenirs tout frais de notre rencontre dans la forêt de banians. Pendant quelques minutes, j'oubliai tout ce qui n'était pas l'éléphant et son auguste passager... Appliquant les règles de perspective apprises à Rome, je les dessinai à hauteur d'enfant, ce qui rendait l'éléphant encore plus imposant et le roi-dieu somptueusement inaccessible.

Le chambellan sembla enchanté. Il tendit mon croquis à la tisseuse, qui sourit à son tour. Pouteh m'expliqua que ce dessin allait servir de modèle à un nouveau motif de *geringsing*, spécialement réservé à la maison royale. Si le résultat plaisait, il était possible qu'on sculpte également à son image le manche en ivoire d'un kriss pour le souverain.

Je me levai, reprise par mon sentiment de panique. Nous fûmes conduits à l'entrée du palais où nous retrouvâmes les soldats. Front en avant, regard furieux, Cornelis marchait maintenant en tête comme s'il voulait rattraper le temps perdu. Le retour de son mauvais caractère faisait plaisir à voir : il était guéri !

Que s'était-il passé exactement chez la tisseuse ? Je n'osais pas interroger mes compagnons, dont je sentais peser sur moi le regard : Pouteh me fixait l'air réprobateur, Hans Michielszoon me lançait des coups d'œil soucieux, Saskia semblait très intriguée et Paul rougissait. Le seul qui évitait de tourner la tête vers moi, c'était William.

Nous traversâmes le marché – où les femmes avaient repris leurs places de marchandes et d'acheteuses – puis la forêt de banians et les collines sculptées, jusqu'à la baie où mouillait *L'Espérance*. Comme ce chemin me parut long et difficile !

J'étais entourée d'amis et pourtant je me sentais plus seule que jamais. Déguisée en homme, je portais un enfant – dont le père me rejetait. Il me semblait que personne ne pouvait comprendre ce que je ressentais.

*

Dès que j'eus franchis la passerelle, je me précipitai dans ma minuscule cabine et m'effondrai sur ma couchette, la tête dans mon oreiller. Plusieurs à-coups secouèrent le navire, dont l'ancre fut levée et les voiles déployées. A force de sangloter sur la pire des trahisons, celle de l'amour, je finis par m'endormir.

— Psss... Apollonio ?

Par la fenêtre ouverte, je voyais la lune, parfaitement ronde dans un ciel d'encre. Ce n'était pas la voix de William.

— C'est moi, Paul.

L'adolescent se faufila sous le rideau et posa un doigt sur ses lèvres. Il articula en parlant à voix très basse.

— Hans Michielszoon nous convoque dans la salle à manger.

— En pleine nuit ?

Il acquiesça. Je me levai, essuyai mes yeux et le suivis dans le couloir.

Dans la pièce éclairée par un seul chandelier, ils m'attendaient tous à l'exception du négociant : Hans Michielszoon, Vasco, Kimbo, Pouteh, Saskia, Alonso, Etienne... et William. Le capitaine s'était placé en bout de table, dans le fauteuil de Cornelis. Il se tenait très droit, l'air sévère, à la manière d'un juge, mais il chuchotait. Il me fit signe de m'asseoir en face de lui.

— Quel est ton vrai nom ?

— Apollonia.

— Après frère Paolo, Apollonio ! Et maintenant, Apollonia ! chantonna Alonso à voix basse.

— Tais-toi, le nain ! le menaça Vasco. Si on réveille Cornelis à cause de toi, je jette ton instrument à la mer !

— Tu étais peintre à Rome, dans l'atelier de Michelangelo Orazeschi ? m'interrogea le capitaine.

— Oui. C'était mon père.

— Tu ne nous caches pas une identité de plus, comme ces poupées russes qui s'emboîtent les unes dans les autres ?

— Non.

— Tu as vraiment fui jusqu'à Amsterdam parce que tu as été agressée et qu'on t'a accusée à tort d'être l'agresseur ?

— Oui. J'ai été violée par un autre élève : Marco.

— La justice t'a soumise à la question pour vérifier tes dires ?

J'acquiesçai, mes mains figées posées sur mes genoux.

— Mais je n'ai pas accepté leur sentence : épouser Marco.

Kimbo qui n'avait pas connu frère Paolo roulait des yeux effarés. Hans Michielszoon laissa échapper un soupir discret.

— Personne n'est plus vulnérable qu'une jeune femme seule en voyage. Pour te protéger, tu as pris l'identité d'un moine.

— C'est ça.

— As-tu un autre secret, Apollonia ? Si c'est le cas, c'est le moment de le dire !

— Je n'en ai pas.

Le capitaine retira son chapeau et le posa sur la table.

— Messieurs les officiers de *L'Espérance*, vous connaissez le règlement de la VOC. En dehors de l'épouse, de la fille, ou de la servante d'un passager important, aucune femme n'a le droit de monter à bord. Pendant vingt mois, j'ai failli à ma tâche car je n'ai pas su voir qu'une femme vivait parmi nous. Je vous présente donc ma démission. Si vous l'acceptez, je me livrerai à la justice de Batavia.

Brusquement je compris que ce n'était pas mon procès que dirigeait Hans Michielszoon, mais le sien !

— Je suis complice, dit aussitôt William. Depuis la tempête qui a failli nous engloutir, je savais qu'Apollonia était une femme.

— Je suis complice également, dit une voix tremblante. Depuis notre passage à La Rochelle.

C'était Paul, dont la propre féminité n'était connue que de son frère et de moi.

— Je ne sais pas si on peut dire que je suis complice, dit Alonso. En tout cas, ça fait un bon moment que j'avais deviné l'identité de ce peintre.

— Je m'en doutais un peu, avoua Etienne.

Kimbo haussa les épaules.

— Je savais que c'était une femme. Et alors ?

— Il semblerait, conclut le capitaine, que je sois le seul à ne pas l'avoir compris.

Vasco bondit sur ses pieds.

— Je refuse ta démission ! A-t-on jamais vu, à la VOC ou ailleurs, meilleur capitaine, au jugement fiable dans les tourments, à la main sûre dans les tempêtes ? Qu'est-ce qu'on aurait fait sans toi au milieu des montagnes de glace de Patagonie ? Sous l'attaque des guerriers de l'île inconnue ? Et chaque jour où nous n'avions à nous partager que d'infâmes biscuits de mer et de l'eau pourrie ? Tu crois peut-être qu'avec un autre que toi l'équipage nous aurait suivis aussi longtemps dans nos folles aventures ? Et qu'après s'être mutiné, il serait rentré si facilement dans le rang ?

Les yeux gris-bleu de Hans Michielszoon se mirent à briller d'un éclat nouveau, humide et doux.

— Merci, Vasco, dit-il simplement en replaçant son chapeau sur sa tête.

— C'est quand même pas la présence d'une femme qui va effacer toutes ces victoires sur les éléments et les marins ! grogna Vasco en se rasseyant.

Etienne applaudit silencieusement. Alonso souleva sa vihuela et, sans en toucher les cordes, fit mine de jouer. Kimbo ouvrit la bouche en rythme comme s'il l'accompagnait en chantant.

— N'empêche que nous avons un problème, poursuivit Vasco. Je suis prêt à parier que, dans quelques jours, Jacques Specx va nous imposer la présence de ce maudit Van Haarlem.

— Sans compter que Cornelis guéri ne sera tendre ni avec le capitaine, ni avec Apollonia, renchérit Etienne.

— Je ne lui dirai rien, affirma Saskia.

Pouteh acquiesça.

— Si nous sommes tous d'accord, suggéra Paul, nous pouvons continuer à cacher l'identité d'Apollonio. N'oublions jamais de l'appeler ainsi, sans lui donner son vrai prénom.

— Tant que son ventre ne se sera pas arrondi, fit remarquer la servante.

— Nous serons alors loin de Batavia, et peut-être aurons-nous récupéré les coffres. Ensuite, Apollonio peut feindre d'être malade, et ne plus quitter sa cabine jusqu'à Amsterdam.

— Et si le bébé naît d'ici là ? Vous voulez que je couvre ses pleurs en jouant de la musique nuit et jour dans les oreilles du gouverneur ?

— Si le bébé naît d'ici là... tant pis, dit Hans Michielszoon. Je prends le risque d'une sanction à Amsterdam. L'essentiel est qu'aucun de vous ne révèle que je connaissais la vérité avant notre nouveau départ de Batavia. Mon devoir serait en effet d'y laisser Apollonio. Ce n'est pas ce que tu souhaites, n'est-ce pas ?

— Jamais de la vie, répondis-je en frissonnant. Que Dieu me protège d'élever un enfant dans une ville aussi malsaine et cruelle !

18

Le trésor du *Cœur Volant*

Avec émotion, je contemplai chacun de mes compagnons.

— Merci à tous. Merci d'admettre ma présence parmi vous jusqu'à notre retour à Amsterdam. Je n'oublierai jamais ce risque que vous acceptez de prendre pour moi.

Kimbo me serra avec force les deux mains ; Paul sourit ; Etienne me lança un clin d'œil ; Alonso s'inclina avec cérémonie ; Vasco haussa les épaules ; Hans Michielszoon soupira. Tous se levaient dans un grincement de chaises et de bancs, quand William s'exprima, d'un ton badin :

— Il semble que nous n'ayons pas abordé la question du père.

Tous se rassirent, échangeant des regards surpris. Pour ma part, je crus avoir mal entendu.

— Ne gardons pas le suspense plus longtemps : je suis très heureux et très fier que le beau nom de Greyhound se perpétue.

Paul se tourna vers lui et lui tendit la main.

— Toutes mes félicitations.

Je ne comprenais plus rien. Les yeux humides, William se racla la gorge.

— Vous savez aussi bien que moi combien la vie est parfois surprenante et terrible. Qui sait quel accueil nous recevrons des indigènes en Nouvelle-Hollande ? Qui sait si nous ne rencontrerons pas des pirates au milieu de l'océan Indien ou de l'Atlantique ? Qui sait si une maladie brutale ne va pas m'emporter en quelques jours, d'ici à notre retour à Amsterdam ? Je ne veux pas laisser derrière moi une veuve et un orphelin, seuls et abandonnés. J'ai grandi dans une famille noble et aisée, dont il ne m'est rien resté : ni parent ni fortune.

— Sauf des connaissances dans beaucoup de domaines, fit remarquer Etienne.

— Tout à fait. J'espère en tirer profit pour trouver un emploi à Amsterdam et ainsi assurer la subsistance de ma nouvelle famille. Cependant, mes amis, s'il m'arrivait malheur, vous occuperiez-vous d'Apollonia et de notre bébé ?

Quel chaud et froid, quel tourbillon de surprises, de joies et de craintes ! Et comme il était difficile de résister à l'envie de sangloter à nouveau, cette fois de soulagement d'entendre William assumer sa paternité et se préoccuper de moi !

— Je suis jeune et je souhaite toujours parcourir les océans, dit Etienne, mais je ferai de mon mieux pour les aider.

— Moi aussi, dit Paul. Je peux commencer par lui confectionner des vêtements.

— Je ne suis qu'une femme avec peu de pouvoir

de décision, dit Saskia, mais en cas de besoin je les accueillerai sous mon toit.

— Je veux bien enseigner la musique au petit, dit Alonso.

— Si plus tard il veut être mousse, je le prendrai sous ma protection, dit Vasco.

Hans Michielszoon posa sa main sur l'épaule de William.

— Je n'ai pas l'intention de fonder moi-même une famille. S'il le faut, j'assurerai la subsistance de ton enfant et de sa mère.

Après ce moment solennel qui me toucha au cœur, chacun de mes compagnons repartit à pas de loup vers sa cabine. Sans nous concerter, William et moi restâmes dans la salle à manger après leur départ. Lorsque nous fûmes seuls, il me prit les mains et les embrassa passionnément.

— Quel choc, Apollonia ! Il m'a fallu plusieurs heures pour commencer un tout petit peu à réaliser... Ces mois de grossesse ne seront pas de trop pour que je m'habitue.

— J'ai cru que tu ne voulais pas de ce bébé. Cela m'a fait si mal...

— J'aurais dû venir te parler plus tôt. En réalité, je ne pense pas avoir perdu mon temps. Regarde...

Dans la pénombre d'un recoin, il alla chercher quelque chose qu'il déplia, et dont il couvrit mes épaules : le *geringsing* de Cornelis.

— Quel vieux filou ! J'ai dû négocier pendant deux heures pour qu'il accepte de me le vendre. Je peux t'assurer pourtant qu'il n'en a plus besoin. Il a retrouvé l'énergie d'un jeune homme !

William m'entoura de ses bras par-dessus le magnifique tissu crème et pourpre. Tout en couvrant mon visage de baisers, il chuchota :

— Mon problème, c'est que je n'avais rien à lui vendre en échange. Alors, je t'ai prévu un nouveau travail, Apollonia : peindre un tableau de Cornelis à la proue de notre flûte, ma lunette à la main, l'autre main posée sur une mappemonde. Le digne portrait du premier Européen à poser le pied sur la Nouvelle-Hollande !

— Vraiment ? Mais si nous mettons la main sur ses coffres, Cornelis va redevenir un négociant prospère et puissant.

— Ça ne lui suffit plus. Il veut entrer dans l'Histoire !

*

La décision de mes compagnons me laissait un répit, pendant lequel je comptais profiter encore un peu de ma vie de garçon. Je n'avais pas reçu de leçon d'escrime depuis longtemps et j'en réclamai à Vasco. Il me regarda de travers mais accepta. Posté à la proue, William contemplait Bali à la lunette. Il se précipita sur moi tandis que je sautillais, ma rapière à la main :

— Apollonio, je croyais que tu te sentais un peu fragile en ce moment ! Ce n'est pas parce que tu possèdes un *geringsing* que tu ne dois plus être attentif à ta santé.

J'en restai abasourdie pendant quelques secondes.

— Alors, je la donne ou pas, cette leçon ? demanda Vasco, agitant son épée dans ma direction.

— Evidemment, dis-je en me fendant vers lui. Je ne suis pas si malade que ça !

*

Comme prévu, le Gouverneur général de Batavia constata la résurrection de Cornelis Van Vliet, l'homme à qui la VOC avait confié la délicate mission de trouver le continent caché du Pacifique. Il lui remit en main propre la carte de la Nouvelle-Hollande que les cartographes avaient achevée dans son bureau. William l'examina sans attendre et étouffa une exclamation de surprise :

— 26° de latitude ! murmura-t-il dès qu'il le put à mon oreille. Pour une pointe sud, c'est vraiment très au nord... Cette terre est plus vaste qu'une île ordinaire, mais elle n'est pas aussi importante qu'un continent.

Stupéfait par le rétablissement de son ancien ami, Pieter Van Haarlem compensa sa déception évidente par un assaut d'amabilités juste après. Il affirma à plusieurs reprises être enthousiaste à l'idée de partager avec nous cette splendide découverte de la Nouvelle-Hollande !

Le lendemain de notre arrivée, une chaloupe le conduisit à notre bord avec son serviteur d'origine hollandaise. Ils étaient accompagnés de Jacques Specx et de Saartje, curieux de nous saluer avant notre départ.

La fille du Gouverneur général réussit à me prendre à part sur le pont surpeuplé de *L'Espérance*. Elle glissa dans la poche de ma blouse de peintre un paquet de quelques pouces de large.

— Des biscuits au gingembre, me glissa-t-elle à l'oreille. Les préférés de Pieter Van Haarlem. Juste un peu spéciaux : empoisonnés.

Décidément, l'empoisonnement était une arme très appréciée des femmes de Batavia !

— Ah ! Euh... Merci.

— Quel en est le résultat ?

— Avec un seul biscuit, tu es très malade pendant plusieurs semaines. Avec deux, c'est la mort immédiate. Surtout, cache-les bien !

Malgré ma réticence, je décidai d'accepter cet étrange présent. Pieter Van Haarlem était un homme dangereux et il était préférable d'avoir une défense secrète contre lui, même si je n'avais aucune envie de m'en servir. Je m'inclinai galamment devant la jeune fille en balayant le sol de mon chapeau.

— Merci de votre aide, mademoiselle Saartje. Et tous mes vœux de bonheur pour votre prochain mariage.

Ce même jour, alors que nous nous éloignions de Batavia, Cornelis reprit pour le dîner son fauteuil habituel. A sa droite, il plaça son ancien ami, afin de bien lui rappeler qui était le maître à bord, et qui était l'invité. Nous mangeâmes en silence, désireux de nous dévoiler le moins possible devant cet homme. Même le capitaine ne répondait que fort succinctement aux questions du gouverneur. Oui, la mousson nous était favorable. Non, il ne savait pas exactement dans combien de semaines nous pourrions atteindre la Nouvelle-Hollande. Oui, l'océan Indien connaissait de violents orages qui pourraient nous retarder.

Nous essuyâmes en effet deux tempêtes, dont l'une fut vraiment impressionnante avec des creux plus hauts que le navire. Parfois je me disais qu'après tout je pourrais mourir maintenant, puisque j'avais connu l'amour et appris beaucoup sur les humains. Le plus souvent, je me surprenais à prier pour notre survie à tous, et en particulier la tienne, mon enfant bientôt à naître, que je désirais tant connaître, chérir et aider à grandir...

Avant que mon ventre ne commence à s'arrondir, j'avais craint que mes seins gonflés ne me trahissent. J'avais décidé de porter sous ma blouse le *geringsing* enroulé autour de mon corps. Il m'épaississait de manière égale de haut en bas et me donnait la silhouette masculine d'un homme bien en chair. Je ne croyais pas vraiment en sa magie – je pensais plutôt que Cornelis avait guéri d'une profonde mélancolie lorsqu'il avait appris que son ennemi Pieter risquait de le remplacer –, mais j'aimais ce qu'il signifiait : l'amour de William pour moi et pour notre enfant.

Ce fut le 2 mai 1630, trois jours après avoir franchi le tropique du Capricorne, quarante-sept jours après avoir quitté Batavia, vingt-deux mois après avoir franchi le tropique du Capricorne, quarante-sept jours après avoir quitté Batavia, vingt-deux mois après notre départ d'Amsterdam, que William me tendit la lunette en chuchotant :

— Apollonia, la Nouvelle-Hollande !

— Je trouve qu'il y a beaucoup de cachotteries sur cette flûte, dit Pieter que nous n'avions pas entendu approcher. Je ne comprends pas que votre capitaine tolère ça !

Heureusement pour nous, au même moment, la vigie lança son cri :

— Terre ! Terre à bâbord !

Le capitaine fit réduire la voilure et, pendant une journée entière, nous longeâmes la côte, découpée en plusieurs presqu'îles et îles allongées, sablonneuses, aux formes molles. Le soir, nous jetâmes l'ancre dans des eaux peu profondes. Le lendemain, nous reprîmes notre lent parcours de découverte.

— Epave à bâbord ! cria la vigie en fin d'après-midi.

Faisant régulièrement sonder le fond, le capitaine approcha le navire de la côte. Nous découvrîmes la carcasse couchée d'une flûte pareille à la nôtre, blanchie par le soleil et l'eau salée.

— Qu'on descende une chaloupe ! crièrent Cornelis et Pieter en même temps.

Outre les deux commerçants, qui en vinrent presque aux mains pour savoir lequel des deux s'assoirait à l'avant de l'embarcation, Hans Michielszoon accepta que se rendent à terre Vasco, William, Etienne, cinq matelots ainsi qu'une dizaine de soldats armés. Malgré mon insistance, il refusa que je fasse partie du premier voyage. Je serrai les poings de rage, y voyant le premier signe d'un traitement différent en tant que femme. Depuis le bastingage, nous tentâmes de nous consoler, Paul, Saskia et moi, en nous passant la lunette. Ce manège était frustrant puisque nous avions l'œil deux fois plus longtemps inoccupé qu'occupé. Chacun commentait pour les autres ce qu'il voyait.

— Pieter bouscule mon père pour entrer le premier dans l'eau. Mon père saute à son tour. Il est avantagé par sa sveltesse et il peut avancer à grands pas vers le rivage. Tandis que Pieter lutte contre les vagues avec son gros ventre. A toi, Paul.

— Cornelis atteint des bancs de pierre. Il saute d'une pierre à l'autre pour aller plus vite. Il dérape... il tombe à l'eau ! Pieter le rattrape. Oh !... Il ne lui tend même pas la main pour l'aider à se relever. Il passe devant lui, les yeux fixés sur le rivage. Cornelis se redresse, un peu étourdi. Il s'ébroue et décide de marcher entre les pierres.

— Les soldats sont beaucoup moins pressés d'atteindre la rive. Normal, ils ne savent pas, eux, ce que cache la carcasse. Pieter court sur la plage, en direction du navire échoué. Je me demande s'il s'agit bien du *Cœur Volant*... Cornelis atteint le sable à son tour. Il file comme s'il avait à ses trousses une meute de créanciers... Oh, pardon, Saskia !

La jeune fille se mit à rire.

— Ne te gêne pas pour moi, Apollonio ! Pendant toute mon enfance, je me suis sentie écrasée par la respectabilité de mon père. Qu'on reconnaisse ses nombreuses imperfections me soulage... Allez, je suis sûre que c'est à moi maintenant !

— Attends... Cornelis rejoint l'épave, en même temps que Pieter...

Je lui tendis le précieux tube de métal.

— Ils errent tous les deux dans ce qu'il en reste. Peu de chose, semble-t-il...

Sous la direction de William, quelques soldats grimpèrent sur la dune la plus élevée. Un sablier plus tard, un drapeau hollandais se mit à flotter sur le ciel d'azur, nous indiquant qu'il n'y avait aucun danger à venir plus nombreux visiter l'île.

De la part des deux négociants, un soldat vint en chaloupe réclamer des pelles et des seaux pour creuser le sable autour de l'épave. A notre grand soulagement, Paul, Saskia et moi fîmes partie du voyage. La fille de Cornelis laissa tremper sa main dans l'océan, d'une limpidité parfaite. Soudain, de grandes ombres s'approchèrent, lui causant une belle frayeur.

— Des requins !

— Pas du tout, dis-je. Ce sont des dauphins ! Regarde comme ils ont l'air doux et amical...

Les dauphins nous escortèrent un moment, avant de disparaître. Le sol sablonneux était jonché d'étranges pierres noires aux formes tourmentées. Dès que possible, je sautai dans l'eau claire et tiède, marchant entre elles avec précaution.

Sur la plage, j'attendis Paul et Saskia, le premier retardé par sa petite taille, la seconde par sa robe longue qu'elle tentait de maintenir hors des vagues, en vain, et qui ne cessait de s'alourdir. En haut d'une dune, William nous faisait de grands signes mais je fus la seule à choisir de le rejoindre, Paul et Saskia préférant aller vers l'épave où s'activaient matelots et soldats.

Sous un soleil brûlant que reflétait le sable, j'escaladai la dune. De temps en temps, le sol se dérobait sous mes pieds et je me raccrochais aux touffes d'herbe, épaisses et résistantes.

— Apollonio ! appela William dont la tête surgit un peu plus loin. Tu as la lunette avec toi ?

— Bien sûr.

Il m'aida à atteindre le sommet. Nous étions trop en vue pour qu'il me serre dans ses bras et il se contenta de garder ma main dans la sienne. Ce petit geste, dont nous nous étions tellement privés, suffisait pour que nos cœurs s'emballent. Pendant quelques secondes, nous restâmes immobiles à savourer l'amour qui nous liait.

Puis j'interrogeai William :

— Tu crois que cette épave est celle du *Cœur Volant* ?

— Je ne sais pas. Pieter et Cornelis l'espèrent...

— C'est une flûte hollandaise, en tout cas. Elle en a la forme.

Le jeune homme tendit le bras vers l'intérieur de l'île.

— Il y a quelque chose qui brille là-bas. Tu vois ?

L'un après l'autre, nous regardâmes dans la lunette. Au milieu des touffes d'herbe, jaillissait un puissant éclat de lumière blanche.

— Allons voir.

Nous dévalâmes la dune, en escaladâmes une autre. Dans le creux suivant, abrité du soleil déclinant, s'étendait une ombre qui était la bienvenue. Puisque nous étions invisibles pour ceux de *L'Espérance*, tous regroupés du côté de l'épave, William et moi roulâmes ensemble dans le sable, entremêlant nos corps avec passion.

Quand nous nous relevâmes, l'ombre montait à l'assaut des dunes. Mon amoureux m'aida à replacer le *geringsing* tout autour de mon corps, sous ma chemise. Dans la lunette, l'éclat de lumière brillait toujours, rosi par le soleil couchant. Nous donnant la main, nous reprîmes notre marche dans le sable.

En parvenant au sommet de la dune suivante, nous ne comprîmes pas tout de suite ce que nous apercevions : des croix de bois noirci, plantées dans le sol. William buta sur quelque chose qu'il dégagea du bout du pied. Un os long comme le bras... Entièrement nu, nettoyé par la faune invisible des dunes.

Le jeune scientifique s'accroupit ; à Cambridge, il avait assisté à des dissections.

— Un os humain.

Fouillant le sable, nous dégageâmes plusieurs squelettes, couchés les uns sur les autres au milieu des croix.

— Nous sommes dans un cimetière.

— Pas très bien organisé... Tu ne trouves pas, William ?

— Il est probable que les premiers morts ont été enterrés par leurs compagnons selon un rite chrétien. Mais les suivants n'ont eu que la force de venir mourir ici en se couchant au milieu des croix.

— Brrr... C'est vraiment sinistre !

— Cette île de sable n'offre aucune ressource pour survivre : ni fruits, ni eau douce. Après avoir épuisé les provisions de leur navire échoué, ces malheureux sont morts de faim et de soif.

Quittant le cimetière, nous arrivâmes sur un nouveau sommet. Plus fort que jamais, l'éclat de lumière naissait au pied d'une sorte de fortin de fortune.

— Les naufragés craignaient des attaques...

— De qui ? Il n'y a personne sur cette île.

— Peut-être les îles voisines sont-elles habitées ? Si des indigènes y vivent, ils ont des canoës. Eux aussi ont dû être attirés par l'épave du navire et tout ce qu'elle contenait.

Je déterrai une flèche, longue et fine, artistiquement travaillée.

— Les naufragés avaient raison de se protéger. Ils ont subi des agressions. Mais, William, les soldats possédaient des mousquets, non ?

— Puisque le navire a essuyé une tempête puissante, il est possible que les réserves de poudre aient été mouillées. Ou alors, ils les ont épuisées...

Tout en discutant, nous dégagions les murailles du fortin. Les survivants avaient utilisé tout ce qu'ils avaient pu : bancs, tables, bois arraché aux planchers de l'épave... Dans le sable, sous le bois tiède, mes doigts rencontrèrent quelque chose de glacial.

— William, regarde !

Je venais de dégager une petite brique, très lourde pour sa taille, qui brillait de mille feux sous les rayons rasants du soleil.

— Un lingot d'argent !

Nous ne tardâmes pas à en trouver d'autres, en très grand nombre.

— La fortune de Cornelis ! Elle a servi à bâtir cette muraille dérisoire, qui n'a sauvé personne... Et qui n'a même pas intéressé les sauvages...

*

Sous la direction efficace de Vasco, de Kimbo et d'Etienne, le fortin fut entièrement démonté. Les lingots furent sortis un à un du sable, transportés sur la plage et rangés dans les coffres de *L'Espérance*. Pieter essaya de mettre le doute dans les esprits sur leur origine, soutenant qu'ils pouvaient provenir de n'importe quelle flûte hollandaise en perdition. Mais Cornelis lui donna à l'avance le nombre exact de lingots, ce qui lui cloua le bec.

Enfin, une dernière découverte apporta la preuve qu'il s'agissait bien du trésor du *Cœur Volant*, et donc la propriété du négociant. En extirpant du sable de menus objets, Paul trouva une assiette d'étain, sur laquelle un message avait été gravé grossièrement au couteau : « Nous, Adriaen Van Delft, Dirk Van Vliet et l'équipage du *Cœur Volant*, avons vu sombrer les quatre autres navires de notre convoi au cours d'une tempête effroyable, le 7 mars 1627. Nous avons été rejetés sur cette île inconnue et des indigènes nous guettent. Nous remettons notre âme à Dieu. »

— Pauvres gens, murmura Paul.

L'adolescent remit l'assiette à Cornelis, qui essuya une larme entre deux sourires de triomphe. Le négociant la posa sur le sable ; il l'aurait oubliée derrière lui si Saskia n'avait pas été là pour la ramasser. Elle s'agenouilla au milieu des croix, se signa et récita plusieurs prières.

— Adieu, mon grand frère, dit-elle en se relevant. Je t'ai peu connu, finalement. J'espère que tu reposes en paix au Paradis du ciel.

Lorsque Cornelis se fut remis de ses émotions, il interpella son ancien ami :

— Alors, Pieter, es-tu heureux de la découverte de la Nouvelle-Hollande ? Penses-tu que cette terre représente un intérêt quelconque pour la VOC ?

— Aucun ! ne put s'empêcher de répondre le gouverneur. Ces dunes de sable ne peuvent rien nous apporter. Et si, en plus, elles cachent des indigènes hostiles...

— Quel dommage, s'apitoya le négociant. Enfin, tu éprouves au moins une satisfaction de cartographe... Tu as pu vérifier l'exactitude des relevés de Willem Janszoon.

Pieter ne trouva rien à répondre, se contentant de le fusiller du regard.

Quand la nuit engloutit soudain la suite d'îles et de presqu'îles, nous étions tous revenus à bord de *L'Espérance*. Cornelis avait fait installer les coffres dans sa cabine, enroulés dans une chaîne solide, avec un cadenas dont il gardait la clef autour du cou, sous sa chemise de soie, contre sa peau.

— Ah !... répétait-il à tous ceux qui le croisaient, en frappant sa poitrine. Je ne connais pas de bijou plus doux à porter sur soi !

Le dîner commença de manière houleuse. Cornelis s'assit dans son fauteuil en se frottant les mains.

— Eh bien, il est temps de réaliser l'opération à laquelle ces lingots étaient destinés.

La puce à l'oreille, nous relevâmes la tête.

— Quelle opération ? grogna Pieter.

— Tu le sais bien. C'est grâce à toi que les Dix-Sept Messieurs m'ont donné leur accord. Je dois vendre ces lingots là où ils ont le maximum de valeur : au Japon. Cela me permettra d'acquérir une grande quantité d'épices que je revendrai en Europe avec des bénéfices substantiels.

— Au Japon ! s'exclama Paul. Mais je croyais qu'on revenait à Amsterdam !

— Ce serait de la folie, s'irrita Cornelis. Je ne peux me permettre de rentrer plus pauvre qu'avant le départ de ma pauvre flotte ! Tous ces malheurs doivent au moins servir à assurer ma fortune jusqu'à la fin de mes jours.

— Au Japon ! répéta Etienne, les yeux brillants de futures découvertes merveilleuses.

Guettant une réaction d'opposition, je fis le tour de mes compagnons. Sous les doigts d'Alonso, démarrait une ballade guillerette. Saskia souriait, ayant visiblement pris goût à l'aventure. Kimbo semblait résigné à voyager, tant qu'il n'avait pas retrouvé la terre de ses ancêtres. Pouteh avait le visage serein, heureuse que son maître soit aussi entreprenant qu'avant sa maladie. Hans Michielszoon et Vasco n'exprimaient rien ; depuis longtemps, ils avaient choisi le destin des marins qui voguent sans fin de port en port.

Pieter prit une voix mielleuse :

— Mon cher Cornelis, tu oublies que *L'Espérance* appartient à la VOC. Tu ne peux pas l'utiliser selon ton bon plaisir.

— D'accord. Combien de florins en veux-tu ? demanda le négociant en touchant sa clef à travers sa chemise.

— Euh... Je ne suis que le responsable de la cartographie. Il faudrait demander aux personnes compétentes de l'évaluer...

— Très bien. A notre prochaine escale, j'écrirai à Amsterdam pour le leur demander.

— Au Japon..., murmurai-je.

Discrètement, je posai ma main sur mon ventre, où se préparait un nouveau petit humain, l'enfant de notre amour, à William et moi. Que trouverait-il en venant au monde ? Comment réagirait Cornelis, lui qui commandait notre navire avec une autorité ravivée, lorsqu'il apprendrait que j'étais une femme, enceinte de surcroît ? Dans quel lieu inconnu et périlleux serions-nous vers la mi-octobre, date à laquelle, d'après mes calculs, je deviendrai mère ?

Sentant mon inquiétude, William prit ma main sous la table et la serra. Défiant toutes les règles de politesse, il se pencha vers moi et murmura à mon oreille :

— A la mi-octobre, quoi qu'il arrive, je serai avec toi, Apollonia.

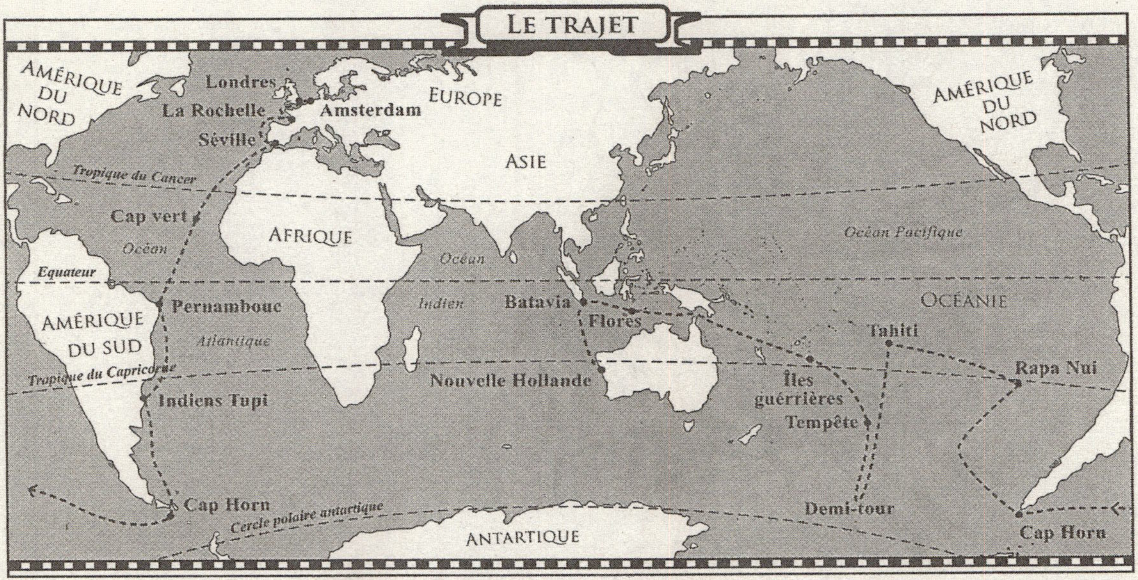

LE TRAJET
AMÉRIQUE DU NORD
Londres
La Rochelle
Amsterdam
EUROPE
Séville
ASIE
Tropique du Cancer
Cap vert
AFRIQUE
Océan
Océan Pacifique
Equateur
Océan
Indien
Batavia
Florès
OCÉANIE
Pernambouc
AMÉRIQUE DU SUD
Atlantique
Tahiti
Tropique du Capricorne
Nouvelle Hollande
Îles guerrières
Rapa Nui
Indiens Tupi
Tempête
Cap Horn
Cercle polaire antartique
Demi-tour
ANTARTIQUE
AMÉRIQUE DU NORD
Cap Horn

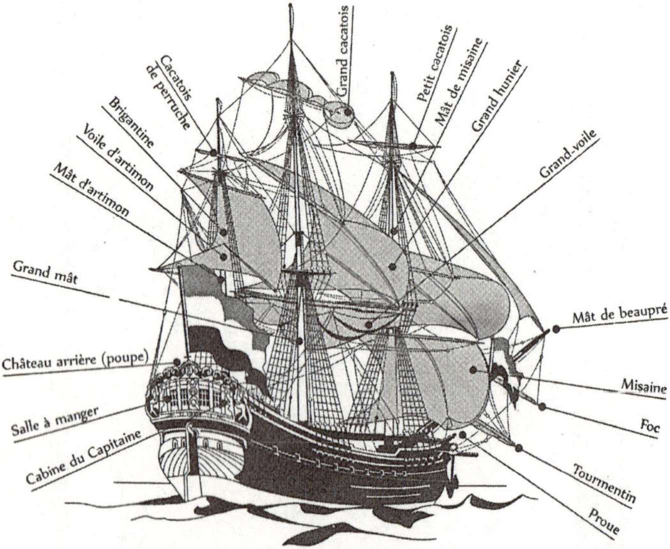
Grand cacatois
Petit cacatois
Mât de misaine
Grand humier
Grand-voile
Cacatois de perruche
Brigantine
Voile d'artimon
Mât d'artimon
Grand mât
Mât de beaupré
Château arrière (poupe)
Misaine
Salle à manger
Foc
Cabine du Capitaine
Tournentin
Proue

Questions à l'auteur

Le Pacifique n'a été exploré qu'au XVIIIe *siècle. N'avez-vous pas pris quelques libertés avec l'Histoire ?*

Je ne le pense pas. Avant les grandes explorations scientifiques du XVIIIe siècle, quelques navigateurs comme Quiros ou Drake avaient osé se lancer sur le Pacifique. Il est probable que d'autres navires l'aient traversé en partie mais que nous n'en ayons pas entendu parler. Certains ont sans doute disparu en cours de route ! D'autres ont simplement sombré dans l'oubli, puisque leurs récits n'ont jamais été imprimés. La cause en est cette politique du secret pratiquée au XVIIe siècle par les grandes puissances européennes, avides de s'accaparer les richesses du monde.

Puisque vous aviez peu de sources à votre disposition, comment avez-vous pu respecter la réalité historique ?

Sur l'Atlantique, l'océan Indien ou Batavia, il existe une importante documentation. J'ai lu les ouvrages d'historiens qui permettent d'avoir une vision globale des sociétés et des enjeux géopolitiques, mais aussi des témoignages de l'époque qui offrent des détails concrets et savoureux.

En ce qui concerne le Pacifique, je me suis heurtée au fait qu'il était presque inconnu des contemporains. Outre le récit des trois voyages du navigateur Quiros, je me suis donc basée sur ceux de Bougainville, Cook et Lapérouse. Leurs explorations sont ultérieures d'un siècle à celles de mes personnages mais les populations et les paysages n'avaient guère changé entre-temps. J'ai bien sûr passé leurs observations au crible de nos connaissances actuelles. Par exemple, nous savons aujourd'hui qu'au XVIIe siècle, Rapa Nui (l'île de Pâques) a souffert d'une longue période de sécheresse qui a conduit à la disparition de ses forêts.

Il ne fallait jamais oublier non plus que les observations du XVIIe ou du XVIIIe siècle étaient imprégnées des préjugés de l'époque. Aussi les ai-je complétées par des descriptions d'ethnologues du XXe siècle ayant vécu dans des tribus isolées, par exemple chez les Indiens Tupi du Brésil ou les Papous de Nouvelle-Guinée.

En revanche, j'ai pris un risque en intégrant une découverte récente, encore sujet à débat. Mais l'occasion était trop belle ! Les nains croisés sur l'île de Florès dans le roman seraient des *Homo floresiensis*. Certains scientifiques pensent que ces représentants des *Homo erectus* existaient encore au XVIIe siècle ! Il m'a semblé très amusant de leur faire rencontrer Alonso...

Une femme pouvait-elle se faire passer pour un homme sur un navire ? Cela paraît peu vraisemblable.

Il était assez fréquent qu'une femme déguisée en homme se fasse embaucher comme marin ou soldat sur les navires de la VOC, soit parce qu'elle avait un fiancé à bord, soit dans l'espoir d'une vie meilleure à l'autre bout du monde. Avec la promiscuité, sa véritable identité éclatait au grand jour assez vite, ce qui posait de nombreux problèmes au capitaine.

En revanche, une telle dissimulation avait une chance de succès parmi les officiers lorsqu'ils pouvaient bénéficier d'une cabine individuelle. Dans ses Mémoires, Bougainville raconte comment l'assistant de son naturaliste s'est révélé être une femme : elle n'a été démasquée qu'à Tahiti, par les indigènes, après plus d'un an de navigation ! Pour comprendre que ses compagnons n'aient pas eu plus de soupçons, il faut se rappeler la mentalité de l'époque. Tout le monde était persuadé qu'il n'était pas dans la nature des femmes d'aimer l'aventure !

Vos héros ne risquaient-ils pas de changer le cours de l'Histoire ?

Si, bien sûr ! Je pense que les auteurs de romans historiques se heurtent tous à ce dilemme : leurs personnages ne peuvent pas modifier l'Histoire, alors même qu'ils ont très envie d'avoir de l'influence.

Dans *Le Secret des cartographes*, il était important que le voyage effectué par *L'Espérance* dans le Pacifique ne prive pas Bougainville, Cook et Lapérouse de leurs exploits futurs. Voilà pourquoi les découvertes de mes héros ne seront pas diffusées largement... Mais je n'en dis pas plus...

Il ne fallait pas non plus que le passage du navire ait des conséquences dans les îles abordées : mes personnages ne laisseront donc derrière eux aucun présent susceptible de modifier la faune et la flore locales.

Par ailleurs, quelques éléments étaient impossibles à préciser dans le récit d'Apollonia, puisqu'elle-même n'en avait pas connaissance. Voici le principal : Tahiti n'était pas aussi idyllique qu'on pouvait le croire lors d'une visite rapide. Ses habitants participaient eux aussi à des guerres et des sacrifices humains. Le pauvre Jacob qui espérait y trouver une société de paix a sans doute été cruellement déçu. A-t-il profité de ses connaissances pour devenir un important chef de guerre ? Hélas, nous ne le saurons jamais, puisque incapable de quitter Tahiti, il ne reverra pas ses compagnons...

Table

Le Secret des cartographes,
on en parle sur Internet

Mieux qu'un voyage, cet ouvrage est une expédition, un rendez-vous en terres d'émotions et de questionnements.

Entre les pages.

[...] *à la fois un roman d'aventures dans lequel nous suivons le parcours d'Apollonia et un roman historique car il est replacé dans le contexte de l'époque avec un luxe de détails et un réalisme franchement époustouflant !*

Book en stock.

[...] *un véritable tourbillon d'aventures digne d'un film de cape et d'épée* [...].

Ma librairie virtuelle.

Sophie Marvaud
dans Le Livre de Poche

Le Secret des cartographes *   n° 31825

Hollande, XVIIe siècle. Cornelis Van Vliet, un important négociant, est ruiné. La Compagnie des Indes, toujours avide de richesses, l'envoie fonder un comptoir dans le Pacifique ; à charge pour lui de découvrir le nouveau continent dont tout le monde parle. Pour aborder sur ces nouveaux rivages, il doit dérober des cartes, gardées comme les joyaux de la Couronne dans les plus grandes cours européennes. Il enrôle donc des espions, mais ce qu'il ignore, c'est que, sous la robe de bure d'un moine franciscain, se dissimule une jeune femme…

Du même auteur :

Pour adolescents

Aux Editions Nouveau Monde

Suzie la rebelle, les années de guerre, 2008.
Suzie la rebelle, le mystère Marie Curie, 2008.
Suzie la rebelle, l'espion russe, 2009.

Aux Editions Plon

Le Secret des cartographes, 2008.
Le Secret des cartographes, à l'assaut du Pacifique, 2009.
Le Secret des cartographes, piégés par l'Asie, 2010.
Le Secret des cartographes a obtenu le Prix jeunesse Saint-Maur en poche 2010.

Pour enfants

Aux Editions Hachette

Collection « Bibliothèque rose »
Série *Ghost Secret*
1. *La Momie du Pharaon,* 2008.
2. *Le Trésor de Barbe-Jaune,* 2008.
3. *Le Tournoi maudit,* 2008.
4. *Le Silex magique,* 2008.
5. *La Surprise du Roi-Soleil,* 2008.

6. *Les Jumeaux de Pompéi,* 2008.
7. *Aux jeux Olympiques,* 2009.
8. *La Fiancée du chevalier,* 2009.
9. *La Colère de François Ier,* 2009.
10. *Le Triomphe de César,* 2009.
11. *Avec Christophe Colomb,* 2010.

Sophie Marvaud est également l'adaptatrice des séries *Winx Club* et *Zoé Késako* pour la collection « Bibliothèque rose ». Sur son site, elle propose des conseils et des jeux d'écriture aux écrivains en herbe :

http://www.sophiemarvaud.fr

Composition par *JOUVE* – 45770 Saran

Achevé d'imprimer en décembre 2010 en Espagne par
LITOGRAFIA ROSÉS S.A.
08850 Gavá
Dépôt légal 1re publication : janvier 2011
Librairie Générale Française
31, rue de Fleurus – 75278 Paris Cedex 06

31/3423/6